Il est bien court,
le temps
des cerises

Maquette de la couverture : Jacques Léveillé, d'après une œuvre à l'acrylique de Jacques Fillion.

ISBN 2-7609-3053-X

Jacques Fillion

Il est bien court, le temps des cerises

LEMÉAC

À Galileo Galilei dit Galilée à titre posthume. Pour avoir été le seul à avoir le pas. Pour s'être incliné intelligemment devant l'imbécillité et l'ignorance comme on se penche en avant pour mieux affronter un vent violent.

À Michel et Hélène Essertaize pour une amitié vieille de vingt ans.

Mais les dieux ne voyaient rien autour d'eux, la saisissante beauté de leur création leur restait invisible. Les dieux éprouvèrent le besoin de créer le feu, la lumière, la chaleur, la vie animale et végétale, alors ils ordonnèrent au premier soleil de se lever dans la magnificence. Éblouis par tant de splendeurs les dieux le reconnurent alors comme étant l'un des leurs.

Le CHILAM BALAM
Livre sacré des Mayas

1952

Je savais que ça allait finir comme ça, devant le curé, en robe blanche, en costume de flanelle et cravate de soie.

La petite église blanche, avec sa peinture immaculée, disparaît presque sous l'opulente verdure de cette fin de juillet. Joliment encastrée dans son écrin de végétation, elle pointe son clocher vers un ciel d'un bleu dense comme si elle rendait le ciel responsable du destin de tous les hommes qui rampent à la surface de la terre.

Ses cloches retentissent de tout leur bronze au-dessus du village perpétuellement somnolent, un village oublié par les dieux, sur lequel ni le temps, ni ses œuvres, ni la mort n'aurait de prise. C'est du moins comme ça que je voudrais qu'il soit, sous l'emprise d'un Merlin l'Enchanteur qui l'aurait, par un sortilège connu de lui seul, retiré du manège temporel et qui l'aurait stratifié dans un espace-temps immuable pour des siècles et des siècles à venir. Que l'homme ne sépare pas ce que Dieu a uni pour des siècles et des siècles, dit le curé. Claires et argentines, les cloches sont perceptibles du côté d'Eupré ou de Clairval, pour Rose-Mai on peut les entendre jusqu'à Québec, de Londres à Pékin, de par le monde entier. L'amour est une grande chose, elle veut que tous les hommes de la terre soient témoins de sa parole donnée devant Dieu et devant les hommes.

Rose-Mai dit oui devant le curé avec une tranquille assurance comme si elle contrôlait les ficelles qui nouent et dénouent toutes les aventures humaines. Elle semble sereine et déterminée à se bâtir un bonheur à sa mesure. À aucun prix elle ne voudrait lâcher prise sur cette seconde chance que lui accorde la vie. Elle croit avoir exorcisé le sort qui influençait son existence et maintenant elle croit tenir bien en main les leviers mystérieux qui dirigent les humains, qui créent des bonheurs, qui ruinent les espoirs, qui donnent la vie ou la mort. Elle puise ces certitudes dans son esprit frondeur, elle défie le sort, elle défie la mort et elle se dit que le sort et la mort eux-mêmes respectent ceux qui osent leur barrer la route. Le sort et la mort ne sont pas tout-puissants, ils reculent devant le courage, la détermination et la volonté de vivre. Mais ils sont têtus, ils reviennent à la charge chaque fois que la volonté faiblit, ils reculent peureusement chaque fois qu'on leur fait face jusqu'à ce que l'on ne leur entrouvre la porte, qu'on retire le verrou et qu'on soit résigné à les accepter.

La première fois, le destin lui a fait faux bond mais Rose-Mai a drainé assez d'énergie en elle-même pour l'affronter encore une fois sur son propre terrain. La vie lui a chié dans les mains, comme dit l'oncle Félicien, elle s'est montrée sous son vrai visage, dégueulasse, vicieuse et traître. Mais c'est bien fini, tout ça c'est du passé, personne n'en parle plus et à peu près personne n'y pense plus.

Au bras de Boudin, Rose-Mai descend les cinq longues marches de bois, elle cligne des yeux sous le soleil éblouissant de dix heures. Boudin rayonne comme un gagnant à la loto qui aurait patiemment attendu son heure sans jamais perdre confiance dans sa bonne étoile. Il attend depuis douze ans, depuis qu'il l'a vue pour la première fois avec ses longs cheveux tressés serré, avec son expression téméraire qui défie le monde entier, avec ses longues cannes qui semblaient lui permettre de courir plus vite que tout le monde et de toujours gagner au drapeau-voleur. Elle n'admettait pas que les garçons puissent être plus forts qu'elle et elle les battait tous à la lutte, elle ne croyait pas que la vie puisse déjouer ses plans et elle fonçait envers et contre tous sans se laisser démonter par quoi que ce soit. C'était surtout cette détermination tranquille à renverser les murs qui avait séduit Boudin. Et, aujourd'hui, Rose-Mai vient de lui prouver qu'elle peut encore renverser les murs.

Une fois dehors, c'est une explosion de mots, personne ne peut contenir trente femmes qui se taisent depuis la durée d'une grand-messe. Une femme en bonne santé est une femme qui jacasse, dit toujours l'oncle Félicien, il faut sérieusement s'inquiéter quand une femme commence à se taire, c'est une femme malade. Je me faufile pour échapper aux affectueuses caresses qui vous décoiffent en un tour de main, pas parce qu'elles ébouriffent les cheveux mais parce qu'elles ne demandent pas la permission; est-ce qu'on va dégommer leurs boucles, nous? C'est à peine si je reconnais Boulotte et Dédé tellement ils sont bien coiffés, plaqués, eau-de-colognés comme pour une séance à l'école. Ils sont habillés comme de véritables petits garçons modèles sortis tout droit du catalogue Eaton, en culottes courtes, petites vestes, nœuds papillons et petits souliers vernis. Je me dis que je dois leur ressembler comme deux gouttes d'eau et j'ai du mal à ne pas mourir de rire.

On entoure Rose-Mai, on bavasse, on se lèche, on se pourlèche, on s'envoie des finasseries et on n'en finit plus de s'embrasser. En serrant la tante Blanche, Rose-Mai doit s'imaginer étreindre un énorme sundae tellement elle est blanche, potelée et parfumée; elle porte un petit chapeau rouge qui fait figure de cerise sur le sundae. Rose-Mai se prête à tous ces épanchements comme un caniche de salon bien dressé qui fait le beau. Elle tient des pompons jaunes comme des taches de moutarde sur une nappe immaculée. La tante Blanche s'arrache enfin à Rose-Mai en trémoussant son petit nez pointu, ses lèvres pourpres continuent à donner des baisers, elle n'a pas de menton, son cou commence sous la lèvre et se termine en poitrine.

Un soleil ardent dans ce ciel nu commence déjà à faire suer tout ce beau monde. L'air ouateux, presque palpable, absorbe les derniers sons de cloches. Des touffes de piqueux dessinent une délicate frange mauve tout le long des planches basses de l'église.

Suite à une série de savantes manipulations, je me retrouve au premier rang des invités correctement plantés sur le parvis. Je suis coincé entre Boulotte qui se gratte l'entrejambe, et Paul qui tente d'écraser une sauterelle qui s'est aventurée par là. Une main féminine redresse une mèche rebelle qui me tombe sur les yeux et resserre le nœud de ma cravate encore raide de surprise de se retrouver autour de mon cou. Je sens mes cheveux qui se redressent sous la pommade, dans dix minutes, je pourrai me reconnaître dans un miroir. Les adultes se composent un sourire de circonstance et, le soleil dans les yeux, les enfants grimacent au photographe.

L'oncle Félicien, avec sa face de petit renard roux à moustaches, entame discrètement son dix-onces, claque la langue et le remet en place ni vu ni connu. Il a l'œil brillant et amusé, ses petites mains nerveuses ont toujours l'air de brasser des cartes. Il m'aperçoit qui l'observe et m'adresse un clin d'œil complice. Il s'agit de mon oncle pré-féré, il est toujours partant pour une partie de pêche ou pour une partie de poker, n'importe quoi pour fuir sa mégère et se donner du bon temps. C'est un champion du billard et un maître ven-deur. Il a passé la moitié de sa vie sur les routes à vendre des caisses enregistreuses, à jouer pour occuper ses soirées au diable vauvert.

Un petit attroupement se forme autour de la Chevrolet du cousin Alban qui en relève le capot pour faire admirer ses chevaux-vapeur. Alban la lave et la cire et la frotte et la polit trois fois par jour, il veut bien qu'on la regarde mais il n'aime pas qu'on touche. Tout le monde l'appelle l'Alban-donné depuis que sa femme saute la clôture avec l'inspecteur municipal qui vient examiner sa chaufferie plus souvent que nécessaire. Pendant qu'Alban torche sa voiture dans la cour, l'inspec-teur s'enferme à clé avec sa femme dans la cham-bre nuptiale.

Les regards se tournent en direction de la Principale. Pépé s'en vient à toute allure avec sa Chrysler mauve zébrée d'éclairs jaunes. Il louvoie dangereusement, roulant parfois sur l'accotement en soulevant une montagne de poussière. Il frôle les fossés d'un bord à l'autre du chemin mais il redresse à temps à la toute dernière minute. Il doit être rond à faire peur aux éléphants roses.

Il est soûl d'une brosse commencée depuis trois jours, depuis qu'on lui a appris que Rose-Mai se mariait ce matin.

Hier, au Trou, après s'être envoyé une douzaine de grosses bières, il pleurait sur l'épaule de David. David qui couchait sous la table depuis une semaine n'était pas en état de réconforter qui que ce soit. La paupière lourde, les cheveux fous, le menton en friche, il s'était mis à pleurer lui aussi pour accompagner son ami dans le malheur. Imperturbable, le Patron avait glissé une pièce dans le juke-box. Le petit bras mécanique avait choisi et posé un disque avec son mouvement saccadé et Monsieur Bécaud avait chanté: «Mickey, Mickey, hé, mais qu'est-ce que c'est?»...

Pépé disait qu'il n'était pas beau et il braillait; il disait qu'il ne savait rien faire d'autre dans la vie que de se soûler la gueule et il braillait; il disait qu'une belle fille comme Rose-Mai, qu'une demoiselle de cette classe, refuserait même de lever les yeux sur un pauvre hère comme lui, et il braillait encore. En lui donnant de petites tapes affectueuses dans le dos, David disait péniblement qu'il n'était pas si moche que ça, qu'un jour une belle fille le trouverait même séduisant, qu'il n'y a pas de mal à lever le coude à l'occasion et que la moitié du monde était constitué de belles femmes qui ne demandent pas mieux que de se marier. Une de perdue, deux milliards de retrouvées. En prononçant ce réconfortant discours, il hoquetait toutes les dix secondes.

Dans un coin, déjà maquillée outre mesure, devant un verre taché de rouge, Millie accompagnait Monsieur Bécaud d'un pied délicat, avec l'air de s'ennuyer monstrueusement.

Pépé maintenant étalait ses misères et ses circonstances atténuantes. Ce n'était pas de sa faute s'il était né tout croche dans une famille d'ivrognes qui s'amusaient à le soûler juste pour le plaisir de le voir marcher tout de travers alors qu'il venait à peine de faire ses premiers pas. Plus il se cognait aux meubles, plus il se pétait la fraise au plancher, plus on riait. Sa mère aimait bien se faire sucer les tétons par le nourrisson en même temps que par son mari ou par le voisin. Pépé tirait le lait mêlé de gros gin quand il suçait la longue tétine maternelle, en plus ça sentait le tabac et la sueur. Et puis on ne décide pas de tomber amoureux et on ne décide pas non plus de qui on tombe amoureux. Il ne fallait pas que le hasard place Rose-Mai sur son chemin, lui n'y pouvait plus rien. David dormait depuis des heures que Pépé avait continué de raconter sa vie à des chaises vides. Ni le Patron ni Millie n'avaient eu envie de se joindre à lui.

Maintenant, il fonce vers nous à fond de train en projetant les cailloux derrière lui. Par petits groupes, les noceux se demandent s'il faut s'enfuir. Heureusement Pépé s'arrête avant de heurter quelqu'un. Il fait lentement le tour du parking en cherchant Rose-Mai de ses petits yeux plissés, il y a de la ruse dans ces petits yeux, la ruse de quelqu'un qui a appris à se défendre mais il y a surtout le grand désenchantement de celui qui s'avoue vaincu. Les rares cheveux qui lui restent lui collent au front et son triste sourire édenté lui donne un air semi-niais, semi-douloureux, comme celui du fou du village qui est assez conscient pour savoir qu'il est le fou du village. Enfin il trouve Rose-Mai et s'arrête devant elle pour la regarder. Ça dure longtemps, longtemps, assez pour que Boudin, mal à l'aise, se demande s'il doit écarter Rose-Mai ou chasser l'intrus. Mais Boudin est un pacifiste, il a horreur de la violence et ce n'est pas lui qui chercherait la bagarre à moins que l'on l'y oblige. Il avait dû abandonner son poste à l'abattoir parce qu'il jugeait qu'il était inhumain de tuer les bœufs à coup de massue et d'égorger les cochons vivants. Il avait repris son métier de boucher en magasin. Aussi Boudin se contente de raffermir son étreinte autour des épaules de Rose-Mai. Elle se demande où Pépé veut en venir, elle ne sait pas ce qui se passe dans sa tête, mais elle n'est pas inquiète, elle est surprise. Pépé s'empare d'un bouquet de roses sur la banquette et le tend à Rose-Mai. Il insiste, elle l'accepte d'un geste automatique et le porte à son nez. Pépé ramène ses cheveux humides en arrière, lui adresse un sourire triste et redémarre. Sa voiture se cabre mollement sur ses ressorts, exécute un virage serré et s'en retourne par où elle est venue. Deux minutes plus tard, elle disparaît derrière un virage de la Principale. Tous les regards la suivent jusqu'au bout en silence, puis les conversations reprennent sur la pointe des pieds.

Il y a une photo fixée au bouquet de roses, c'est une photo en couleurs de Rose-Mai à l'occasion de sa communion solennelle. Elle sourit là-dessus du coin des lèvres et regarde résolument en avant avec une expression moitié tendre moitié têtue. Elle se demande comment cette photo a bien pu aboutir dans les mains de Pépé. Je laisse planer le mystère sans avouer que c'était moi qui la lui avais remise un jour alors qu'il était encore plus plein que d'habitude. En réalité j'avais eu pitié de lui lorsqu'il me l'avait demandée. Il était pitoyable, il y avait une muette supplication dans *ses yeux, il y avait une prière dans sa voix et je ne suis pas un empêcheur de tourner en rond. Si une simple image pouvait rendre Pépé tellement heureux, pourquoi ne pas la lui donner, après tout Rose-Mai l'avait rangée dans une boîte à souliers et elle dormait dans un placard. D'une main tremblante, Pépé m'avait donné un vieux dollar froissé et avait pieusement glissé la photo entre sa chemise et sa poitrine. Pendant deux jours, je m'étais senti riche mais je n'ai jamais regretté mon geste.*

Bon, le départ de Pépé soulage tout le monde, il était le fantôme venu troubler le party. Quelqu'un s'attarde à l'orgue à l'intérieur de l'église, dans sa fraîche prénombre; le soleil anime les vitraux et éclabousse du jaune et du rouge sur les murs blancs, les portes sont restées ouvertes, ça sent bon le vieux bois, ça sent bon le parfum légèrement musqué de l'herbe à dindes, ça sent bon le foin mûr.

Ma cousine Louloulo m'aperçoit et il est trop tard pour fuir. Elle éternue et ses yeux larmoient parce qu'elle est allergique à la campagne. Je la plains de tout mon cœur dans son deuxième en ville entouré d'asphalte, de ciment et de briques. Elle porte un grand chapeau de paille pour protéger son teint délicat et des bas bleu marine qui lui montent jusqu'en bas des genoux. Elle me rejoint, essuie ses yeux d'un geste gracieux et prend mon bras comme elle l'a vu faire par Rose-Mai et Boudin. Elle confie à Boulotte et Dédé que plus tard ce sera notre tour. Boulotte et Dédé rigolent méchamment en caricaturant le geste de Louloulo. Je proteste auprès de Louloulo mais mes rabrouages ne la découragent pas, elle m'aime et elle pense qu'on se mariera plus tard. Elle m'envoie un baiser de la main et s'enfuie en courant sur ses longues cannes. Je me donne un air contrarié mais au fond je suis flatté, Louloulo est jolie et elle sait bien jouer du piano. Boulotte rigole encore plié en deux. Cette démonstration d'hilarité me met de mauvaise humeur et j'entreprends Boulotte pour la faire passer. Il est un peu obèse et soupe au lait et il cherche la bagarre. Je l'ai déjà renversé dans les piqueux quand on m'attrape par une oreille et qu'on me pousse dans une voiture. C'est le temps de partir, Rose-Mai et Boudin montent avec l'oncle Félicien dans sa grosse Buick noire de l'année, elle brille de ses vernis et de ses chromes comme une pierre précieuse parmi les cailloux. Ma tante Blanche attend que l'oncle Félicien aille lui ouvrir la portière mais il ne s'occupe pas d'elle et va s'asseoir derrière son volant. Elle ravale sa fierté blessée, ouvre sa portière et la fait claquer.

Mimi qui s'est difficilement retenue jusque-là, devant ce départ symbolique se met à pleurer et déclenche le mouvement. À côté de moi, Jean-Nil analyse avec Laetitia ces comportements féminins. D'après lui, Mimi pleure de contentement pour Rose-Mai, la tante Blanche pleure de dépit, la tante Félicie pleure d'envie, la tante Rosane pleure de regret et la grande cousine Clara pleure de désespoir: le vieux garçon qui la sort ne se décide pas à se marier après dix-sept ans de fréquentations régulières. C'est un gros court un peu joufflu avec une tignasse blonde et des lunettes d'écaille. Il semble gentil mais pas très déluré, en tout cas il est prévenant et n'ose jamais contredire la cousine Clara.

Le défilé se forme dans le bruit des klaxons et la poussière. L'oncle Félicien prend la tête, la *poussière lui donne soif, d'ailleurs tout lui donne soif à l'oncle Félicien : les baptêmes, les mariages, les funérailles, les fêtes, le chaud, le froid et surtout sa femme, la grosse tante Blanche.*

Isieux sort de sa torpeur au vacarme des noceux le long de la Commerciale, l'oncle Félicien tricote un long détour juste pour le plaisir de parader. Il contourne le cinéma Crystal, vire à droite devant la banque, fait le tour de la boutique de prêt-à-porter et enfile la Commerciale devant le magasin d'articles de sport. Toutes vitres ouvertes, il lance sa petite chanson :

Elle me l'avait toujours promis
Une belle petite cage pour mon canari
Quand mon canari saura chanter
Il ira voir les filles pour les faire danser.

Je peux voir rougir Boudin de la voiture qui suit, à côté Jean-Nil et Laetitia se sourient. L'oncle Félicien salue les gens de larges gestes de la main. Sa bague à diamant, grosse comme une brique, projette des éclats de soleil jusqu'à l'autre bout du défilé. Il prétend qu'il l'a gagnée aux cartes d'un lieutenant d'Al Capone alors qu'il était en congrès à Chicago pour sa compagnie de caisses enregistreuses. On grimpe la Principale, Madame Alma balaie sa véranda, Madame-la-Veuve-Pétrie sort de la Maison Rose avec un rouleau de tissu à petits motifs fleuris, Bibi nettoie ses carreaux et, en passant devant le magasin général, Mathusalem, Popeye et Abel nous envoient la main. Enfin on arrive à la maison et aussitôt les femmes montent les tables, étendent les nappes et distribuent le pétillant. Pendant ce temps-là, j'entraîne Boulotte vers la cabane à râteaux sous prétexte de lui

montrer un nid de moineau. Il est méfiant, Boulotte se méfie toujours, il pense que tout le monde
veut le tromper pour rigoler. Je le rassure et je le
manœuvre savamment. Il entre le premier, je fais
claquer la porte derrière lui, je coince le loquet et
je le laisse se débrouiller avec l'essaim d'abeilles
qui s'y est installé au printemps. Je cours me faire
oublier un peu à l'écart mais je regrette aussitôt
mon geste. C'est injuste, je ne peux jamais jouir
tranquillement dans mon coin de mes mauvais
coups, j'éprouve tout de suite de noirs remords et
j'en deviens malheureux. Maugréant contre ma
nature trop tendre, je reviens vers la cabane à
râteaux. Mais on a déjà libéré Boulotte et on l'a
amené à la maison tout gesticulant. On le déshabille sur la table de cuisine et on le frictionne au
jus de citron, au gingembre, au camphre, au lait
chaud et en désespoir de cause au crottin de cheval préalablement bouilli. Son corps un peu boudiné est constellé de petits points rouges. Le pauvre
Boulotte en aura vu de toutes les odeurs, grâce
aux médecines de bonne femme de la tante Rose
qui est une véritable sorcière réchappée de Salem.

Sous un chêne, Magdelina traite Lévis au p'tits
oignons, c'est le cas de le dire; elle lui présente
de petits oignons blancs au vinaigre, il se contente d'ouvrir la bouche les mains croisées derrière la nuque. Laetitia, blottie contre Jean-Nil,
partage sa coupe de pétillant. Jean-Nil serre sa
taille de sirène et sourit aux filles rassemblées
autour d'eux. Il y a toujours une demi-douzaine
de morues qui gravitent autour de lui comme des
planètes autour d'un soleil. Il attire les filles
comme un aimant les limailles de fer et pourtant
c'est un drôle de moineau. Depuis six mois, il
emprunte sporadiquement le rasoir paternel. Une

fois tous les trois jours, il se livre à ce rituel avec tout le décorum dont il est capable, il est fier comme un jeune coq qui peut enfin se tenir sur ses ergots. Il se fait une montagne de mousse inutile, prend des précautions exagérées, mouille une quantité de serviettes et vide presque une bouteille d'after-shave. Il ne se rend pas compte, semble-t-il, que ses quelques poils ne méritent pas tout ce cérémonial compliqué. Frédé rigole par en dedans. Quand Jean-Nil sort, il dit que maintenant c'est mieux, qu'on ne le confond plus avec les Smith Brothers. Jean-Nil ravale son sourire triomphant, hausse les épaules et oublie tout de suite les railleries. C'est ce qu'il y a de bien avec lui : on peut l'emmerder et le faire chier jusqu'au bout des cheveux que, cinq minutes plus tard, il a tout oublié et il ne nous en veut plus.

Pendant l'été, Jean-Nil passe la moitié de sa vie à bricoler dans le hangar. Il y a deux ans, il a remonté de A à Z une grosse Harley à lui tout seul. Elle appartenait à un Indien de Colombie-Britannique qui arrivait de Vancouver et qui l'avait cassée un soir de brosse. Il l'avait vendue à Jean-Nil et était retourné dans sa réserve sur le pouce. Personne à part Jean-Nil et moi ne croyait qu'elle roulerait de nouveau un jour, même Mimi et Frédé. Mais nous y croyions pour tous et Jean-Nil m'avait promis la première sortie pour récompenser ce support moral.

Avant de sortir Laetitia, Jean-Nil passait l'autre moitié de sa vie à courir et à sortir toutes les morues du village, même celles qui me paraissaient le plus inaccessibles, inaccessibles à cause de la différence d'âge, de fortune ou de rang social, ou à cause de leur resplendissante beauté. Même à quinze ans, il réussissait parfois à sortir une grande grue de vingt et un ans. Ce n'est pas sa faute, il plaît aux filles. C'est le beau gosse de la famille, comme dit Millie, qui a entendu ça dans un vieux film français présenté à la salle paroissiale. Les filles lui tombent dans les bras comme les chardons collent aux chaussettes et au fond de culotte.

Pour l'instant, il fait rire Laetitia avec une de ses conneries habituelles. Frédé enfonce son coude dans les côtes de Mimi et lui dit que voilà un candidat de perdu pour Madame-la-Veuve-Pétrie. On ne saura jamais si oui ou non Jean-Nil a couché avec la veuve un soir qu'il n'était pas rentré. Madame-la-Veuve-Pétrie ne répond pas aux allusions, elle a trop de panache pour s'arrêter à de telles mesquineries, elle va son chemin avec la majesté d'une reine d'Angleterre parmi la populace. Jean-Nil se tait aussi. Quand je lui pose carrément la question, il m'envoie paître gentiment en me suggérant de m'occuper de mes billes. En tout cas Madame-la-Veuve-Pétrie ne cache pas ses penchants pour les jeunes hommes, elle aime la chair tendre et les amours juvéniles, ce n'est pas sa faute si elle déborde de tendresse maternelle, si elle n'a personne à qui prodiguer ses inépuisables réserves d'affection. Une jeune veuve encore appétissante juste un peu, à peine enveloppée, pimpante de chair rose et débordante de vie a droit à quelques écarts discrets de conduite, consent la communauté avec bonhommie et en fermant les yeux. En tout cas les vieux schnoques devant le magasin général, à commencer par Popeye, en parlent en salivant, l'œil soudain brillant.

Lévis assoit son long corps dégingandé, il secoue sa tignasse blonde et soupire de bien-être.

Il porte un costume mal cassé et il continue de sentir la paille malgré son eau de Cologne. Il tente d'embrasser Magdelina qui passe par là, occupée à placer les couverts. Elle se dérobe mais il réussit quand même à effleurer ses lèvres. Sans perdre son sourire désarmant, celui qui a séduit Magdelina, il croque un céleri et entreprend de raconter comment Monsieur Florent s'est décidé à construire une nouvelle chiotte et à raser la vieille. C'était le p'tit matin, le coq venait à peine de lancer son cocorico, il croyait que toute la famille dormait encore. Donc il était allé au bâtiment, avait pris un câble et sorti le tracteur. Ce qu'il ne savait pas, c'est que Madame Florent qui avait la colique s'était enfermée entre-temps dans la vieille bécosse. Il avait tiré la cabane avec le tracteur, elle s'écroula comme un château de cartes mais une clameur scandalisée s'élevait des débris. Lévis rit pour lui-même en croquant son céleri. À demi inquiet, à demi amusé, Monsieur Florent avait extrait des ruines sa grosse femme toute couverte de bleus et de brun et furibonde de lèse-majesté. Elle dit qu'il l'a fait exprès et elle ne lui parle plus depuis trois jours. Le pétillant commence à faire son p'tit effet sous le soleil, Mimi, Frédé et Magdelina rigolent un bon coup, Lévis recommence sa petite histoire pour la tante Rose qui veut savoir ce qui fait rire le monde.

Il fait bon d'être là parmi tous ces gens heureux, avec Rose-Mai qui l'est plus que les autres, avec Jean-Nil qui ne jure que par Laetitia, avec Paul qui se colletaille avec Dédé, avec Lévis qui fait le clown, avec Magdelina qui se ferait couper les deux bras pour lui, avec Mimi et Frédé qui sont comme des frères et sœurs, avec des parents qui nous aiment. Il semble que le bonheur se soit laissé rattraper après les événements de l'été, il y a deux ans. Après tout, peut-être que le bonheur ne demande pas mieux que de se laisser rattraper, mais il faut lui courir après de toutes ses forces, sans se laisser distancer sinon on est fichu, il faut attendre qu'il repasse par là dans sa course erratique.

Je me bourre de dinde au beurre, de petits pains chauds, de patates fouettées au lait. Monsieur Vincent se promène déjà autour de la longue table avec son accordéon à bretelle bleu, blanc, rouge. Comme un magicien, ses doigts effleurent les touches et les mélodies s'animent et vivent. Derrière les notes du « p'tit vin blanc sous la tonnelle », je peux sentir le soleil d'été qui me chauffe les membres, le parfum des champs qui me réjouit le nez, le goût du vin qui caresse la langue, les amoureux sous la tonnelle qui se frôlent et s'échangent des mots doux, les vieux couples qui fraternisent et le chant des cigales dans les foins qui se mêle aux éclats de la fête.

Tout le monde parle en même temps d'un bout de la table à l'autre, on ne s'entend plus penser. La voix pointue de la tante Blanche domine et l'oncle Félicien donnerait volontiers sa bague à diamant pour qu'elle se taise enfin. Il mange à petites bouchées, le nez dans son assiette en redressant la tête de temps en temps pour sourire à la cousine Clara qui lui parle du métier de son amoureux, qui est bijoutier. La réputation de la tante Virginie en prend pour son rhume, elle tient une maison de pension pour jeunes filles, il n'y a rien d'anormal à ça, sauf que les jeunes filles ont la permission de recevoir des messieurs, explique le cousin Alban qui voit la paille dans l'œil du voisin mais pas l'inspecteur municipal dans sa *chambre à coucher. La tante Virginie n'est pas là pour se défendre et les absents ont toujours tort.*

Rose-Mai étire son pétillant et Magdelina entraîne un danseur imaginaire en servant le dessert à Lévis. À travers le feuillage du grand chêne, la lumière fait et refait de fugitives taches d'ombre et de lumière, parfois une abeille vient se poser sur un sucrier de verre taillé. On la chasse mais elle revient avec entêtement bourdonner au-dessus de son Klondike.

À trois heures, Boudin et Rose-Mai sont prêts à partir. La tante Rose déclare qu'on va s'ennuyer mortellement mais qu'on prendra un coup solide pour se consoler. Elle pratique ce qu'elle prêche puisqu'elle se sert un p'tit verre de tord-boyau et l'avale d'une traite en claquant la langue comme un lumber-jack. Il y a une nouvelle séance d'embrassades pendant que Boudin, les mains pleines de valises, fait trois aller et retour de la maison au coffre de la Buick. L'oncle Félicien les conduira jusqu'à Québec, ça fait partie de son cadeau de noces, il en profitera pour faire une virée en ville sans la tante Blanche. Boudin et Rose-Mai rentreront la semaine prochaine en autobus.

Il n'y a pas cinq minutes qu'ils sont partis que Monsieur Onil survient avec sa camionnette d'avant-guerre tellement cabossée qu'elle en est informe. Surexcité autant que Monsieur Onil puisse être surexcité, seules ses paupières clignotent plus vite que d'habitude, il nous apprend que Pépé s'est tué dans un accident de voiture. Il aurait raté le virage qui donne sur la carrière de sable du rang des Quatre-Veuves pour plonger dans le vide et s'écraser soixante pieds plus bas. Cette nouvelle coupe la parole aux plus grisés. Lévis perd son grand sourire heureux, Jean-Nil se redresse,

Mimi s'étouffe et Frédé veut en savoir plus long. Mais Monsieur Onil n'en sait pas plus; il répète ce qu'on lui a dit sur les lieux de l'accident. Ses yeux gris délavés n'expriment aucune émotion, sa barbe de deux jours tourne au gris.

Voilà qui nous ramène encore deux ans en arrière, personne ne croit à l'accident, moi moins que les autres, je découvre qu'on peut se tuer par amour et cette constatation me trouble plus qu'elle ne me déconcerte. Pour moi, la mort est une affaire sérieuse, j'apprends que l'amour aussi est une chose sérieuse et qu'on ne doit pas plaisanter avec ça. Pépé m'aura au moins appris cette vérité en mourant dramatiquement.

On sait bien que ce n'est pas par coïncidence si Pépé s'est tué justement dans cette carrière précisément aujourd'hui. Cette carrière ressuscite des fantômes dans l'esprit des villageois, ils croyaient avoir oublié définitivement et voilà qu'au-delà du temps et de la mort, Pépé bouscule et réveille des souvenirs amers. Je l'imagine très bien serrant les dents, le regard embué, qui s'envoie une dernière rasade de mauvais vin, qui écrase l'accélérateur et qui ferme les yeux en arrivant au virage fatidique. Salut Pépé, j'espère qu'il y a du bon vin là où tu es, j'espère aussi qu'il y a de joyeux compagnons de table pour ne pas trop te dépayser et pas de femme pour venir troubler ta tranquillité. Je crois au ciel parce que je veux y croire. Dieu m'excusera de l'imaginer à mon goût et à ma manière, ou peut-être plutôt au goût et à la manière de Pépé.

Rose-Mai reviendra bien assez tôt pour apprendre ce qui s'est passé dans la carrière du rang des Quatre-Veuves aujourd'hui. Cette nouvelle catastrophe lui tombe dessus juste au moment où la vie lui souriait de nouveau.

On se sert un autre verre pour s'aider à oublier cette affaire et on se force à parler d'autre chose. On oublie vite les pauvres types qui viennent jeter le désarroi dans nos petites habitudes, ils disparaissent sans trop laisser de traces dans les esprits. On les écarte complaisamment comme des anachronismes de la nature, comme des clous tordus parmi les autres, comme une ombre gênante sur notre bonne conscience comme si leur misère assombrissait et handicapait notre droit au bonheur. Je me dis que, dans la vie, il vaut mieux trouver quelqu'un qui nous aime, quelqu'un qui nous trouve beau et gentil et je réponds au sourire de Louloulo qui croque élégamment une cerise à l'autre bout de la table. Je vais aussi sincèrement m'excuser auprès de Boulotte qui se berce à la cuisine enveloppé d'une couverture de laine. Je dois être très convaincant puisqu'il consent enfin à relever la tête et à sourire.

Quand même j'aime bien les mariages. On s'est bourré de bonne dinde au beurre, de petits pains chauds et d'onctueuses patates au lait, on a entendu des histoires cochonnes à propos de la tante Virginie et les histoires drôles de l'oncle Félicien. J'ai même reçu un vieux trente-sous de mon parrain qui a soudain réalisé qu'il avait oublié mes dix premiers anniversaires. C'est un vieux rentier qui n'a jamais bien pris au sérieux son rôle de parrain. Je me suis bien amusé avec Boulotte, Dédé et Louloulo, j'ai fait un tour de voiture et je me suis envoyé quelques verres de pétillant qui traînaient par là. Zézette et Bouton sont venus faire leur petit tour, on ne s'ennuie jamais avec eux mais, cet après-midi, assis sur la véranda qui chauffe les cuisses, je ne peux m'empêcher de penser à cet été torride, il y a déjà deux ans de ça.

1950

Nous vivons comme ça, peletonnés dans un creux douillet entre la montagne Bleue, nos pinèdes et nos champs de savanes à bleuets, comme dans un creux tiède de ventre de femme. Le dieu soleil brille avec opulence rien que pour nous. Il dore nos cheveux, nos corps et les foins, il donne une âme aux cailloux gris, aux souches dressées, aux étangs, à nos petits sentiers tortueux, aux vieux bois, aux mouvements paresseux de la Ridée. De loin je peux entendre bruire les grands solitaires qui règnent sur la prairie jaunie.

Le dieu vent charrie les rumeurs venant des montagnes, de la grande rivière ou des prairies, son murmure est paisible et tranquille même si on peut sentir toute sa puissance latente. Le dieu eau se fait discret mais il apparaît à son heure pour désaltérer généreusement la terre lorsqu'elle ouvre tout grand ses fissures et ses craquelures, pour gonfler la Ridée d'eau tiède, pour irriguer les racines assoiffées des solitaires, majestueux de patience et de confiance.

Les arbres, les foins, les pins, les cigales, les nuages chantent, toutes les choses chantent et leur hymne monte vers un ciel d'un bleu vibrant, un ciel qui semble s'étendre au-delà de toute limite.

Nous respirons, nous dormons, nous rions, nous nous aimons, nous travaillons et nous sommes heureux. Le temps paraît avoir définitivement jeté l'ancre. Je voudrais que tout cela dure pour toute l'éternité mais il y a des choses qui nous rappellent que le dieu temps ne s'arrête jamais et qu'il poursuit sa route invincible. Le mouvement des nuages dans le ciel, les étoiles qui s'allument, qui s'éteignent, la Ridée qui s'écoule sans hâte, les saisons qui naissent et qui meurent, le carillon léger d'une naissance, le carillon joyeux d'une noce et le glas funèbre des grands départs.

Pourquoi faut-il mourir un jour? La réponse se cache-t-elle quelque part dans les nuages, quelque part dans la montagne, quelque part dans les foins de la prairie, quelque part en nous, ou encore partout à la fois. C'est un mystère que nous ne pouvons pas percer comme s'il était hors de notre portée, qu'il était partie intégrante de l'âme de l'univers còmme la mer, le vent et la vie, Monsieur Damase vous le dirait mieux que moi lui qui a soixante-seize ans et qui réfléchit beaucoup là-dessus.

La canicule arrive avec le début du mois de juin. Il n'y a jamais eu autant de neige que l'hiver dernier et pour les vieux une telle abondance de neige indique un long été sec et torride. En tirant sur sa pipe comme si c'était sa dernière, Popeye dit qu'il n'a plus vu ça depuis 1936. Puis il pointe sa pipe en direction de la poitrine de Mathusalem comme s'il allait annoncer quelque chose de capital. Cette année-là, d'après lui, on avait combattu pas moins de seize incendies de forêt rien que dans le comté, pas de petits brûlés inoffensifs mais de véritables catastrophes naturelles. Tous les hommes valides avaient été enrôlés avec haches, pioches, pelles et pompes à bras. Les hommes affrontaient de véritables murailles de flamme qui couraient à la vitesse du renard, qui cuisaient la peau et roussissaient les cheveux, un enfer que Popeye n'oublierait jamais. Les volontaires s'échinaient dix-huit heures par jour pendant qu'aux villages les femmes et les enfants suivaient de multiples processions pour demander une trêve au bon Dieu.

— Vous avez fini de radoter, dit Bibi, tout le monde s'en fout de 1936 et il n'y a plus à s'en faire, maintenant on a de l'équipement et des avions citernes.

— Oui, il y a des avions citernes, répond Popeye, il y en a deux en cale sèche parce qu'ils ont la coque trouée par la rouille et on utilise l'autre pour transporter le ministre et ses amis à son camp de pêche.

Bibi regarde sa montre et rallume son mégot.

— Si ce cocu-là n'arrive pas, il va manquer son train, dit-il.

En plus de tenir le garage, Bibi loue des voitures, une Packard 1942 et une Ford délabrée 1939, et il fait le taxi au besoin. Il fait sa publicité sur son service de vingt-quatre heures, ce qui est vrai sauf quand il part sur une balloune de deux jours.

— En tout cas, il fait chaud à sortir Ernest Lapointe de l'enfer!

Comme pour confirmer, Popeye étend sa jambe maigre et son articulation émet un craquement inquiétant. C'est un court petit vieillard tellement sec qu'on a tout le temps peur qu'il se casse en deux. On ne sait jamais si c'est sa berceuse qui fait craquer les planches de la véranda ou si ce sont ses vieux os qui grincent. Heureusement, il ne bouge presque pas. Il s'est installé sur sa chaise à la mi-mai et il y restera à se faire chauffer les os jusqu'à l'été des Indiens, comme un vieux crapaud sur sa pierre au milieu d'un sentier de forêt. Il sèche en compagnie de Mathusalem qui pleure des yeux et tremble des mains et en compagnie d'Abel qui ne dit jamais un mot mais qui regarde les gens avec ses petits yeux perçants et malicieux.

Popeye se désintéresse de la conversation pour reluquer les grosses fesses fermes de Madame Décarie qui tendent le tissu de son pantalon. Malgré la désapprobation générale, Madame Décarie s'entête à porter le pantalon qui accentue encore son bassin trop fort. Les regards de Mathusalem et d'Abel suivent la même direction et se rejoignent ensuite avec une muette lueur d'appréciation. Les trois vieux schnoques pourraient reconnaître toutes les femelles d'Isieux rien qu'avec un gros plan de leur cul.

Madame Bibi sort sur sa galerie du deuxième pour éventer sa nappe, c'est une petite femme ronde, bouclée et vive.

— Ça sent encore la charogne en haut, crie-t-elle à l'adresse de son mari qui feint l'indifférence. Un beau jour tu te retrouveras tout seul si tu ne cherches pas un loyer décent loin de cette saleté de garage.

En secouant sa nappe, elle laisse tomber une fourchette qui rebondit contre la vieille plaque de tôle délavée de la compagnie Esso et vient tomber presque aux pieds de Bibi qui se penche pour la ramasser et la glisser dans sa poche.

— Le jour où elle cessera de se plaindre, il fera vraiment chaud, dit-il entre ses dents, pour lui-même.

Madame Bibi s'engouffre dans la maison en claquant la porte presque à casser les carreaux. Bibi devra la flatter dans le sens du poil s'il veut la ramener à de meilleurs sentiments.

Même les chiens se terrent dans leur trou en grattant la terre pour se faire un lit plus frais sous les galeries, le soleil impitoyable découpe des ombres nettes sur la devanture toute cloquée du magasin général. Pour combattre la chaleur Mimi se fait servir trois boules de crème glacée. Enfin Monsieur Omer arrive en courant avec sa vieille valise de tissu. Il ressemble à un ministre des Finances avec son costume gris discrètement rayé, sa petite veste assortie et son feutre mou, gris lui aussi. Il s'en va à Québec aux funérailles de son frère qui est mort des longues suites d'une blessure de guerre. Comme il s'attendait à cette éventualité depuis longtemps, il ne semble pas trop affecté, au contraire un petit voyage en ville à bord du wagon-bar n'est pas pour lui déplaire.

— Allons-y, dit Bibi qui se glisse derrière son volant.

La guimbarde dévale la pente douce avec majesté, avec Bouton et moi accrochés à ses flancs, debout sur les marchepieds. Monsieur Omer desserre sa cravate, s'envoie un p'tit coup de tord-boyau, en offre un à Bibi et éponge son cou qui déborde de son col blanc. Nous enfilons la Principale déserte et un bout de la Commerciale, dépassé la Maison Rose, le village semble abandonné aux chiens perdus, puis nous tournons à gauche sur la petite route de gravier. Le tacot dérape sur les cailloux et Bibi ralentit l'allure. La gare apparaît au loin toute seule au milieu de son champ. C'est un minable petit bâtiment juché sur ses quais, recouvert de papier brique et de tuiles d'asphalte. De loin, dans l'air surchauffé, elle semble voguer sur une mer d'huile tel un vaisseau fantôme sorti d'une légende. Un panneau de bois indique ISIEUX en lettres brunes sur fond jaune. La poussière cuit sur le guichet grillagé, sur le poêle de fonte au milieu de la grande pièce, sur l'horloge avec chiffres romains, sur la pesée, le diable et les bancs de bois vernis. Les murs sont recouverts de lattes moitié brunes moitié beiges. L'homme du guichet chasse machinalement une mouche de son cahier aux coins écornés, il a le geste lent, presque automatique.

C'est ici que nous revivons les westerns qu'on présente à la salle paroissiale les samedis après-midi de pluie. Les wagons du Canadian Pacific Railway et du Canadian National Railway se transforment en wagons de la Santa Fe, de la Penn Central ou de la Union Pacific. C'est ici que la bande à Sitting Bull attaque les convois postaux, coupe les lignes télégraphiques et met tout à feu et à sang. Les locomotives noires, complexes de bielles, de rouages et de conduits crachent la vapeur blanche et profilent leurs hautes cheminées renflées. Elles sont identifiées en lettres d'or, rutilent de leurs cuivres, sont somptueuses de velours pourpre. Pecos Bill, Jessie James et Calamity Jane sont au rendez-vous avec leur arsenal de winchesters et de colts à crosses nacrées. Pour nous, dans nos petites têtes, les rails aboutissent à l'autre bout du monde, au cœur de villes mirifiques, ils traversent des vallées verdoyantes peuplées de daims et de castors, ils percent des forêts sombres, sautent les lacs et les rivières, serpentent les déserts ocre et enjambent les fjords et les cañons de granit rouge. Puis surgissent la Nouvelle-Orléans, Snake Creek, Dodge City ou Dawson City auréolées de leurs légendes. Sautant les joints des rails, les roues d'acier des wagons battent comme autrefois la même et monotone cadence qui nous enflamme l'imagination les jours de mélancolie.

Bibi stoppe contre le quai de ciment, descend de la voiture et va débarquer la valise de Monsieur Omer. Bouton lui ouvre la portière et les deux hommes échangent une autre rasade de p'tit blanc. Le train se présente peu après en faisant gémir ses freins d'acier, il s'immobilise et reprend son souffle. Puisqu'il est sur place, Bibi attend pour voir si un malheureux voyageur descendu du train n'aurait pas besoin de ses services. Un voyageur qui descend à Isieux c'est un événement, les gens préfèrent l'autobus, il n'y a que Monsieur Omer qui continue à croire au transport ferroviaire, surtout à cause du bar. Bibi frotte une allumette sur son derrière de culotte et rallume son mégot. C'est son jour de chance, il y a un passager qui saute du marchepied alourdi de deux grosses valises. Sans poser ses bagages, il regarde autour de lui et exécute quelques flexions de jambes engourdies par quatre heures de train. Il est habillé comme une réclame de tailleur dans le journal illustré. Avec son costume étroit, ses souliers vernis de cuir ocre et sa cravate extra-large, on dirait Monsieur Décarie, qui est voyageur de commerce, qui part vendre ses biscuits à thé dans le fond de l'Abitibi. On dirait le jeune campagnard parti pour la ville faire ses études et qui revient chez lui quatre ans plus tard avec un peu plus d'assurance, plus d'expérience de la vie et plus de connaissance des gens. Bibi se demande un moment s'il ne s'agit pas d'un jeune gars de l'endroit qui revient mais il n'arrive pas à lui trouver une place dans ses souvenirs. Il se décide pourtant à l'aborder pour lui offrir ses services. Le voyageur regarde le clocher de l'église au loin et décide de profiter de l'occasion. Bouton et moi nous emparons de ses valises pour les hisser dans le coffre de la voiture, elles sont lourdes comme des caisses de briques. Ce sont des valises qui ont beaucoup voyagé, elles ne sont pas vieilles mais éraflées, un peu cabossées, avec quelques cuivres de coin en moins. Je vois que Bouton se pose la même question que moi, il n'y a que des livres qui puissent peser aussi lourd. Ce type-là doit beaucoup lire ou alors c'est un vendeur d'encyclopédies pour habitants ignares quoique pleins de volonté d'apprendre.

De nouveau accrochés aux flancs du tacot, nous démarrons et revenons sur nos pas. Le voyageur ne semble pas trop jasant mais Bibi parle pour deux à faire sa publicité. Si l'étranger a besoin d'une voiture de location, Bibi est l'homme à voir, autrement il offre un service de taxi opérant vingt-quatre heures par jour. Nous débouchons sur la Commerciale, elle s'anime un peu par rapport à tout à l'heure. Madame Alma sort du bureau de poste, Monsieur Fidèle déjà un peu soûl salue Bibi de la main, il interrompt un instant sa marche louvoyante pour chasser un petit chien jaune qui cherche à lui mordre les mollets. Par moments, les arbres forment une voûte au-dessus de nos têtes créant de providentiels îlots de fraîcheur, sur un poteau jaunit une affiche de Maurice Duplessis réchappée de la dernière campagne électorale, une annonce de tôle nous invite à boire un Orange Crush tout ruisselant de froides gouttelettes d'eau. Frédé termine justement sa tournée de cubes de glace. Ses affaires vont mal, encore cette semaine il y a deux familles qui ont troqué leur vieille glacière pour un frigidaire tout clinquant. Mimi pense qu'il lui faudra se recycler. Pour sa part, Frédé déclare qu'il n'a que deux ennemis dans la vie: les frigidaires et les deuxième étages et que, s'il se laisse faire, les frigidaires électriques auront sa peau avant les deuxième étages. Pourtant Frédé mérite mieux, il travaille dix heures par jour, l'hiver, à la fabrique et il se brise les reins, tout l'été, à lever ses icebergs de leur enveloppe de sciure jusqu'aux clients. Il se masse vigoureusement les muscles des cuisses, s'allume un cigare bon marché et se réinstalle au volant.

Bibi conduit le nouveau venu directement à la maison de pension de Madame Gloire. C'est une vaste maison de deux étages, délabrée et vieillotte avec des vérandas sur trois faces, un toit plat et des têtes de fenêtres en demi-rond ornées de vitraux peints. Les mêmes vitraux décorent aussi les deux côtés de la porte d'entrée en donnant à la façade une allure d'opulence vétuste, de style un peu pompeux et périmé. En tout cas, c'est ce qu'il y a de mieux à Isieux étant donné que c'est aussi la seule.

Bouton et moi tirons les lourdes malles de la valise arrière et les grimpons sur le perron. Pendant ce temps-là, le nouveau venu examine la maison avec l'indulgence et aussi l'indifférence de quelqu'un qui en a déjà vu bien d'autres. Il redresse d'une main le rectangle de contre-plaqué qui est de guingois et qui annonce des chambres à louer avec ou sans pension.

— Vous montez les enfants? crie Bibi qui encaisse le prix de la course.

— Non, répond Bouton, nous rentrerons à pied.

Il m'entraîne.

— Regarde bien, me chuchote-t-il, elle va encore se montrer le cul.

— Rappelez-vous, crie encore Bibi en se pointant la poitrine et en arborant son sourire le plus commercial possible, transport en tout genre, essence, service d'entretien. Bouton se colle le nez contre les carreaux qui donnent sur la salle de lavage où il pense apercevoir Madame Gloire qui a l'habitude de s'y enfermer en petite tenue les jours de lessive quand il fait chaud comme aujourd'hui. Elle laisse parfois entrer les Polonais un par un ou les deux à la fois. Mais, cette fois, Bouton manque de chance, Madame Gloire n'y est pas.

En 1920 Madame Gloire arrêtait les messieurs sur les trottoirs en bordure de la rue Saint-Paul. Trente ans après, elle refuse d'accepter qu'elle ne peut plus inciter des clients à la suivre au deuxième. Elle refuse parce qu'elle a peur, peur de son âge, de sa débandade et de sa décrépitude, elle s'accroche au passé en le projetant dans le présent, ça lui aide à vivre. Quand Madame Gloire se soûle la gueule et parle de cette époque, elle en devient pathétique.

— C'est vrai, j'étais une guidoune, mais une vraie, avec la vocation sacrée. J'ai fait de l'argent, beaucoup d'argent, j'étais toilettée et bijou-tée comme les plorines de la haute ville, j'avais un collier de perles et un fume-mégot en or véritable. Mais je ne travaillais pas seulement pour l'argent, même si j'ai parfois escamoté un vieux dix aux vieux schnoques avec des dentiers en or, jamais aux pauvres types en Penman élimé, je travaillais même pour rien quand un pauvre gars dans le besoin se présentait fauché comme un juif.

C'est la générosité qui a fait descendre Madame Gloire sur le trottoir. Elle n'a jamais pu refuser quoi que ce soit à quelqu'un, elle a tou-jours tout donné pour un sourire, y compris ses services professionnels. Il y a des guidounes comme ça qui sont incapables de dire non, qui ont le cœur plus grand que la tirelire. Tout le monde l'exploitait sans vergogne mais elle ne leur en voulait pas, au contraire elle leur trou-vait des excuses. Pour Madame Gloire, la ri-chesse c'était un collier de perles, des chiffons, un fume-cigarette en or et l'impression de don-ner un peu de tendresse au travers les corps à corps. Elle avait besoin de se prouver qu'elle était essentielle pour quelqu'un. Madame Gloire possède toujours son grand cœur mais elle n'a plus rien à donner. Madame Alma dit que c'est une nymphomane doublée d'une alcoolique invétérée, Monsieur Alma répond qu'une vraie guidoune doit être nymphomane avec un cœur d'or, les autres ce sont des plottes. Madame Gloire refuse d'admettre que trente années ont passé, qu'elle a plus que doublé son lard, triplé ses mentons, triplé aussi son tour de fesses et multiplié ses bourrelets de viande bleuâtre. Elle veut croire de toutes ses forces que la vie continue comme dans le bon vieux temps quand elle faisait la reine du bordel et qu'elle pouvait faire bander un monseigneur pédéraste. Mais ses charmes n'opèrent plus, il ne reste que les deux Polonais pour la peloter un brin les jours de grande famine. Madame Gloire en fait de la dépression et elle se soûle la gueule solide pour la faire passer, elle redevient alors minaudière et guillerette, ses vieux rêves refont surface et elle cherche une bonne âme avec qui les partager. Elle rêve de tenir un motel de luxe dans le sud, quelque part en Floride ou en Californie, avec la mer, du soleil, des palmiers et des fleurs.

En apercevant le nouveau venu, Madame Gloire referme sa robe de chambre fatiguée et devient toute coquette comme une jeune fille à son premier bal qui rencontre un jeune et superbe officier de cavalerie. Les beaux garçons lui font toujours cet effet-là, moitié par calcul, moitié par spontanéité que trente ans de bordel n'ont pas réussi à émousser. Mais l'enchantement n'est pas réciproque, l'étranger voit une vieille femme à la chevelure terne, le blanc de ses yeux est d'un jaune poisseux, sans expression, dans une grosse face de lune coupée par des lèvres flasques, trop rouges. Une tâche au-dessus des forces d'une trousse de maquillage, comme dit Monsieur Onil, à partir d'une certaine laideur le maquillage ne devrait plus être permis. Là-dessus, Rose-Mai qui est venue rapporter des draps rapiécés descend l'escalier monumental, l'étranger lui cède le chemin et leurs regards se croisent. Une fois dans la rue, Rose-Mai ralentit le pas, se retourne un instant et reprend le chemin de la maison. Pendant ce temps-là, Madame Gloire éteint rapidement son mégot, camoufle un verre d'alcool brun derrière une lampe et croise les mains pour cacher ses doigts jaunes de nicotine. L'étranger lui demande poliment s'il peut trouver une chambre chez elle. Bien sûr, c'est une période creuse et de toute façon il y a toujours une place pour les jeunes voyageurs bien élevés. Chez Madame Gloire, c'est la période creuse toute l'année. À part Popeye, Mathusalem, Abel, Mademoiselle Florence, deux jeunes de Clairval et les deux Polonais, c'est le désert, six chambres vides attendent un occupant sauf quand, deux fois par année, comme aujourd'hui, un voyageur perdu frappe à la porte, ce qui n'empêche pas Madame Gloire de qualifier sa maison de cosmopolite grâce aux deux Polonais réchappés du barrage de la Rapide Blanc.

Madame Gloire précède l'étranger dans l'escalier ouvragé en chêne vernis, elle cesse de parler parce qu'elle a le souffle court, sa grosse silhouette se hisse difficilement, ses courtes jambes bleuies de varices vacillent comme un tronc d'arbre sous les coups de la hache, sa main potelée s'aide de la rampe. Le nouveau pensionnaire soulève facilement ses valises et emboîte le pas. Bouton remarque que Madame Gloire doit avoir l'intérieur des cuisses usé jusqu'à l'os à cause de la friction. Il est déçu d'avoir été privé de son spectacle et, pour compenser, il laisse courir un œil rêveur sur les vastes dessous accrochés à la corde à linge que le vent gonfle avec indécence. Il y a un peu d'exhibitionnisme chez Madame Gloire à étaler sa lingerie intime, un vieux réflexe de guidoune. Sa « petite » culotte pourrait nous loger tous les cinq, Bouton, Zézette, Tiné, Bibitte et moi. Si un jour un de ses énormes soutiens-gorge a mystérieusement disparu, ce n'était pas pour enrichir la collection érotique d'un vieux satyre mais pour garnir un de nos gants de base-ball destiné à recevoir des rondeurs beaucoup plus modestes.

Bouton imprime un élan aux six berceuses enlignées sur la véranda en essayant de synchroniser leur mouvement mais, comme il n'y arrive pas, il abandonne et nous reprenons le chemin de la Principale. Il est pensif depuis un moment et quand Bouton est pensif il marche avec les pieds en dedans. Il m'explique qu'il a du mal à croire que Sophie soit la véritable fille de Madame Gloire, il pense qu'il est impossible qu'une grosse truie comme la maîtresse de maison ait pu accoucher d'une fleur comme Sophie, belle comme une journée de printemps, sensible comme de l'eau de source, gracieuse comme un bouton d'or, avec un petit nez délicat, ses grands yeux toujours étonnés, des lèvres humides qu'on a tout le temps le goût d'embrasser et de petits seins ronds haut perchés qu'on a tout le temps envie de prendre dans la main. Je cherche une explication plausible dans le genre de la montagne qui accouche d'une souris, sans réussir à convaincre Bouton. Peut-être qu'en revenant de son couvent, au début de juillet, Sophie pourra nous en apprendre plus. On pensait la voir à Noël mais Sophie n'accepte de revenir à Isieux qu'à reculons, elle et sa mère c'est l'eau et le feu.

Monsieur Fidèle nous arrache à ces réflexions oiseuses, il marche de guingois avec son sourire en coin. Il s'arrête derrière la longue carcasse noire de Mademoiselle Roma qui moleste un melon à la devanture du magasin général. On sent des côtes, des hanches, des os iliaques et des rotules qui saillent de partout sous la sévère robe noire qui tombe au bas des mollets décharnés, elle porte de petits souliers noirs eux aussi, à talons plats, qui reviennent du cordonnier pour la cinquième fois. Cérémonieusement, Monsieur Fidèle se penche en caresse délicatement une fesse creuse, Mademoiselle Roma sursaute comme si on lui avait appliqué un fer chaud, elle pousse un cri pointu et se retourne tout d'une pièce. Monsieur Fidèle continue dignement son chemin, sa face étroite se fend d'un large sourire épanoui, il penche à droite comme s'il portait un poids et il flotte dans un pantalon gris qui pourrait en prendre deux comme lui. Mademoiselle Roma siffle et se dresse comme un serpent à sonnettes, les veines de son cou se gonflent et les nerfs de ses bras tendent la chair jaunâtre.

— Immonde maquereau, lance-t-elle, suppôt de Satan, infâme... sordide...

— N'en mettez pas trop, répond Monsieur Fidèle sans s'arrêter et sans perdre son sourire ébahi, sans même se retourner.

— Pauvre homme, pauvre homme, il ne reste qu'à prier pour le salut de votre âme, elle en a bien besoin.

Mademoiselle Roma ressent le besoin de prier pour n'importe quoi et n'importe qui, besoin, pas besoin, d'accord, pas d'accord. Elle est la bouée secourable qui empêche de se noyer, la main salvatrice qui dénoue le nœud coulant autour du cou du pendu, la main généreuse qui arrête le bras de l'assassin. Elle souffre d'une énorme soif mystique de sauver des âmes

45

par le biais de ses prières, c'est sa raison d'être, sa seule raison de vivre. Mais les hommes d'ici trouvent détestable de se faire repêcher alors qu'ils ne demandent pas mieux que de plonger tête première dans la mer de l'ivrognerie ou celle de la concupiscence. Il faut savoir sauver les gens quand il le faut, comme dit Monsieur Alma, trop tôt, c'est trop tôt.

— C'est ça, continue Monsieur Fidèle, puisque vous êtes au mieux avec la Viarge Marie si ce n'est pas trop vous demander vous pourriez voir si son fils ne pourrait pas me changer quelques gallons d'eau en Saint-Georges.

Cela dit, il laisse la vieille fille à ses émois et entre chez Bibi pour se faire conduire à la Commission des liqueurs d'Eupré, comme s'il ne comptait pas trop sur les gallons célestes. Bibi travaille sur une transmission, mais comme elle gît là depuis tout un mois, elle pourra bien attendre encore cinq minutes. En essuyant ses mains graisseuses, il réclame l'argent des courses effectuées plus tôt pour Monsieur Fidèle.

— Bienheureux ceux qui savent attendre, dit Monsieur Fidèle. Bibi n'insiste pas, il sait qu'il partagera le gallon de vin. Comme nous passons par là, Bibi nous prie, Bouton et moi, de garder le garage un instant, rien qu'un instant en tapant sur du métal de temps en temps pour que Madame Bibi ne soupçonne pas son absence. Comme deux compères d'opérette, ils poussent la voiture sur la pente douce pour ne pas attirer l'attention de la ménagère avec le bruit du démarreur. Ils sont partis, nous nous installons dans la vieille Packard noire qui ternit dans la cour au milieu des pneus en peau de fesse et des herbes folles. Bientôt Lisette vient nous rejoindre avec sa petite robe à fleurs qui lui tombe à la mi-cuisse, un délicat renflement prend naissance sur sa poitrine juvénile. Elle se glisse en arrière et veut aussitôt jouer à la duchesse qui rentre au château après une promenade à la campagne. Je joue le rôle du chauffeur et Bouton celui du mécano.

— Su-per-be matinée mon brave, dit Lisette en tirant sur un fume-cigarette imaginaire.

— Je suis bien content pour Ma-da-me, répond Bouton, l'air de la campagne reposera Ma-da-me de ses préoccupations de châtelaine.

— Comme vous avez raison mon brave, je suis lasse, lasse de la vie du château, parfois j'envie la bergère.

Lisette emprunte un accent vaguement blasé, très réussi, mais en se retroussant mignonnement le derrière, Madame la duchesse se plante un éclat de verre dans la fesse et pousse un petit cri de douleur. Face à cette nouvelle situation, je me transforme en médecin de brousse et Bouton en brancardier de la Croix-Rouge. Madame la duchesse feint de s'évanouir.

Quand nous lui retirons sa petite culotte de soie qui sent la poudre pour bébé, pour constater les dégâts, nous ne savons pas laquelle de ses deux blessures est la plus grave mais avec conscience professionnelle nous la retournons sur le ventre, nous y mettons tout notre savoir-faire et tout le stock de teinture d'iode que Bouton extrait de la pharmacie de Bibi. Madame la duchesse survit à ses blessures et aimerait jouer au docteur à son tour. Justement Bouton prétend qu'il est sur le point de tourner de l'œil.

Nous traînons tout l'après-midi parmi les transmissions, les carburateurs, les joints de culasse, les radiateurs, les pneus, les ressorts à lame, les courroies, les boulons. Régulièrement, nous tapons sur un réservoir à essence pour signaler la prétendue présence de Bibi au garage, tel que recommandé. Il règne une bonne odeur indéfinissable, un onctueux mélange de graisse, de poussière et d'essence qui colle à la peau, qui imprègne les vêtements, qui chatouille le poil des narines. C'est cette bonne odeur qui déplaît tant à Madame Bibi. Nous l'entendons, au-dessus, qui déplace des meubles et qui passe l'aspirateur avec des gestes alertes et brusques. Nous faisons le plein chacun une fois, Bouton pour Monsieur Onil, moi pour Monsieur Charles-Henri. La vieille pompe crasseuse tousse, tremble et hoquette comme si elle allait exploser et rendre son dernier soupir; par moments, elle s'emballe ou s'étrangle, il faut bien la connaître pour la manipuler correctement. Bouton s'attarde devant le calendrier géant suspendu au-dessus du bassin à eau. Une belle jeune fille de la campagne, aux joues empourprées, au sourire radieux de blancheur cueille des pommes sans, semble-t-il, réaliser qu'un petit sein dodu et polisson jaillit de son blouson. Bouton caresse le papier ciré du bout des doigts, l'œil brillant.

— Tu savais que la tétine durcit quand on la touche, dit-il.

— Comment le sais-tu?

— Millie me l'a dit, puis elle m'a laissé toucher, c'est chaud et tout doux.

L'arrivée bruyante du maître des lieux et de Monsieur Fidèle met fin à notre conversation lubrique. Pleins comme des outres, ils paraissent d'excellente humeur, quelque chose les fait rire aux larmes, Monsieur Fidèle se tape les cuisses, descend et continue à taper sur le toit de la voiture. Des brins de foin doré s'accrochent à leur costume, je parierais qu'ils ont picolé leur gallon de Saint-Georges vautrés sur le bord de la Ridée en chantant des chansons cochonnes. En nous apercevant, Bibi tousse et se compose un air laborieusement sérieux propre aux ivrognes. Il s'appuie sur la voiture pour ne pas chanceler.

— Merci vermisseaux, dit-il, vous êtes de la bonne graine de chrétien, si jamais vous voulez un travail d'é... d'été, j'ai quelque chose pour vous.

— On réfléchira, réponds Bouton, mais c'est tout réfléchi, les champs jaunes de lumière dégagent leur parfum ensorcelant, les pinèdes rousses crépitent de cigales, la mousse des savanes craque sous le pied, les étangs grouillent de queues-de-poêlons, les sentiers de forêt invitent le pas, la Ridée tiède et nonchalante nous a attendus tout l'hiver.

C'est l'heure du souper et nos estomacs nous appellent chacun chez soi. En pelant les patates d'un geste automatique, Rose-Mai confie à Magdelina qu'elle trouve l'étranger assez beau garçon. Elle détache une longue pelure et l'envoie rejoindre les autres sur du papier journal.

— Si tu avais vu de quelle façon il m'a regardée !

Magdelina est sceptique.

— Comment t'a-t-il regardée ?

Rose-Mai hausse ses délicates épaules et entreprend une autre patate sans répondre.

Rose-Mai est comme l'ampoule qui brille la nuit en attirant les papillons nocturnes. Les garçons lui tournent autour avec la même inconscience, avec le même entêtement stupide, pour l'amour de sa petite gueule de princesse de conte, sa taille de danseuse et ses allures de félin sage qui fourbit ses griffes avec une patte de velours. Il y en a dix ou vingt ou trente qui s'y sont frotté la peau, Rintintin, Pépé, Bernard Caux et Monsieur Charles-Henri parmi d'autres, mais Rose-Mai est insaisissable comme un mirage qui recule à mesure qu'on avance et qui s'estompe quand on vient pour le saisir. Monsieur Charles-Henri lui promet même de divorcer pour elle. Sa petite voix haut perchée se casse encore quand Rose-Mai vient s'acheter des kleenex à sa pharmacie ou encore quand il la prie de l'appeler Charlot. Dans ces moments-là, il transpire abondamment, ses petits yeux ronds roulent dans leur orbite et sa main rose et boudinée cherche à retenir celle de Rose-Mai qui prend sa monnaie. Puis il lui offre un petit cadeau, un joli médaillon en or qui appartenait à sa mère, et que Rose-Mai refuse toujours gentiment. Alors il soupire à attrister un pavé de ciment avec son air de chien battu et il regarde partir la jeune fille jusqu'à ce qu'elle disparaisse derrière un lacet de la Principale. Il monte servir un verre d'eau que lui réclame sa femme en haut. Elle est hirsute dans sa jaquette rose, le regard fou, l'œil hagard. Il faut qu'il la surveille constamment, aussitôt qu'il tourne le dos, elle se rue sur ses tablettes et avale toutes les pilules qui lui tombent sous la main. Ça fait six fois qu'elle se « suicide » en dedans d'un an. Le docteur dit que c'est chronique et incurable et que ça n'ira qu'en empirant ; Monsieur Charles-Henri est sur le point de craquer et même s'il a promis à sa femme, un jour, de ne pas la mettre à l'hospice, il est prêt à renier sa parole et à divorcer si Rose-Mai accepte de se marier avec lui. Alors elle lui explique le plus doucement possible qu'il a des devoirs envers sa femme, qu'elle a besoin de lui et que d'autre part il faut de l'amour pour se marier, qu'il n'est plus tout jeune, qu'elle veut au moins une demi-douzaine d'enfants et qu'elle ne saurait quoi faire de tout son argent et de tous les voyages qu'il lui propose. Il répond que l'amour viendra, qu'il veut lui aussi une pléiade d'enfants, que ces enfants lui feront oublier sa quarantaine et qu'il ne demande qu'un peu de temps pour se faire apprécier. Il assure qu'il peut être un bon père et un bon mari. Il lui fera visiter la France, la Grèce, l'Espagne, il la fera côtoyer la belle société et la sortira de ce trou où une demoiselle de son calibre n'a rien à espérer au bras d'un petit mari médiocre, insensible aux beautés de l'art, de la musique, des héritages des civilisations anciennes. Monsieur Charles-Henri rêve en couleur, il se valorise avec sa petite fortune, avec son éducation universitaire oubliant son crâne rose piqueté de brun et son petit ventre rond qui tend sa ceinture de cuir. Rose-Mai pourrait, en se penchant un peu, déposer un baiser sur le dessus de la tête du petit homme rondouillard.

En tout cas, Monsieur Charles-Henri persévère avec une belle confiance. Si son projet ne se réalise pas dans les faits, au moins il lui permet d'espérer, de croire en quelque chose, de continuer à travailler dans un but précis. Il croit qu'à la longue, sa bonne étoile lui permettra de pulvériser les concurrents ; d'après lui,

Bernard Caux, Rintintin, Pépé ou Boudin ne supportent pas la comparaison contre un universitaire cultivé, bien établi et prospère.

Il sort du four le dîner de sa femme et s'apprête à le lui monter. Pour la première fois de sa vie, il jure entre ses dents.

Il y a maintenant trois jours que l'étranger s'est installé chez Madame Gloire. Sans argumenter, il a loué la Packard de Bibi qui se préparait à sortir son grand boniment de vendeur. Bibi était déçu, il souhaitait autant pouvoir servir sa harangue commerciale que de louer sa ferraille. Damien Cousin est allé deux fois à Eupré au moulin de pâtes et papier. Il y est resté six heures chaque fois et ensuite il s'est enfermé dans sa chambre. Comme d'habitude, Mademoiselle Florence a surveillé ses allées et venues mais il a fallu attendre qu'elle intercepte son premier courrier pour en apprendre plus. Damien Cousin est envoyé par sa compagnie pour superviser l'installation de nouveaux équipements destinés au moulin. Sa mère lui reproche de négliger une certaine Mademoiselle Thérèse et de ne pas écrire suffisamment souvent. Elle lui fera suivre encore des livres par le prochain courrier. Il y a aussi une carte postale du Connecticut via Québec. Un certain Teddy l'invite à la pêche et compte lui présenter une nommée Mary qui serait aussi jolie que gentille. C'est Mathusalem qui a laborieusement réussi à traduire le message de l'anglais au français. Il a travaillé naguère avec Monsieur Damase dans les mines de charbon du Minnesota. Mademoiselle Florence nous a aussi appris autre chose. Elle est insomniaque et elle passe ses nuits à hanter les corridors, à ouvrir l'œil et à tendre l'oreille.

Elle est le fantôme de la maison, elle lévite de la cave au grenier et rien ne lui échappe.

Vers les trois heures du matin, Madame Gloire frappe à la porte de son nouveau pensionnaire. Elle a l'œil glauque, l'expression défaite des nuits de veille, quand l'angoisse l'empêche de dormir. Dans ces moments-là, il lui faut quelqu'un à qui parler, de n'importe quoi pourvu qu'elle parle, même si on ne l'écoute pas. Elle vacille dans le corridor et murmure des choses de sa voix pâteuse, un peu plaignarde, elle tient une bouteille de scotch dans sa main potelée et elle pue le fond de tonne de la rue. Elle a envie d'étaler ses projets, elle a envie de se faire dire qu'on y croit dur comme fer, qu'ils se réaliseront un de ces jours. Elle veut se convaincre qu'elle y croit encore elle-même. En même temps, elle cherche confusément l'investisseur qui l'aidera à réaliser son rêve, elle se sent seule, vidée de toute substance et même l'alcool la laisse maintenant sur sa faim.

Après un long moment, Damien vient ouvrir, l'œil lourd, les cheveux fous. Il comprend tout de suite ce qui se passe mais il n'a pas envie de folâtrer avec une ivrogne à trois heures du matin. Si Madame Gloire a des problèmes, ce n'est pas lui qui pourra les régler. Il la repousse gentiment et lui dit d'aller dormir et de lui permettre d'en faire autant et il referme sa porte sèchement. Madame Gloire récite sa collection d'obscénités apprises en trente ans de bordel, elle avale une rasade de scotch, s'essuie la bouche et pleurniche en redescendant le grand escalier. Elle observe son petit univers sombre et regarde la lune par la fenêtre, assise dans son fauteuil avachi. Enfin la bouteille de scotch lui échappe et elle réussit à s'endormir le menton sur la poitrine.

Au matin, elle ne se souvient de rien. En tout cas, elle n'en veut pas à Damien puisqu'elle ajoute un œuf et du bacon à son petit déjeuner, ce qui ne plaît pas aux deux Polonais qui protestent dans leur langue en intercalant un ou deux mots de français. Madame Gloire porte sa robe marron et sa petite croix en or, le gras de ses bras ballotte quand elle va et vient. Elle dit que si les Italiens restaient en Italie, les Anglais en Angleterre et les Polonais en Pologne tout le monde s'en porterait mieux. Tout en angles, les sourcils touffus, le sourire jaune, le plus vieux des Polonais lui passe la main sous la jupe pour se faire pardonner. Il n'a pas compris les paroles de la patronne mais il a bien vu à son ton qu'elle ne lui lançait pas des fleurs. Le calme revient. Comme Madame Gloire tourne le dos pour retourner à la cuisine, il sent son doigt et fait une grimace dégoûtée. Gêné le plus jeune Polonais détourne la tête mais Mathusalem la trouve très drôle, il en rit encore en la racontant à Popeye et à Abel devant la façade du magasin général. Sa pomme d'Adam tressaute de bas en haut, comme une balle d'enfant, le long de son grand cou de poulet parsemé de poils gris. Il enlève sa casquette, lisse les quelques cheveux blancs qui lui restent, puis il s'essuie les yeux avec un vaste mouchoir bleu marine à pois blancs qui n'en finit plus de sortir de sa poche. Le plus pathétique chez un vieillard ce sont les yeux, quand la matière vitreuse se liquéfie lentement, se fond à la chair molle des paupières et s'écoule en emportant un peu plus d'éclat.

Dès dix heures, un soleil de fournaise cuit déjà le sol, les mottes de terre durcissent et les craquelures s'élargissent dans la glaise. Il n'y a plus que la base des herbes qui soit encore verte mais les bouquets jaunes prolifèrent dans les endroits secs contribuant encore à jaunir les champs.

À l'ombre du hangar, Jean-Nil potasse un manuel de mécanique, insensible aux aboiements d'un chien qui chasse un campagnol de trou en trou. Quand il s'intéresse à quelque chose, Jean-Nil peut se concentrer comme s'il était tout seul au monde sur une île déserte. C'est pareil quand il décide d'entreprendre une morue, c'est un chat qui hypnotise un moineau qui lui tombera droit dans le bec. La Harley gît par terre lamentablement désarticulée, les pièces inutilisables sont déjà séparées des pièces récupérables. C'est une grosse moto du type de celles qu'utilise la police. Dans la cuisine, les filles préparent les décorations de papier pour la kermesse des Dames Fermières, en enroulant ses bandes de couleurs, Magdelina esquisse un pas de polka.

Les grillons stridulent déjà de toutes leurs cordes vocales comme si le soleil était à son zénith, les grands papillons jaunes battent mollement des ailes d'un liseron à l'autre, les abeilles vont et viennent par le carreau cassé de la cabane à râteaux, mon petit lézard vert dévore un grillon qui bat des antennes, le chat observe la scène assis à même le rebord de la fenêtre, seule sa tête bouge, un léger tressaillement trahit son envie de bondir sur le moineau qui pépie à deux pas. Juste comme il bande ses muscles et qu'il va bondir, l'oiseau s'envole. Le chat laisse tomber, les moineaux sont trop rapides et il en serait quitte pour regrimper à son perchoir. Il se contente de bâiller, de frotter ses moustaches et de cligner des yeux au soleil. J'observe le petit lézard vert qui agite son gosier pour faire passer l'insecte, il se cambre sur ses pattes de devant et il est tout occupé à cette opération. Enfin il l'avale, la peau élastique de sa gorge se gonfle et se détend d'un mouvement saccadé, quel beau monstre préhistorique il ferait s'il était cent fois plus gros. Je tends lentement une main vers lui, il est tout à fait immobile guettant une autre proie mais, tout d'un coup, il détale à une vitesse incroyable avec sa démarche de reptile. Les reptiles ont la patte attachée directement dans le dos, paraît-il, c'est ce qui leur donne leur démarche caractéristique. À quatre pattes, lentement, j'essaie de reconstituer le mouvement d'un lézard en marche. J'estime faire une bonne imitation en gardant le bras horizontal et l'avant-bras plié à quatre-vingt-dix degrés. Par la fenêtre, Rose-Mai me crie de cesser de faire le con et de plutôt venir l'aider à enrouler ses babioles. Isolé du monde extérieur, Jean-Nil est assis par terre les jambes repliées sous les cuisses, la tête penchée en avant sur son manuel par terre lui aussi. Il a une main grotesquement posée sur sa tête, l'autre tourne les pages.

Monsieur Onil, avec sa vieille camionnette, stoppe devant la maison juste à ce moment-là. La porte du côté du chauffeur ne s'enclenche plus, aussi il l'a attachée au siège avec du fil de fer. C'est pourquoi il se glisse le long du banc et extrait sa maigre silhouette par la portière du passager. Il ouvre le capot, jette un coup d'œil machinal au radiateur d'où jaillissent des jets de vapeur, rassuré il doit se battre pour refermer le capot correctement. Monsieur Onil ne sacre jamais ni ne s'impatiente, il ne boit pas et ne court pas les femmes mais il est radin à humilier un juif; il marche jusqu'à la fenêtre.

— Vous avez tout ce qu'il faut? demande Rose-Mai.

— Ouais les filles, dépêchons-nous.

Les tréteaux et les contre-plaqués sont empilés dans la boîte de la camionnette qui penche dangereusement du côté gauche. Les filles transportent les décorations jusqu'au véhicule, chemin faisant Monsieur Onil s'informe à savoir qui paiera pour la location du matériel. C'est Madame Blanche qui s'occupe de ça. Zézette et Bouton arrivent avec un sandwich géant au beurre de pinotte. Zézette s'assoit par terre, tient son sandwich d'une main et lance des cailloux de l'autre dans la boîte de la camionnette. Je ramasse mon petit lézard vert qui est attaché par la patte avec une ficelle fixée à ma cheville. Je le libère et le dépose dans sa cage en le couvrant d'une plaque de verre. Je place la cage en plein soleil, les lézards ont besoin de soleil, c'est le propriétaire du pet shop qui l'a dit à Tiné de qui je l'ai gagné. Puis nous aidons les filles à transborder leur bric à brac de papier crêpé bleu, blanc, rouge. Elles montent aux côtés de Monsieur Onil et nous sautons derrière à cheval sur les tréteaux. La camionnette s'ébranle en entrechoquant toutes ses tôles, elle dégage un lourd nuage bleuté presque opaque. Plus loin nous nous arrêtons pour prendre Madame Blanche qui a été chargée par les Dames Fermières d'organiser la kermesse annuelle. C'est une gentille grand-mère toute rose, tavelée de petites taches brunâtres, elle ferait une grand-mère idéale pour le petit chaperon rouge, elle se tasse entre Rose-Mai et la portière valide. Monsieur Onil qui s'en fout royalement lui demande si elle a reçu des nouvelles de son plus jeune. Elle n'en a pas reçu, à cet âge-là on ne pense pas à écrire. La jeunesse est sans mémoire et sans remords. Ses sept garçons sont éparpillés aux quatre coins du pays et elle ne les voit jamais. Chibougamau c'est loin, Montréal c'est la grande ville qui dévore les souvenirs, quand on a digéré la grand-ville il ne reste plus de place pour le petit hameau de son enfance, Madame Blanche ne se plaint pas mais elle donnerait tout le temps qui lui reste à vivre pour les revoir tous les sept avec femmes et enfants. Si Dieu veut lui faire plaisir, il n'a qu'à les réunir tous, avant qu'il ne soit trop tard, autour de la table paternelle, à Noël par exemple. Il en ferait la femme la plus comblée au monde et ce ne serait pas si difficile pour un gars qui organise des raz-de-marée en Asie, des tremblements de terre en Amérique du Sud, des famines aux Indes ou des épidémies en Afrique. Si Dieu se cherche une bonne idée pour se faire pardonner ses écarts de conduite, je lui cède volontiers celle-là. Pendant ce temps-là, Madame Blanche se nourrit le cœur de photos jaunies et esquintées par trop de manipulations, elle use ses souvenirs à force de les visionner et elle n'ose pas trop insister dans ses prières. Rose-Mai, Magdelina et moi insistons pour elle. Si une vieille dame, douce comme un pétale de fleur, débordante de tendresse, qui a cultivé l'amour toute sa vie, qui n'a jamais failli à la tâche ne mérite pas ça, c'est à désespérer du ciel et du bon Dieu du curé.

Madame Alma s'est occupée d'engager les musiciens et de recruter les juges, Madame Pacifique s'occupe du punch, Madame Gloire prête les nappes, Madame Fortunat fournit les trophées en plâtre et le curé se porte garant de la bonne moralité des festivités, du moins jusqu'à dix heures, pour ce qui viendra après, il réparera les pots cassés dans la solitude et l'anonymat du confessionnal. En imaginant tout ce qu'il aura à entendre, ses ulcères d'estomac se réveillent déjà, heureusement qu'il devient sourd, il supporte mieux les égarements de ses ouailles. Il devient aussi plus tolérant, cela l'inquiète un peu parfois mais la tolérance n'est-elle pas un peu la surdité du cœur. La vieillesse connaît aussi ses douceurs.

Monsieur Onil s'arrête sur le terrain de jeu à côté de l'école, Bibi et Frédé nous attendent une bière à la main, nous vidons la camionnette et montons les tables. Mademoiselle Cri-Cri qui corrige des devoirs enlève ses lunettes, se masse le nez et vient jeter un coup d'œil par la fenêtre. Elle ne peut s'empêcher de se regarder dans le dépoli de la vitre, elle rajuste sa coiffure et du petit doigt elle enlève une poussière imaginaire du coin de son œil d'un geste bien féminin. Elle nous ouvre la porte et nous plaçons les chaises droites autour des tables. Monsieur Alma qui arrive avec ses salopettes prend tout de suite la direction des opérations et aide Monsieur Onil à sortir le piano droit; Monsieur Onil n'apprécie pas trop cette façon cavalière de s'imposer mais il ne dit pas un mot, ce qui ne l'empêche pas de manipuler le meuble de façon à ce que Monsieur Alma se coince un doigt contre le portant de la porte. Monsieur Alma fait appel à tous les saints du ciel et Mademoiselle Cri-Cri fait celle qui n'entend pas en portant sa tasse de thé à ses lèvres. Avec une demi-douzaine de chiens dans les jambes, nous grimpons aux arbres et aux poteaux pour agrafer nos banderoles décoratives. Parfois un chien en attrape une par l'extrémité, la déchire et s'enfuit pour disparaître au coin d'une maison.

À seize heures, on est prêt et Madame Blanche ouvre officiellement la kermesse, elle est suivie par le curé qui remercie Dieu pour les belles saisons, pour le pain sur nos tables, pour les beaux enfants vigoureux, pour la santé, l'amour et le courage qu'Il nous a donnés. Le curé ne peut dire deux mots sans remercier Dieu, c'est une manie qui lui vient du grand séminaire, il en a d'autres, il ne peut s'empêcher de baptiser un nouveau-né ou de marier des amoureux, c'est un réflexe automatique. L'orchestre se lance dans la polka des lumber-jacks, les chiens aboient et se taisent, l'odeur des pâtés caresse les narines, le soleil enfin perd de son ardeur.

Chez Madame Gloire, Damien met enfin le nez dehors. La maison est déserte, un peu plus loin, les éclats de la fête parviennent jusqu'à lui et il se décide à aller voir ce qui se passe. J'épie Rose-Mai qui jette des coups d'œil fréquents dans cette direction. Elle avait sûrement sa petite idée derrière la tête, aussi ce n'est pas par hasard si elle se trouve sur son chemin. Son petit manège n'échappe pas non plus à Magdelina qui sourit de complicité tacite, celle qui s'installe entre deux femmes quand elles ne sont pas rivales. Damien accepte un verre de punch du plateau que présente Rose-Mai. Il la remercie d'un sourire, elle l'entraîne, le présente à la ronde et le fait asseoir entre le docteur et Monsieur Charles-Henri. Ensuite, elle lui sert du pâté et de la bière. On joue un rigodon endiablé.

— Tu le soignes bien, observe perfidement Magdelina qui passe près de Rose-Mai, Rose-Mai mime la fausse surprise.

— C'est normal, il ne connaît personne par ici et il a bien droit à notre hospitalité.

— Huh, huh, répond Magdelina sans conviction.

Avec son expression béate de contentement, Monsieur Fidèle se taille un chemin jusqu'au bout de la table, il transporte un volumineux bras dans le plâtre, sa petite main nerveuse en jaillit, mobile comme une patte de souris. C'est arrivé la nuit dernière, il avait un coup dans le nez, on l'avait expulsé du Trou, inspiré par une romantique pleine lune et par une plantureuse voisine, il chahutait devant la fenêtre de Madame Décarie. Son mari est parti vendre ses biscuits à thé en Abitibi et Monsieur Fidèle avait l'ambition débridée de monter la peloter un peu. Mais Madame Décarie est une honnête femme, en tout cas, elle se donne beaucoup de mal pour le prouver à Monsieur Fidèle. Il est trois heures du matin, seul un chat au loin sérénade la lune qui éclaire la Principale d'une lumière crayeuse. Monsieur Fidèle fait un vigoureux tapage à la porte, Madame Décarie allume et ouvre la fenêtre du deuxième, elle reconnaît sa petite silhouette fuyante et lui crie de débarrasser les lieux et d'aller cuver son vin dans le caniveau.

— Mon mari en sera informé, ajoute-t-elle, avec beaucoup de classe.

— Mille viarges enceintes, qu'est-ce que j'entends là, mais il est aussi en train de caracoler, Mô-sieur, qu'est-ce que vous croyez ma belle cochonne, un homme seul qui croise les chemins de cent grasses poulardes en chaleur tous les jours. C'est du bon monde, en Abitibi, on sait vivre en Abitibi, Madame, on a l'hospitalité dans le corps par là. Allons, laissez-moi monter, Viarge, j'ai juste envie de vous surchauffer la croupe un peu. Ça vous détendra et vous dormirez mieux après.

— Allez-vous-en, cornichon!

— Ben quoi ce n'est pas la lune. Je veux juste vous rougir les fesses, vous baratter l'armoire à viande, rien de pas catholique.

— Je vais vous en faire voir des armoires à viande, vieux cochon!

Madame Décarie lui lance à toute volée des cendriers en verre qui éclatent sur l'asphalte tout autour de Monsieur Fidèle qui se protège la tête de ses bras. Profitant d'une accalmie, pendant que Madame Décarie se cherche autre chose à lancer, il va chercher une échelle derrière la maison, l'installe laborieusement et se met à grimper. Elle le laisse monter jusqu'en haut, au dernier moment elle s'élance et repousse l'échelle boiteuse qui bascule dans le vide. Monsieur Fidèle agite ses bras maigres dans le vide, comme un jeune oiseau qui ne sait pas encore voler, il s'écrase mollement empêtré autour de l'échelle. Il s'assoit et tient son bras.

— Poils d'oreille de crisse, dit-il tout bas, j'ai le bras brisé.

Et maintenant, il arbore fièrement son bras éclopé comme si c'était une blessure de guerre due à un héroïque fait d'armes. Il pose son verre entre ses genoux, coince son gallon de vin entre son coude et son ventre creux et se verse dignement à boire. Sa manche de chemise qui est libre s'enfonce dans sa poche comme une main cherchant continuellement une cigarette. À deux pas, Monsieur Alma qui travaille aussi au moulin explique à Damien comment il devrait s'y prendre pour faire ses changements. Damien fait semblant d'écouter mais il reluque Rose-Mai d'un œil vagabondeur. Monsieur Alma dessine un plan du moulin avec son doigt sur la nappe.

— Il faut jeter à la ferraille les cuves sept et huit et déplacer les cylindres de l'aire nord, pas vrai Pacifique?

— Ouais, ouais, fait Monsieur Pacifique d'un ton neutre, tu sembles en savoir plus long que lui.

— Pourquoi pas, je suis né dans ce moulin entre la brayeuse et la presse, après quarante-sept ans je le connais comme si je l'avais construit.

Soudain il se souvient.

— D'ailleurs je l'ai construit, j'ai coupé les arbres avec lesquels on l'a monté.

— Tu tétais encore ta mère à l'époque.

— On travaillait jeune dans ce temps-là, c'est là que je me suis fait les bras.

Ses bras sont gros comme mes deux cuisses ensemble, ils sont noueux et musclés, des bras de lumber-jack.

Il montre ses biceps à Damien.

— Terminez votre pâté et faisons une petite partie de bras de fer, propose-t-il.

Quand le pâté est fini, il ne pense plus à faire sa partie de bras de fer, il raconte plutôt comment il s'est fait lacérer le dos par un ours géant lors d'un corps à corps. Il montre une sinistre cicatrice qui coupe diagonalement son dos velu, un dos large comme quatre fois Monsieur Fidèle. Je l'imagine en train de faire l'amour avec Madame Alma: King Kong étreignant l'héroïne qui risque l'apoplexie à chaque coup de rein. Juste en face, Madame Alma qui a entendu cette histoire des centaines de fois fixe Damien de ses yeux de bohémienne, ils brillent comme un glacial rayon de lune sur un miroir d'eau donnant sur un gouffre sans fond. Elle imagine un autre corps à corps dans lequel l'ours géant n'a rien à voir.

Un peu à l'écart, Rose-Mai montre distraitement à Magdelina un pas de polka. Elle surprend les regards enflammés de Madame Alma mais en même temps elle sent ceux de Damien qui se posent sur elle et elle sait par instinct qu'elle n'a rien à craindre de sa rivale. Comme un général d'armée, elle contrôle parfaitement le champ de bataille, elle sait qu'elle peut foudroyer les troupes ennemies et domestiquer la victoire. Entre-temps elle joue à essouffler l'adversaire tout en posant ses pièges et en étalant discrètement ses artifices. Consciemment ou pas, Damien semble tout prêt à foncer dans la cage. Plus expérimentée, Madame Alma attend l'instant propice, elle semble se désintéresser momentanément de sa proie et refait son maquillage à l'aide du petit miroir ovale de son poudrier. Jean-Nil qui est allé chercher une morue en ville n'est pas encore là, sa morue se prépare longtemps. Elle sait que Jean-Nil en pince pour elle et elle veut mesurer son pouvoir sur lui en le faisant attendre comme un pion au pied du balcon, lui comme un idiot continue sa sérénade et ne se doute de rien.

Quand on joue une polka, Rose-Mai entraîne Magdelina pour bien illustrer sa leçon. De temps en temps, elle jette un coup d'œil en direction de Damien Cousin qui acquiesce aux propos extravagants de Monsieur Alma. Leurs regards se croisent pour une fraction de seconde, mais Rose-Mai a le temps d'y lire un intérêt croissant de la part de l'étranger pour sa petite personne. Elle demande à Magdelina si elle croit que l'étranger sait danser.

— Tous les gars de la ville savent danser, ils n'ont que ça à faire les vendredis et les samedis soir.

Rose-Mai sourit d'assurance.

— J'te parie qu'il m'invitera à danser!

— Si Madame Alma ne le mange pas avant, ou si Bernard Caux ne te tue pas avant, il te dévore des yeux depuis le début, la bouche ouverte, c'est tout juste s'il n'en bave pas, et ce pauvre Monsieur Charles-Henri, il en a les mains tellement moites qu'il en échappe sa fourchette.

— Regarde bien, il va se lever et venir directement par ici. Comme pour donner raison à Rose-Mai, Damien s'excuse auprès de Monsieur Alma dont la conversation décousue l'ennuie, il contourne la piste et vient chercher Rose-Mai. Ils se glissent parmi les danseurs de polka, Lévis et Magdelina en font autant.

Après trois reels et un quadrille, Monsieur Alma grimpe sur une chaise et demande le silence. C'est le temps de sélectionner la dame fermière la plus méritante. Une pointe de pâté numérotée de un à cinq est distribuée à chacun, ensuite c'est le tour des pointes de tarte. Pendant la dégustation, l'orchestre joue un langoureux *Red Sails in the Sunset.* Damien garde la main de Rose-Mai dans la sienne, elle la lui laisse. J'ai l'impression que Mademoiselle Thérèse sera encore longtemps sans nouvelles de Damien si les choses continuent comme ça. Madame Alma bat en retraite stratégique mais elle redispose ses batteries en fonction de la nouvelle conjoncture. Bernard Caux bouille sur sa chaise, ses lèvres épaisses dessinent un mauvais rictus, sa lourde paupière à demi fermée masque une pupille dilatée par la rage.

Le percussionniste exécute un roulement de tambour et par la bouche aimable de Madame Blanche le titre de Dame Fermière de l'année est décerné à une grand-mère émue et reconnaissante. Elle quitte la scène avec sa statue de plâtre, la serrant dans ses bras comme si c'était la couronne d'Angleterre. D'une oreille distraite, Jean-Nil écoute les confidences de sa morue. Ça a l'air assommant et il a hâte que la musique reprenne pour la faire taire. Elle raconte comment son ex-petit ami ressemblait à Mario Lanza avec des yeux de velours, des cheveux bouclés et les lèvres sensuelles. Jean-Nil en a par-dessus la tête de Mario Lanza et il se venge sur son assiette de carton ciré. Le grand Julien se console de la rebuffade de Rose-Mai avec une anguleuse fille blonde qu'il a repêchée à Eupré. Les rebuffades de Rose-Mai sont toujours gentilles et Julien possède un pouvoir remarquable de récupération. La grande fille blonde ne s'en plaint pas, elle peut se déhancher comme jamais je ne l'ai vue faire, ses hanches osseuses basculent soudain comme si elles se désarticulaient et reprennent leur place de bas en haut en entraînant ses fesses plates. Elle ressemble à Madame Fidèle qui vient rejoindre son mari, Madame Fidèle porte un châle de laine sur ses épaules carrées. Elle croise ses bras de guenon sur sa poitrine plate, son visage allongé exprime la douceur, la résignation, la soumission. C'est heureux pour Monsieur Fidèle, parce qu'avec sa carrure elle pourrait le broyer d'un coup de ses mains de casseur de pierre. Mais Madame Fidèle n'élève jamais la voix, elle se plie toujours aux excentricités de son mari et accepte ses travers avec l'air bonnasse d'une sainte femme qui en a vu bien d'autres et qui est prête à en prendre encore un lot.

— Je gagne mon ciel sur la terre, a-t-elle confié une seule fois à Madame-la-Veuve-Pétrie, en rougissant, comme si elle trahissait sa promesse sacramentelle d'obéir et de respecter son mari.

Les juges défilent devant les pièces d'artisanat. La courtepointe gagnante montre Adam et Ève avant d'être chassés du paradis terrestre, donc sans la traditionnelle feuille de vigne. Ils sont entourés de motifs naïfs, anges, arcs-en-ciel, étoiles à cinq pointes, animaux petits et grands, arbres et fleurs... Ève regarde ostensiblement en bas du nombril de son compagnon et semble apprécier démesurément sa vision édénique. Le Créateur n'a pas lésiné sur l'argile en distinguant le premier homme de la première femme. À haute voix, Lévis prétend que Monsieur Fortunat a dû poser en personne si ce qu'on dit est vrai.

67

— Plutôt que de dire des âneries, vas donc me chercher une bière, rétorque Magdelina.

— Depuis quand qu'tu bois de la bière?

— C'est la fête non?

Lévis est bien obligé de l'admettre.

Madame Fortunat ne dit rien mais elle est secrètement flattée d'avoir dans ses écuries l'étalon le mieux pourvu du pays. Cela lui confère une sorte d'autorité morale quand on effleure la question des relations sexuelles parmi les Dames Fermières.

Il fait noir maintenant et Damien a fait toutes les danses avec Rose-Mai. Monsieur Charles-Henri transpire abondamment et Bernard Caux se morfond seul dans son coin. Jean-Nil promène sa morue, elle est superbement belle, d'une élégance de mannequin de mercerie mais elle a l'air d'une pimbêche pincée et précieuse. Elle déambule toujours comme si elle faisait une parade de mode en présentant son meilleur profil et en battant ses longs cils rapportés. Je ne comprends pas pourquoi Jean-Nil va toujours s'accrocher aux greluches les plus impossibles. Une seule chose compte pour lui, il faut que sa dinde soit la plus belle et la plus percutante, peu importe qu'elle soit idiote ou détestable, il s'imagine susciter l'envie en se pavanant avec une pin-up qui a un sourire éclatant de nègre et une grosse poitrine. Pourtant il y a une gentille fille, jolie et tout, qui sourit tout le temps, avec des yeux pétillants de malice, qui en pince pour lui et qui attend patiemment son heure. Elle danse avec un cousin plus jeune qu'elle qui prend son rôle de partenaire très au sérieux. Laetitia virevolte sur elle-même en bouffant ses jupons, en touchant à peine le sol avec la légèreté aérienne d'un courant d'air. Ses tresses fouettent l'air, elle porte un bandeau frontal comme en portaient les jeunes Indiennes dans nos manuels d'histoire.

Madame-la-Veuve-Pétrie se laisse entraîner sur la piste par un jeune danseur qui n'a pas encore commencé à se raser. Elle complimente ses biceps et ses pectoraux, elle prétend s'y connaître en anatomie puisqu'elle était infirmière avant de se marier. Elle récite tout ça avec un naturel désarmant comme un renard qui détaillerait une bonne pondeuse. Lévis s'est mis sur son trente-six, tout en longueur dans son costume rayé, il sent l'eau de Cologne qui se mêle aux effluves de foin. Magdelina se tasse au creux de ses larges épaules de paysan mais sa bouche se dérobe encore aux tendres sollicitations de son partenaire. Au bras de Damien, avec la démarche souple que donne l'habitude des sentiers de forêt et des chemins creux, avec son bronzage de jeune sauvage, Rose-Mai ressemble à une princesse gitane officiant les fêtes du printemps sous la lune. Les tables aux nappes éclatantes sont les autels du sacrifice, les regards, les sourires, les étreintes font partie du rituel païen parmi les parfums champêtres et les plaintes voluptueuses du violon.

Les mouches à feu s'embrasent sporadiquement au caprice de leur vol amoureux et les papillons nocturnes se brûlent les ailes autour du spot électrique installé par Monsieur Onil. Malgré les éclats de la fête, les grands arbres recroquevillent leurs feuilles et s'endorment avec une tranquille confiance, les étoiles lointaines s'allument une à une et leur musique aigrelette se mêle à celle des mortels.

Au Trou, Pépé mesure jusqu'à quel point Rose-Mai peut lui être inaccessible, il se contente de l'aimer de loin, d'un amour anonyme, d'un amour à sens unique. Il picole seul en compagnie du Patron dans la pénombre de la buvette déserte en broyant des mélancolies un peu masochistes. Dehors, Bouton pique deux bières et nous grimpons à un arbre un peu à l'écart pour jouir de son larcin. Nous nous installons confortablement dans une fourche, enveloppés de feuilles sombres gorgées de soleil et de lumière, isolés du reste du monde par un mur vivant. Bouton rapporte aussi un paquet de cigarettes qui traînait sur un coin de table. Nous sommes conscients d'usurper des privilèges appartenant au monde des adultes, de la bière et du tabac, nous les manipulons avec le respect inculqué et la crainte infuse de celui qui joue à l'apprenti sorcier avec le fruit qui lui apprendra la connaissance du bien et du mal. La bière nous laisse un arrière-goût amer dans la bouche mais ce n'est pas désagréable, elle a la couleur des foins de juillet, une consistance capiteuse et une ronde fluidité sensuelle au contact de la langue. Le tabac nous plaît moins, Bouton s'allume une cigarette avec tout le cérémonial d'un nouveau rituel. Le cœur au bord des lèvres, nous aspirons les opulentes volutes bleutées sans oser tousser ou s'étouffer. S'il faut franchir les frontières occultes du monde des adultes, faisons-le consciencieusement dans le maquis mais sans défaillir. Autour de nous, sous nos cuisses et le long de nos dos frileux, le grand arbre semble respirer aussi, ses feuilles soyeuses se dilatent et se contractent au rythme d'une poitrine géante mais paisible. À travers la chair sensible de nos mollets, nous sentons sa sève vivante qui circule, qui vient des racines, qui gonfle son tronc puissant et qui irrigue chacune de ses branches jusqu'à l'extrémité de chaque brindillon. Le grand orme qui s'endort, bruit et ronronne comme un gros chat assoupi. Sur la corniche de l'école, un engoulevent guette une souris qui pointe son museau humide entre deux bûches fendues au pied d'une corde de bois. Parfois sa tête trapue pivote d'un tour complet mais son regard fixe revient se poser sur la petite souris. Consciente du danger, celle-ci risque quelques pas en terrain découvert mais se réfugie aussitôt dans son trou. Le hibou patiente, il a toute la nuit devant lui. Un gros chat jaune à l'oreille à demi arrachée passe par là sur la pointe des pieds sans accorder le moindre intérêt à la fête, il disparaît sous la haie de Monsieur Pacifique. La nuit exhale ses parfums mystérieux qui nous enivrent plus que la bière et le tabac.

Largement imbibé de bière, Monsieur Alma dort sur sa chaise le menton sur sa poitrine large et velue qui se soulève paisiblement au rythme de ses ronflements. Comme il est lourd et qu'il faut se mettre à quatre pour le soulever, comme il peut devenir mauvais en se réveillant, il est plus simple de le laisser dormir sur place. Il retrouvera bien la maison au petit matin. Il grogne quand Madame Alma le fouille sans ménagement pour lui retirer son portefeuille pour qu'il ne se le fasse pas voler pendant la nuit. Elle le glisse dans son petit sac en paillettes et s'allume une cigarette, ses yeux à demi clos fixent Damien de la même manière que ceux du hibou fixent la petite souris au pied de la corde de bois.

Près des réserves de bière, Lévis obtient enfin un vrai baiser de Magdelina. Il se dit qu'une bière ou deux fait des miracles. Ils se regardent sans rien dire pendant une éternité sans vouloir rompre le charme qui les unit et les isole du monde extérieur. Lévis est complètement K.O. : un petit baiser lui fait l'effet d'un coup de boutoir, il lévite à six pouces du sol et nage au milieu de la voie lactée. Ils reviennent enfin parmi le monde, se sourient et se mêlent aux danseurs.

La donzelle de Jean-Nil bavasse plus fort que les autres, elle fait l'intéressante et se croit le centre d'attraction, Jean-Nil voudrait bien se voir ailleurs. Il l'arrache à sa chaise et la tire vers la piste de danse, elle se tait enfin l'air faussement boudeur en disant que son Mario Lanza n'aurait jamais osé la traiter de cette façon mais elle ne lui en veut pas, elle a-do-re les garçons qui ont du caractère et du tempérament. Elle s'attendrit et se colle à lui en soupirant profondément. Jean-Nil est franchement doué pour s'accoler aux greluches les plus casse-pieds, il semble prendre plaisir à s'empêtrer dans des situations impossibles et c'est toujours à recommencer, il ne retient jamais la leçon. Je parie qu'aussitôt qu'il aura ramené celle-ci chez elle, il s'embarquera dans une autre galère avec une semblable.

Damien et Rose-Mai terminent une polka. Au passage Damien attrape deux chaises droites et vient les planter un peu à l'écart sous notre arbre, l'orchestre entreprend un slow évocateur. Rose-Mai confie qu'elle se sent si bien et la nuit tiède qui est si douce, elle appuie sa belle tête sur l'épaule hospitalière de Damien, elle frissonne comme si soudainement elle avait froid. C'est un truc de filles, elles sont capables de tout, ça se transmet de mère en fille et ça fonctionne immanquablement. Je ne connais pas un garçon qui peut résister à une jolie fille qui se sent soudain délicate, fragile et sans défense et qui l'avoue avec de grands yeux frileux, Damien comme les autres ne peut s'empêcher de prodiguer chaleur, protection et réconfort, en même temps il se sent si fort, si puissant, si solide. L'homme n'est pas si différent du bon chien fidèle, on l'appelle Fido d'une voix caressante et il accourt la langue pendante, l'œil humide et le museau bichonneur. Les filles le savent bien, elles peuvent aussi bien simuler un froid glacial alors qu'il fait chaud à fondre le beurre pour se coller à quelqu'un, ou utiliser des variantes comme la peur, l'émotion ou l'admiration. Damien quitte son veston, le pose sur le dos de Rose-Mai et ceinture ses chastes épaules de son bras.

Sans pudeur aucune, Monsieur Charles-Henri s'étire le cou pour regarder dans notre direction, il n'aime pas du tout voir Rose-Mai blottie sous l'aile protectrice du nouveau venu. Il sait par instinct que quelque chose d'irréversible vient de se passer entre les deux jeunes gens et appréhende confusément d'avoir perdu la partie, du moins momentanément. Il détache son col qui serre son cou courtaud, il s'éponge le front, finit sa bière et s'en va se coucher. Un autre qui se fait du sang de cochon, c'est Bernard Caux qui est resté là toute la soirée, tout seul dans son coin à téter sa grosse Black Horse. Ses mains épaisses sont posées l'une sur l'autre et ne bronchent pas d'un poil. C'est bizarre parce que Bernard Caux est le meilleur danseur du pays et d'habitude il n'en laisse pas passer une. Il est massif et lourdaud mais, sur une piste de danse, il se transforme soudain aérien, souple et léger, on dirait qu'il n'a fait que ça pendant toute sa vie. Les filles n'aiment pas ses allures de marchand de charbon, ni sa conversation obtuse mais, même si elles ne veulent pas l'admettre, elles adorent danser avec lui, en tout cas elles ne lui en refusent jamais une. Mais ce soir, Bernard est contrarié, Rose-Mai s'est collée toute la soirée à Damien et il était venu rien que pour elle, pour lui parler. Il est conscient de ne pas faire le poids contre l'étranger de la ville, il aimerait bien le voir remonter dans le train pour aller chez le diable. Cent mille ans plus tôt, Bernard Caux aurait imposé sa suprématie physique en assommant tous ses rivaux d'un coup de massue et serait reparti en traînant sa femelle résignée par les cheveux. Il se demande pourquoi la vie est si compliquée de nos jours.

Il n'y a pas cinq minutes que Damien et Rose-Mai sont assis côte à côte, à l'écart, que Rose-Mai veut savoir si Damien croit en Dieu, s'il préfère la ville à la campagne, s'il aime la musique, s'il est déjà allé à New York, ce qu'il pense de l'argent, s'il est déjà monté en avion, s'il a déjà vu la télévision, s'il aimerait aller à Paris, si on peut voyager plus vite que la lumière... Damien répond que ça fait beaucoup de questions et qu'il n'aura pas trop de toute la nuit pour y répondre.

— Commençons par la première, dit Rose-Mai.

— Pauvre bonhomme, chuchote Bouton que j'entends soupirer à côté.

Résigné, Damien croise ses bras...

— Bon, quand je vois la maladie, la misère, la solitude, la mort, le suicide, les famines, des hommes et des femmes qui meurent de désespoir, quand je vois un père qui meurt avant d'achever sa couvée, quand je vois la peste, la lèpre et les guerres, je ne crois pas en Dieu. Par contre quand j'observe les étoiles, un cactus en fleur, le vin, la musique, une baleine, un poème, quand je vois de l'amour, une naissance ou un arc-en-ciel, j'y crois.

— Ni oui ni non?

— Ni oui ni non.

Ils déblatèrent comme ça pendant une éternité quand enfin Damien décide que ça suffit et qu'il a envie d'un quadrille. Je me laisse tomber par terre avec Bouton. On a envie de pisser et on va voir si on ne peut pas se chiper une autre bière. On a le pas chancelant mais personne ne nous remarque dans l'obscurité. Les danseurs se raréfient sur la piste mais on se tasse autour des tables.

Le hibou est toujours là comme s'il était sculpté à même la corniche, la pleine lune semble toute proche, presque à portée de la main. Je regrimpe dans l'arbre, Bouton me tend deux grosses bouteilles de bière que je pose délicatement entre deux branches, ensuite je l'aide à se hisser jusqu'à notre perchoir.

Jean-Nil en a par-dessus la tête de sa prima donna mais il a pour principe de ne jamais abandonner une fille qu'il a invitée, c'est une question de loyauté, dit-il. Sous certains aspects, il est le d'Artagnan de la reine, le gentilhomme chevalier qui défend les couleurs de sa dame, cœur loyal et cœur vaillant qui pourfend le dragon au mépris de sa vie. Il est l'âme noble qui se lance dans une sainte croisade fauchant les Infidèles au nom de la foi et de l'honneur. Il est sorti tout droit du Moyen Âge pour apparaître à notre époque légère, pour continuer à défendre l'honneur du cœur, le nom de Dieu et celui du Roy. Jean-Nil est un pur, généreux dans ses amours, enthousiaste dans ses entreprises et exubérant dans ses conneries. J'aime bien ses exagérations juvéniles et j'aime bien aussi ses scrupules caricaturalement chevaleresques, ça fait du bien de savoir que tout ça existe encore et je ne l'échangerais pas pour personne d'autre. Parfois, il est tellement convaincant qu'on ne peut pas s'empêcher de partager ses idéaux surannés et de chausser les bottes de Don Quichotte envers et contre tous.

Pour l'instant, il voudrait partir mais la fille s'amuse et veut rester, elle est un peu éméchée. Dans ses fantasmes d'adolescent, Jean-Nil croit encore que l'héroïne ne se soûle pas la gueule. En tout cas, ça l'ennuierait de ramener une fille paquetée.

Sans transition, Madame Fidèle se lève et entraîne son mari chancelant. Lui aussi voudrait rester, il maugrée des objections indistinctes, mais il est parvenu à son degré d'ivrognerie pendant lequel il n'offre plus de résistance. Madame Fidèle, après vingt ans de vie commune, le connaît comme si elle l'avait tricoté, il suit sa femme par la main comme un petit garçon. Son petit doigt est soudé à l'anse de son gallon de vin, il sourit béatement en trimbalant son bras éclopé. Bernard Caux est toujours là à jeter un œil morne dans la direction de Rose-Mai. Lévis et Magdelina s'en vont avec Frédé et Mimi. Monsieur Alma ronfle en sourdine, il n'a pas bougé d'un poil depuis le début, Madame-la-Veuve-Pétrie est disparue en douce un moment donné avec ou sans son jeune danseur, on ne sait pas. Madame Décarie est rentrée à dix heures précises, elle se couche tôt parce que le sommeil détend la peau et retarde l'apparition des rides, elle a lu ça dans l'*Almanach du peuple*, elle a la phobie des rides, Monsieur Charles-Henri lui commande exprès des crèmes de Paris. Pour sa part Monsieur Onil dort à l'intérieur de l'école en attendant de récupérer ses tréteaux et ses contre-plaqués tellement il a peur qu'on les lui chipe. Personne n'a jamais vu Monsieur Onil s'amuser comme tout le monde, par contre personne non plus ne l'a jamais vu rater une affaire, même modeste. Il se réveille, bâille deux ou trois fois, rallume son mégot et sans perdre de temps s'en va ramasser son bazar pendant que l'orchestre plie bagage. Avec la Packard noire, Damien ramène Jean-Nil et sa donzelle, elle chante *Mon cœur est un violon*. Jean-Nil lève les yeux au ciel. En avant Rose-Mai surprend son regard dans le rétroviseur et sourit. La fille se colle à Jean-Nil et pose carrément sa main entre ses cuisses en ajoutant «sur lequel ton archet joue». Jean-Nil bénit l'obscurité de la voiture, il soupire de soulagement quand elle en descend en face de chez elle. Ils reviennent en silence. Aussitôt rendu, Jean-Nil monte se coucher et Rose-Mai s'attarde un peu à bavasser.

À minuit quinze, il ne reste plus que Monsieur Alma qui ronfle paisiblement sous la lune. Le chien de Monsieur Jacques lui flaire les mollets et hésite à lui pisser dessus. Bouton l'incite à bien faire mais le vieux chien n'arrive pas à se décider. Nous avons les membres engourdis, nous voyons tout croche et rigolons de nos conneries juchés dans notre arbre. Bouton qui a encore envie de pisser sort son pistolet mais se ravise. Il vient de décider de pisser lui-même sur les jarrets de Monsieur Alma puisque le vieux chien refuse de faire son devoir. Comme nous allons sauter de notre perchoir, Madame Alma sort de l'ombre et arrête la Packard de Damien qui revient de la maison et rentre chez Madame Gloire. Elle lui demande poliment s'il peut l'aider à transporter son mari à la maison. Voilà donc ce qu'elle mijotait pendant que Damien faisait le Roméo avec Rose-Mai.

Damien contemple l'immense carcasse de l'ivrogne endormi. Il semble si bien qu'il s'en voudrait de le déranger.

— Pourquoi ne pas le laisser là, dit-il, la nuit est douce et le grand air lui fera du bien d'autant plus que nous n'arriverons pas à le déplacer à nous deux. Madame Alma qui s'en fout comme de l'an quarante n'insiste pas, elle s'appuie contre notre arbre et allume une cigarette. Elle expire des volutes bleutées et soupire d'un air désabusé. Elle dit qu'il n'est pas toujours facile pour une jeune femme normale de vivre avec un ivrogne impénitent, avec un personnage sans délicatesse, sans culture et sans prévenance. Damien se demande comment elle s'y prendra pour l'entraîner dans son lit.

Il est vrai que Madame Alma est plus jeune que son mari, qu'elle est encore très présentable sous un éclairage favorable et qu'elle a le regard noir et profond de mystère des bohémiennes, comme dit Bibi, qui a un faible pour les filles rébarbatives au teint foncé et aux cheveux noirs. C'est vrai aussi que Monsieur Alma est un ivrogne impénitent mais pas plus que la majorité des hommes par ici qui n'ont pas peur d'un goulot. De toute façon, ce n'est pas du tout là où veut en venir Madame Alma. Damien reste là un peu bête à écouter une femme en chaleur debout sous la lune au milieu de la nuit. Elle lui dit qu'elle est là à l'embêter avec ses problèmes ridicules mais elle l'invite à venir prendre un café en ami et en voisin.

— Il n'est pas un peu tard? répond Damien en regardant la lune.

Elle cligne des paupières, sourit piteusement et prend sa main entre les siennes.

— Rien qu'un petit café... Allez.

Elle le regarde droit dans les yeux.

— Ça me remonterait tellement le moral!

De nouveau, Damien regarde la lune et suit Madame Alma vers la maison. Si jamais Monsieur Alma se retrouve cocu, il ne pourra reprocher à personne d'avoir intrigué dans son dos, tout ça s'est fait ouvertement en sa présence presque publiquement. Bouton arrose les mollets du dormeur comme il l'avait projeté, il se tient prêt à détaler à la moindre alerte mais la cible s'abstient de toute réaction hostile. Plus pusillanime, je pisse en l'air en visant la lune. Tout ça est bien beau mais maintenant il faut rentrer, il ne se passera plus rien ici ce soir et si Damien veut sauter la bonne femme, ça le regarde, il n'est marié avec personne et Rose-Mai n'est pas obligée de tout savoir. Nous quittons le champ de bataille, Madame Alma gagne la première manche mais ce n'est qu'un début, Rose-Mai, elle, planifie à long terme.

Cinq minutes plus tard, je plonge voluptueusement dans mon lit. À côté, Jean-Nil dort déjà, les jambes écartées, la main dans le slip, mais derrière le mur de carton-pâte les filles jacassent encore. Trop surexcitée pour dormir tout de suite, Rose-Mai raconte sa soirée, combien Damien danse bien, combien il est beau, combien il sait parler, comment il lui a demandé la permission de la revoir. Elle avait envie de crier oui de toutes ses forces mais elle a su se composer une attitude avec juste la bonne dose d'indifférence mêlée d'une pointe d'intérêt de bon ton.

— Une vraie sangsue, dit-elle, en parlant de la grue qui accompagnait Jean-Nil. Les filles sont sans pitié les unes envers les autres sur le chemin de la critique, de vraies poules qui déchiquettent voracement une trop belle pondeuse trop populaire auprès du coq. C'est Zézette qui compare toujours les filles aux poules. Il dit qu'elles pondent un œuf et qu'elles s'imaginent avoir pondu l'univers. Il n'y a rien de plus représentatif d'un groupe de filles qu'une cour de poulailler. Elles se garrochent dans toutes les directions en jacassant, en picorant n'importe quoi et en battant des ailes dans un vacarme de dortoir de jeunes filles avant le couvre-feu. À mi-voix, Rose-Mai ajoute qu'avec ses airs de bonne famille Damien possède une certaine distinction et une certaine élégance aussi.

— Toi, tu es amoureuse, dit Magdelina, en bâillant.

C'est la dernière chose que j'entends avant de sombrer dans un profond sommeil bien mérité.

Douze jours passent comme ça avec une bien-heureuse nonchalance. Pendant douze jours, le soleil cuit les champs, les pierres, les maisons, les bêtes et les hommes. La source des richettes s'est tarie, les étangs de Monsieur Damase sont à sec, seules les grandes libellules les survolent encore. Les queues-de-poêlons sont devenues de toutes petites grenouilles et nous ne savons pas où sont passées les patineuses à grand-pattes. La mère renard guide ses petits qui folâtrent der-rière elle. Ils pleurent parfois comme de vérita-bles bébés humains. La perdrix reste parfaite-ment invisible sur son amas de branches blan-chies par la pluie et le soleil. Il faut presque lui marcher dessus pour qu'elle s'envole dans un fracas de plumes qui fouettent l'air. Parfois une petite couleuvre peureuse se glisse sous une pierre humide. Plus loin, la gang à Donat-les-grands-pieds est en train d'empiler des troncs secs pour le bûcher de la Saint-Jean, juste sur le piton rocheux qui domine la paroisse, der-rière la maison de Madame Gloire. Le curé le leur a demandé, il a pris en main l'organisation des fêtes et de toute manière il se dit que pen-dant ce temps-là on sait où ils sont et ce qu'ils font.

Tous les jours depuis deux semaines, Damien part très tôt le matin pour Eupré et il ne rentre qu'à la tombée de la nuit, il a reçu ses livres de Québec et il n'a même pas eu le temps de les ranger. Les Polonais se plaignent parce qu'il fait couler son bain à deux heures du matin et que le bruit les réveille. Madame Gloire hausse les épaules et les laisse braire. Tous les jours, il téléphone à Rose-Mai, il paraît qu'on le fait tra-vailler beaucoup parce que la direction appréhende une grève et veut s'avancer le plus possible avant. Damien l'espère presque cette grève, comme ça il pourrait voir Rose-Mai plus souvent.

Bouton, Zézette et Tiné m'attendent assis sur le marchepied de la Mercury de Monsieur Omer, il n'y a personne en vue et c'est le calme plat du petit matin. Nous partageons tous la même idée qui nous trottine entre les deux oreilles. La grosse limousine bien frottée et bien polie nous nargue comme un morceau de sucre en plein carême. Ses chromes reflètent le soleil, ses cuirs sentent le neuf, ses cadrans simulent un cockpit d'avion, et sur le capot la statue de Mercure lui-même semble sur le point de s'envoler. Mes genoux tremblent comme ceux d'une centenaire quand je m'installe au volant immense comme une roue de vélo, je débloque le frein à main. Mes camarades poussent un peu vers la pente, quand c'est parti ils sautent à bord et nous entreprenons la voluptueuse descente. La Principale s'allonge mollement aussitôt avalée par notre bolide qui prend de la vitesse. La rue coule tel un ruisseau tranquille qui s'attarde aux zones ombragées, qui prend paresseusement les virages, qui s'élargit par endroit, qui rétrécit ailleurs. Popeye, Mathusalem et Abel sont déjà installés devant le magasin général. Avec leur vue basse, ils croient avoir affaire à Monsieur Omer et ils saluent de la main. Abel s'étouffe avec une rasade de tord-boyau et Mathusalem s'aide de ses mains pour déplier et replier un genou rouillé. La pluie et le soleil achèvent d'effacer les lettres rouges bordées de jaune sur la devanture de l'établissement. Mais un magasin général n'a pas besoin de s'annoncer, on le reconnaît à ses vastes fenêtres à petits carreaux, à ses étalages de gros bocaux pleins de bonbons au beurre, de boules noires et de bâtons de réglisse. Plus loin, le barbier ouvre sa boutique et range ses bouteilles roses, vertes et bleues. Une fraîche odeur d'eau de Cologne se fraye un chemin jusqu'à nos narines. Ses murs sont couverts de photos de bateaux du *Victory* jusqu'au *Mauritania* avec ses quatre cheminées obliques. Dans sa minuscule boutique, il navigue sur les mers du monde à la timonerie de ses clippers, de ses ketchs, de ses bricks ou de ses brigantins miniatures. Au Trou, le Patron attend ses premiers clients en vadrouillant son terrazzo. Madame Bibi relève les stores de sa cuisine pour donner du soleil à son canari. Pour se dégourdir les pattes, le gros chien crotté de Monsieur Jacques nous court après, un moment, sans enthousiasme et retourne à son os. Madame Gloire sert ses premiers déjeuners, par les fenêtres ouvertes on peut entendre les assiettes qui s'entrechoquent, la radio qui tourne un succès de Jean Lalonde, et on peut sentir le café frais et le bacon grillé. Tout est mort chez Madame Fraulein qui n'ouvre boutique qu'à dix heures. Par contre, le soleil matinal rosit encore le rose de sa maison, elle se détache violemment des autres comme le mouton noir dans le troupeau.

À bout de pente, la limousine franchit difficilement la voie ferrée et s'immobilise sur le terrain vague à côté du magasin de prêt-à-porter. Nous l'abandonnons et rentrons à pied pour le déjeuner. Quand j'entre à la maison et que me parvient l'odeur des toasts et des œufs frits, ni Monsieur Omer ni personne ne s'est encore aperçu de la disparition de la voiture mais il n'y a pas de mal, Monsieur Omer saura où aller la chercher, ce n'est pas la première fois que ça lui arrive. Il s'embusquera encore deux jours et trois nuits derrière le rideau du salon pour surprendre les malfaisants.

Les filles et Jean-Nil sont déjà attablés. Jean-Nil se hâte parce qu'il doit répéter toute la journée avec les Deux-et-Deux-Font-Quatre, il s'occupe de la trompette dans le groupe et ils ont un engagement samedi prochain pour un mariage à Clairval. Ça lui fera des sous pour acheter les parties manquantes de la Harley mais, pendant ce temps-là, le travail ne se fait pas et il devra peut-être retarder ses échéances. Il prévoyait la faire rouler pour le début de juillet, mais il ne s'en fait pas, il se verse un verre de lait géant, le boit d'une traite, efface la moustache blanche et m'assure que tout ira bien, la Harley roulera début juillet et peut-être avant. Quand Jean-Nil dit quelque chose, c'est vrai. Dehors on klaxonne et Jean-Nil disparaît en claquant la porte mais il revient aussitôt et grimpe l'escalier quatre à quatre parce qu'il oubliait son instrument.

Le lundi suivant, il se passe quelque chose d'inhabituel au Trou. Dès l'ouverture, Bibi y vient s'écraser sur une chaise et commande trois grosses Black Horse. C'est la première fois que ça se voit, d'habitude Bibi ne fréquente jamais les lieux avant le soir et jamais en solitaire. En se rendant au moulin, Monsieur Alma s'amène pour acheter du tabac à rouler, il s'arrête un moment devant le client renfrogné et consulte sa montre. Il la porte à son oreille pour vérifier si elle fonctionne bien et il entreprend de se rouler une cigarette en observant Bibi du coin de l'œil.

— Un gars qui a soif, c'est un gars qui a soif, dit-il.

Bibi avale une gorgée de bière en simulant une superbe indifférence.

— Qu'est-ce qu'il a le pompiste? demande Monsieur Alma au Patron qui passe un chiffon.

— C'est Bernadette qui est partie, répond le Patron.

— Avec sa valise?

— Avec sa valise!

Monsieur Alma jette un coup d'œil chargé de curiosité en direction de Bibi.

— Une affaire de cœur?

— Ça ne te regarde pas, grogne Bibi.

— Une affaire d'odeur, répond le Patron.

Cette précision semble soulager énormément Monsieur Alma qui mouille enfin le collant de son papier à cigarette.

— Il ne s'agit que de ça? Il attrape un verre sur le comptoir, s'assoit en face de Bibi et se verse à boire à même une bouteille qui est là.

— Mais c'est rien du tout, au contraire, c'est le temps d'en profiter, Madame Fraulein a sa cousine chez elle, une belle Nordique avec des gros tétons, blonde comme une botte de paille et charnue comme une saucisse de porc.

De l'autre côté de la rue, presque en face, Frédé s'arrête à la pompe. Comme personne ne vient, il patiente un instant et klaxonne vigoureusement. Apercevant Bibi au Trou, il s'étire le cou et crie pour se faire entendre de l'autre côté de la rue:

— Et alors, le service de vingt-quatre heures?

— Tu n'as qu'à aller ailleurs, s'égosille Bibi.

— Mais il n'y en a pas d'autres!

— Alors sers-toi toi-même.

Mécontent Frédé descend, fait le plein et vient déposer quatre dollars sur la table de Bibi.

— C'est pas comme ça qu'on conserve une clientèle distinguée.

Bibi a l'air tout étonné.

— Je ne savais pas que j'avais une clientèle distinguée.

Il commande de la bière pour quatre dollars. Monsieur Alma vide son verre d'une traite et tapote l'épaule du garagiste.

— Faut pas t'en faire, elle reviendra, elles reviennent toujours...

... hélas, ajoute-t-il plus loin pour que Bibi ne l'entende pas.

Bibi n'est pas trop inquiet, c'est plutôt sa fierté qui a été blessée en ne retrouvant pas sa femme en se levant ce matin. Il n'admet pas qu'on quitte le foyer conjugal à cause d'une minable odeur de cambouis, son autorité est remise en cause et son intégrité de mâle qu'on suit envers et contre tous en prend pour son rhume. Il sait que Bernadette s'est réfugiée chez sa sœur à Clairval, c'est toujours là qu'elle se réfugie en cas de crise. Je l'ai aperçue, tôt ce matin, prendre le premier autobus pour Clairval avec sa valise et la cage du canari. Je croyais qu'elle allait encore relever sa sœur qui accouche annuellement avec une belle régularité. Mais cette fois sa sœur a sauté une année, son mari fait de l'anémie, d'après Bibi.

— C'est comme ça que ç'a commencé en 36, répète Popeye à Damien, c'est devenu un véritable refrain.

Il gratte sa barbe de deux jours avec la lenteur d'un homme pour qui le temps n'a plus d'importance.

— J'étais chef d'équipe dans le temps pendant ces vingt-deux jours d'enfer. J'étais chargé de recruter des hommes, comme on était en pleine crise et que le gouvernement offrait une prime, les sapeurs ne manquaient pas. On faisait même la queue à la porte de ma tente, mais chacun l'a gagnée, cette prime, je vous le jure sur la tête de ma défunte, que Dieu lui pardonne, moi je ne peux pas.

C'était là la formule préférée de Popeye au sujet de sa femme, il l'utilisait avec circonspection mais on ne savait jamais s'il voulait plaisanter ou s'il était sérieux.

— Trois hommes sur quatre flanchaient au bout de cinq jours. Nourris aux binnes et aux pains rassis, ils dormaient que trois heures par jour, ils puaient la saleté, un mélange de fumée et de sueur séchée, ils crachaient la suie et se déshydrataient au soleil et au feu. Vingt-deux jours sans pluie, vingt-deux jours d'un soleil infernal.

Il ravale sa salive et s'adosse en pointant la poitrine de Damien avec sa pipe:

— Quand on a connu ça, jeune homme, il n'y a plus rien qui nous fait peur.

À pied, Damien et Rose-Mai s'éloignent par le petit sentier qui passe devant chez Monsieur Damase, qui s'allonge à travers champs jusqu'aux rives de la Ridée. Ils ont envie d'être seuls au monde comme il convient à des amoureux. Trois heures plus tard, quand ils en ont assez d'être tout seuls au monde, ils reviennent par le même chemin sans rencontrer personne d'autre que Mademoiselle Roma, longue silhouette sombre qui cherche après des plants de ciboulette sauvage comme une âme perdue. Quand elle n'erre pas dans les champs, elle arpente le cimetière paroissial à la recherche d'âmes à sauver du purgatoire.

Damien accepte de souper à la maison et, après le café, Magdelina lui fait son petit numéro, elle imite bien Donald Duck, Popeye et Laurel et Hardy. Damien, lui, imite Jerry Lewis et Félix le Chat. Après le spectacle, on s'installe sur la galerie juste comme Lévis arrive avec son bicycle à balloune, précis comme un coup de poing sur le nez. Il enlève le clip métallique qui retient le bas de son pantalon et le passe délicatement au cou de Magdelina.

— Mademoiselle, dit-il, vous feriez de moi le plus comblé des hommes en acceptant ce modeste bijou qui me vient de ma mère.

— Je ne sais pas si je devrais Monsieur, répond Magdelina.

— Vous pouvez Mademoiselle à condition que vous ayez un élastique pour tenir mon pantalon.

C'est le moment le plus calme de la journée. Le ciel se colore, la brunante nous enveloppe, la nuit se parfume, scintille de mouches à feu et palpite de petites vies nocturnes tout autour. On fait trois ou quatre parties de 500 et on parle, on dit n'importe quoi et on rigole. À dix heures, Lévis salue la compagnie, reprend son bijou de famille, enfourche son vélo et disparaît dans le noir tel un Zorro sur son cheval de jais. Il s'éclaire à la lampe de poche mais il n'en a pas vraiment besoin, il pourrait faire l'aller et retour les yeux fermés.

Frédé et Mimi qui reviennent du cinéma s'arrêtent un instant pour me remettre des livres qui traînent dans la camionnette depuis une semaine.

Frédé a lu l'œuvre complète de Conan Doyle, tous les romans d'Agatha Christie, les enquêtes de l'inspecteur Maigret, les procès de Perry Mason et une montagne de récits de science-fiction. C'est ceux-là que je lui emprunte et j'ai la tête pleine d'aventures fabuleuses sur des planètes étranges habitées de créatures extravagantes, de monstres de cauchemar ou de civilisations dorées.

Mimi se met à bavasser avec Rose-Mai et Frédé raconte à Damien le film qu'ils ont vu à Eupré. C'était un western avec Alan Ladd et Barbara Bush. Là-dedans, Alan Ladd se fait mordre au mollet par un serpent à sonnettes, Barbara Bush, qui joue le rôle d'une jeune Indienne, entaille la plaie, la suce, recrache le venin et ainsi lui sauve la vie. Frédé demande à Mimi si elle voudrait bien ce soir jouer au cowboy et au serpent. Elle se ferait mordre au sein et… il lui sauverait la vie. Mimi qui peut suivre cinq conversations à la fois en plus d'en tenir une, lui répond qu'il ne pense qu'à ça.

— Hé ben quoi, si en plus de livrer de la glace toute la journée je dois coucher avec un iceberg…

Mimi doit se faire violence pour arrêter son placotage, quant à elle, elle pourrait poursuivre jusqu'au milieu de la nuit.

— Il est tard, dit-elle, les amoureux ont besoin d'intimité, viens on va aller jouer au cow-boy.

— Hé Toto, me crie Frédé en montant dans sa camionnette, commence par le gros bleu, c'est l'histoire d'un cosmonaute qui se retrouve seul sur une planète habitée exclusivement par des femmes. Au début, ça lui plaît bien ce sont des nymphomanes, mais il apprend que ces femmes qui connaissent le cloning ont bouffé tous leurs bonshommes. Je te raconte pas la fin. Salut! Il disparaît au tournant avec des grincements de tôle et un nuage bleuté.

Les livres empilés sur la poitrine, je rêvasse, couché sur la pelouse, les bras en croix. Je fixe une étoile à l'autre bout de la galaxie et je me dis que peut-être sur une planète autour de cette étoile il y a un garçon qui me regarde aussi. Magdelina monte se coucher, Damien et Rose-Mai s'attardent sur la galerie. La nuit m'enveloppe de ses parfums vierges, les grands arbres se chuchotent les nouvelles du jour avant de s'endormir. Les étoiles scintillent comme si elles avaient un message codé à transmettre aux hommes. Sous mon dos la terre tiède palpite comme un utérus autour d'un foetus.

Quand Rose-Mai se glisse entre ses draps, Magdelina ne dort pas. Curieuse, elle l'a attendue pour savoir ce qu'ils ont fait tout l'après-midi. Les histoires d'amour ça l'émoustille et ça l'attendrit, elle adore ça. Les deux filles se racontent tout et elles peuvent passer des heures à broder autour de ce thème. Ils ont marché le long de la Ridée, ils se sont installés sous un bouquet de trembles et ils ont parlé, Damien lui a demandé si elle avait jamais été amoureuse et Rose-Mai lui a raconté son aventure avec Jack.

— Tu n'as pas raconté cette histoire puérile, s'étonne Magdelina.

Rose-Mai se redresse et s'appuie sur son coude.

— Pourquoi pas puisque j'étais vraiment amoureuse.

Jack est ce moussaillon en papier qui illustre les boîtes de Cracker Jack. Quand Rose-Mai avait douze ans, elle était amoureuse de lui et elle s'était bâtie tout un roman sentimental autour de sa jeune personne. Jack pour elle représentait l'aventure, l'exotisme des mers du sud et le romanesque débridé des petites filles qui aiment pour la première fois. Quand elle cuisinait des carrés de céréales au caramel, il fallait écouter son histoire jusqu'au bout si on en voulait. C'était un pur chantage mais il fallait subir le supplice, autrement pas de carré au caramel. Si on était distrait ou chahuteur, elle ajoutait déloyalement deux ou trois chapitres dans lesquels Jack poursuivait un Moby Dick de circonstance ou partait à la recherche du trésor de Barbe-Noire.

Elle avait rencontré Jack au printemps dans un port sud-américain grouillant de marins, de marchands, de pêcheurs, de personnages tous plus colorés les uns que les autres. Les quais, les entrepôts regorgeaient de marchandises en transit, morues, thons, bananes, café, cannes à sucre, tabac... Toutes sortes de parfum se mélangeaient, se mêlaient aux embruns, excitaient la narine et l'imagination. Les mouettes blanches criaillaient au ras des vagues se disputant une tête de poisson. Le Pacifique bleu et vert s'étendait à l'infini sur le chemin des îles, sur le chemin des Indes.

Jack débarquait de son navire avec son sac de marin négligemment jeté sur ses frêles mais solides épaules. Il marchait la tête haute avec l'assurance de quelqu'un qui ne peut compter que sur lui-même et avec l'insouciance de celui qui affronte les tempêtes une à une sans se poser de question sur ce qui viendra après, son petit griffon à poil blanc le suivait docilement, le précédait parfois comme s'il savait d'avance où son jeune maître s'en allait. Joyeux, Jack sifflotait *Beau Marinier*, les marins se sentent partout chez eux, il aurait aussi bien pu débarquer à Bergen, à Vaasa ou Gävle, car, dans l'esprit de Rose-Mai, Jack était nordique. À une autre époque, il aurait navigué sur les drakkars en route pour les côtes du Nouveau Monde. Depuis le début du monde, il était écrit que Jack rencontrerait Rose-Mai ce jour-là en cet endroit, elle bénissait son destin nébuleux qui lui faisait croiser ses chemins. Sans déposer ses bagages, comme si c'était la chose la plus naturelle au monde Jack lui avait baisé galamment la main comme on faisait autrefois en bonne société. Ensuite il l'avait emmenée dîner à l'auberge qui servait la meilleure bière du pays. Jack lui avait parlé de son pays, longuement, avec un voile de tristesse et de mélancolie dans les yeux. Dans ces moments-là, il paraissait plus vieux que son âge, trop tôt mûri par la vie et les aventures tumultueuses sur les mers du sud. En fin d'après-midi, ayant retrouvé sa sérénité fataliste et son heureuse insouciance, il l'avait emmenée marcher dehors. Ils avaient escaladé la falaise qui surplombait la baie. À tout moment, le long de l'étroit sentier escarpé, Rose-Mai s'arrêtait pour cueillir des fleurs aux noms évocateurs : des tendresses, des anges-bleus, des princesses-du-sud, des précieuses. Là-haut, les jambes pendantes dans le vide, il lui avait raconté l'histoire des grands trois-mâts et des goélettes mouillant dans la rade. Il connaissait chaque bateau, son tonnage, son tirant d'eau, ses cargaisons, son port d'attache, son histoire. Jack tenait la main de Rose-Mai et il la dirigeait pour pointer un vaisseau en particulier. Quand il parlait de mer et de goélettes, il était intarissable. Suivaient des récits de mer démontée, de vaisseaux fantômes, de calmes plats, de bateaux pirates, de capitaines héroïques, de mutineries, de combats légendaires entre équipages et baleines bleues, des pêches fructueuses de morutiers et de thoniers chargés à ras bords. Jack se retirait un moment en lui-même et parlait de ses escales, des noms qui revenaient souvent dans sa bouche : Valparaíso, Veracruz, San Juan, Cienfuegos, Sainte-Lucie, Tobago... Au loin, tout en bas, le long des quais, les mâts et les cordages formaient une vaste broderie, aérée, délicate, presque arachnéenne, une frange aérienne entre le ciel et la mer, entre le royaume des albatros criards et celui des poissons volants.

Jack et Rose-Mai admiraient le fastueux coucher de soleil et les yeux pleins de mauve, pourpre et violet redescendaient le petit sentier escarpé devenu d'or et d'argent sous les rayons obliques du soleil. Accrochés dans une anfractuosité de rocher, les précieuses se pelotonnaient pour la nuit tiède des tropiques. Le port sentait bon le pain frais et la bière. Ils avaient visité tous les bistrots : La Jambe de Bois, Le Moby Dick, Le San Martin, Au Malabar, Les Boucaniers et les autres. Ils commandaient des chopes de bière et toute la nuit ils avaient écouté des marins qui chantaient de longues et monotones complaintes dans lesquelles il y avait des couchers de soleil somptueux, des mulâtresses belles comme la nuit, des coquillages précieux, des baleiniers pleins à caler, des cargaisons d'épices exotiques et des filles tendres dans chaque port.

Au petit matin, après la nuit passée dans des bistrots enfumés, Jack embrassait pudiquement Rose-Mai sur la joue et remontait à bord de son navire qui larguait les amarres avec le lever du soleil.

Jack partait des mois entiers pour faire son métier de marin mais il revenait toujours et un beau matin de printemps ils se mariaient dans une petite église néo-espagnole enveloppée de manguiers en fleurs. La noce s'était poursuivie toute la nuit au son des banjos et des tambourins. À chaque escale, Jack lui faisait un petit moussaillon blond comme lui, bientôt sa case grouillait d'enfants à moitié nus, vigoureux, musards et rieurs. Ils vécurent heureux comme dans les meilleurs contes de fée.

Les années ont passé, Jack est resté le mousse gouailleur et romantique, mais Rose-Mai vieillissait et un beau jour il n'est plus jamais revenu, échappant enfin aux fantasmes d'une petite fille en fleur pour reprendre ses errances sur les mers du sud et peut-être pour faire la cour à d'autres princesses, à d'autres sirènes au chant ensorceleur. Il illustre encore les boîtes de maïs au miel et parfois Rose-Mai repense à lui comme s'il avait vraiment existé, quand elle se sent nostalgique et rêveuse. Mais Jack a d'autres chats à fouetter, il a d'autres tempêtes à mater, d'autres horizons à franchir, d'autres soleils à découvrir et plus jamais il n'attendra Rose-Mai quelque part entre Veracruz et Valparaíso. Il n'est plus qu'un doux souvenir emmagasiné parmi d'autres dans le grenier de l'enfance.

— Il a trouvé ça très touchant, révèle Rose-Mai, il dit que je suis une nature sensible et imaginative.

— Au fond il a dû trouver ça complètement idiot, réplique Magdelina.

— Non, puisque lui aussi a déjà été amoureux d'une image, enfin plus ou moins.

— Lui aussi, s'étonne Magdelina dont la curiosité est piquée, raconte.

— Ça s'est passé dans un musée, quelque part aux États, il y avait un bas-relief égyptien vieux de plus de quatre mille ans, tu te rends compte, quatre mille ans. D'après Damien, c'est la plus belle image qu'on puisse admirer, la plus près de la beauté idéalisée par le marteau de l'artiste, par l'âme du poète, par une vision pleine de pureté et de grâce. Il s'agit d'une jeune fille à peine nubile dont le dessin est tout en finesse, en subtilité, les volumes sont fermes et délicats, elle semble prête à s'animer après des millénaires à contempler le ciel des grandes pyramides, elle semble attendre que se rompe le sortilège qui la tient figée dans sa prison de pierre, pour ouvrir les yeux, pour reprendre vie et raconter les splendeurs de la cour d'Aménophis Ier, la puissance des dieux Horus et Osiris, les glorieux projets des pharaons, leurs énigmatiques croyances. Elle indique du doigt le vol gracieux des ibis royaux et la source du fleuve sacré qui charrie le limon nourricier. Elle attend avec sérénité que le dieu soleil Râ réchauffe à nouveau sa peau délicate et que le vent des dunes caresse ses épaules nues.

Rose-Mai soupire, transportée par la beauté des images que Damien a su lui communiquer.

— C'est beau, non?

Magdelina trouve ça beau mais un peu emprunté, pour sa part elle connaît des amours moins sophistiquées, elle doit se forcer les méninges pour apprécier toutes ces subtilités esthétiques. Elle est avec Lévis depuis la petite école, ça lui paraît tout naturel et il ne lui viendrait même pas à l'esprit d'aimer un autre garçon. Magdelina se contente de choses simples, avec la logique d'une brique qui tombe par terre, elle apprécie les valeurs sûres, sécurisantes et le plus immuables possible. Elle est plus du genre pratique que du genre rêveuse, les fantasmes érotiques, les émotions romantiques, les affabulations fiévreuses, elle laisse ça aux héroïnes de photo-romans italiens que vend Madame Henriette à côté de l'étalage des bandes dessinées. À l'âge où les petites filles tripotent des poupées, Magdelina découpait des poules, des cochons et des vaches pour jouer à la ferme. Elle fera une fermière respectable et elle n'en exige pas plus de la vie; Lévis, ses enfants, ses animaux, son carré de foin, ses levers de soleil, ses arbres, ses fleurs... Elle demande à Rose-Mai si la prochaine fois elle pourra danser avec Damien. Je suis à moitié endormi et j'ai vaguement conscience d'entendre Jean-Nil qui fait claquer ses bottines dans l'escalier puis qui pense aux gens qui dorment, qui poursuit sur la pointe des pieds et qui tâtonne pour accrocher sa trompette dans le noir, son lit qui craque, le vent qui caresse ma joue, les filles qui murmurent et le sommeil ouateux qui m'enveloppe.

Aujourd'hui, Madame Gloire se lève encore plus tôt que d'habitude. Elle prend son bain, se lave la tête, se frise les cheveux et se maquille avec tout l'art dont elle est capable. Ensuite, elle sert les déjeuners et met de l'ordre pendant tout le reste de l'avant-midi. Puis elle ajuste son petit chapeau à fleur, fixe une broche plaquée or sur sa poitrine, choisit le plus grand de ses deux sacs et s'en va à l'arrêt d'autobus attendre Sophie qui revient du collège. Elle arrive vingt minutes d'avance pour ne pas risquer de la manquer. Elle s'y prend à deux fois pour se hisser sur l'accotement et se tient toute droite sous le soleil, presque aussi large que haute. Elle a glissé la dernière lettre de Sophie dans son immense sac de vinyle. Elle l'a relue mentalement, elle la sait par cœur et elle conserve précieusement tout ce qui vient de Sophie. Elle fatigue sous le soleil de plomb, des gouttes de sueurs mouillent déjà les replis de son cou. Elle porte sa robe à gros motifs fleuris et tient son sac contre son ventre ballonné. Elle n'arrive plus à déplier ses bras totalement, tellement ils sont gros, elle a l'air d'une grosse marmotte debout qui hume l'air. Madame Fraulein s'arrête pour lui parler un peu mais Madame Gloire a la tête ailleurs et l'autobus a du retard. Elle arrive enfin en secouant ses vitres et en soulevant un nuage de poussière qui ira se déposer sur les maigres arbustes qui sont là, plus gris que verts. Sophie en descend en tirant sa valise. Elle est encore plus belle que dans nos souvenirs mais elle a plein de rondeurs partout qu'elle n'avait pas l'été dernier. Cela nous déconcerte un peu mais elle a toujours ses grands yeux étonnés avec des cils version allongée, son petit nez tout droit et surtout ses lèvres renflées, gorgées de sang comme une grosse cerise de France, fondante et juteuse. Sophie reste piquée là, immobile devant sa mère. C'est Madame Gloire qui la presse contre elle et qui ouvre les vannes aussitôt, son gros sac ballottant, attaché à son poignet. Son talon d'Achille à Madame Gloire, c'est Sophie, comme si c'était ce qu'elle a le mieux réussi dans la vie, c'est sa princesse, sa fierté et sa raison de suer eau et sang à tenir sa maison d'accueil. Quand Sophie est là, rien d'autre ne compte, Sophie l'éblouit, l'aveugle, lui pose des œillères de quatre pieds carrés, prenant toute la place, noyant le reste de son environnement dans un gris terne et sans intérêt. Madame Gloire pleure comme une Madeleine pendant une éternité, elle se dégage enfin à la recherche d'un kleenex quelque part au fond de son sac géant. Elle renifle, son maquillage coule sur ses joues flasques, elle est toute barbouillée mais elle est heureuse comme un enfant le matin de Noël.

Sophie semble embarrassée et même un peu irritée par tant de débordement d'affection maternelle. Enfin, Madame Gloire réalise à nouveau où elles se trouvent, elle s'empresse d'entraîner Sophie et s'empare prestement de sa valise malgré son âge, sa corpulence et son souffle court. Elle est tellement contente que la lourde malle ne semble rien peser. Je suis contrarié, la petite vache laisse porter ses bagages par la vieille femme qui a toute la misère du monde à porter ses propres kilos. Je veux bien croire que Madame Gloire a quelques faiblesses à se faire pardonner, c'est peut-être une guidoune avariée, c'est peut-être une alcoolique invétérée, c'est sans doute une rêvasseuse impénitente mais elle a des circonstances atténuantes. En ce qui concerne Sophie en tout cas elle est une mère irréprochable qui l'idolâtre, qui ne la prive de rien et qui se saigne à blanc pour lui donner de l'instruction sans jamais se plaindre de ses deux robes bon marché, de ses deux sacs en vinyle, de sa seule broche en plaqué, de son unique paire de souliers et de son manteau de drap vieux de dix ans. La petite saleté qui la regarde de haut pourrait au moins avoir la décence de ne pas lui laisser porter ses affaires, en fin de compte Madame Gloire n'est plus toute jeune, elle est grosse et s'essouffle comme un éléphant de mer vautré sur sa banquise.

Je lui offre de porter la malle et Madame Gloire me bafouille des remerciements, c'est à peine si elle me voit tant elle est subjuguée par Sophie. Elle a hâte de l'installer à la maison, de la regarder tout à son aise, de la bichonner, de la laisser se raconter, dire n'importe quoi et de l'écouter religieusement. Elle ne l'a plus vue depuis Noël, six mois, c'est long et elle veut tout savoir en ce qui concerne Sophie.

Quand Sophie est à la maison, Madame Gloire cesse de boire et cesse de se laisser tripoter par les Polonais. Les Polonais en sont avertis et se tiennent la queue basse, pas question non plus de même songer à fricoter Sophie sinon Madame Gloire devient méchante, une véritable mère ours qui protège ses petits contre tout intrus, elle déploie la même hargne, la même vigilance et la même férocité si nécessaire. Madame Gloire cache des crocs et des griffes redoutables mais elle ne sait s'en servir que pour défendre sa nichée, c'est instinctif, autrement elle a trop bon cœur.

Pendant trois jours, elle écoute, pose des questions, s'informe, elle arrache chaque confidence, chaque confession. Sophie s'irrite presque de tant de sollicitude, de tant d'attention, elle appréhende surtout le moment où sa mère étalera ses projets fumeux, ses affabulations éculées de vieil ivrogne, tant de fois remâchés, servis et resservis à toutes les sauces. Personne n'y croit plus, pas même Madame Gloire, sauf les jours de grande bouffée de bonheur comme c'est maintenant le cas avec la présence de Sophie ou quand elle se soûle la gueule comme vingt marins en bordée. Ces jours-là, la Floride semble plus près, les néons du Surf Inn semblent sur le point de s'allumer, les alizés soufflent du sud, la vague vient effacer les traces de pas sur les plages de sable blanc. Madame Gloire en oublie ses dîners à servir, elle rate ses sauces et brûle ses draps au fer à repasser, Sophie regrette son collège. Elle lui a dit cent fois :

— Tu te fais des chimères, tu n'as jamais pu accepter ton sort, tes misères, tu te fais un roman, tu rêves et tu prends tes rêves pour des réalités, quand réaliseras-tu que tu n'iras jamais en Floride, que ce sale motel n'existera jamais ailleurs que dans ta tête, que tu crèveras ici dans cet hôtel miteux, dans la sloche et la neige ? C'est de la fumisterie, de la fausse représentation, des illusions bon marché, entre-toi donc ça dans la tête, tu te trompes toi-même, maman, à quoi ça sert... à quoi ça sert... fiche-nous la paix avec tes élucubrations débiles, crois-y si tu veux, mais fiche-nous la paix.

100

Quand Sophie parle de cette façon, Madame Gloire se tait, ses yeux perdent de leur éclat, ses lèvres veulent dire quelque chose mais restent muettes, elle s'éloigne lourdement vers la cuisine où il y a toujours quelque chose à faire. Elle sait qu'elle a tort, qu'elle échafaude des châteaux de cartes en Espagne, qu'elle se rend insupportable pour tout le monde mais elle n'y peut rien il faut qu'elle rêve éveillée, c'est dans sa nature, elle a besoin de ça pour continuer à vivre. Seulement, le fait d'y croire soulage son arthrite et réchauffe ses vieux os, elle gèle moins l'hiver et sent moins le nordet qui se fraye un chemin jusqu'à la moelle et puis elle croit dur comme fer que Sophie pourrait rencontrer un bon parti là où on croise trois millionnaires sur quatre passants.

Madame Gloire a tenté sa chance du côté de Monsieur Onil, elle a abordé le sujet avec le gérant de banque et elle en a touché un mot à un ou deux p. d. g. venus pêcher la ouananiche dans la région, Monsieur Onil n'a que faire d'un motel dans le sud, il a écarté ces foutaises du revers de la main, pour lui c'était du délire de vieille guidoune qui tente de saisir la lune, le gérant de banque s'est demandé si Madame Gloire ne devrait pas voir un docteur, un spécialiste, quant aux p. d. g. ils étaient ronds comme des queues de poêles vingt-trois heures sur vingt-quatre et s'en foutaient comme de l'an quarante. Ensuite, Madame Gloire a approché un cousin qui a réussi, elle n'a même pas reçu de réponse... elle continue à acheter des billets de sweepstake irlandais et d'échafauder ses hallucinations salvatrices.

101

Monsieur Onil qui fronçait sévèrement les sourcils quand Madame Gloire radotait son dada (il ne se fâche jamais vraiment) l'écoute maintenant avec plus de compréhension comme s'il lui germait une petite idée quelque part derrière la tête. Il réfléchit lentement mais dans son esprit rusé, une petite graine a des chances de devenir baobab, il ne récrimine plus, le courant suit les mille sinuosités peu conductrices de son cerveau et s'achemine vers une conclusion qu'il perçoit encore confusément. Il ne dit rien mais il ne rabroue plus, d'autre part il remet en question le bien-fondé de ses intérêts dans la maison de pension, ça rapporte peu et la bicoque tombe en ruine. Personne ne croyait que Monsieur Onil, vieux garçon par vocation, entretenait quelque projet d'ordre sentimental. On croyait qu'il ramassait des sous par goût, pour le plaisir de ramasser des sous mais il est plus jongleur que d'habitude et cette humeur cache quelque chose.

Bibi s'installe au Trou dès l'ouverture. Le Patron le sert sans qu'il ait à demander quoi que ce soit. Les Black Horse se succèdent sans discontinuer et de temps en temps Bibi se paie un œuf dur. Il broie du noir jusqu'à midi puis il plonge dans une douce euphorie, à onze heures il s'endort en ronflant et il faut aller le coucher puisqu'il n'y arrive plus tout seul. Il refuse obstinément de s'humilier en allant chercher sa femme chez sa belle-sœur à Clairval.

Monsieur Alma lui dit que ça n'a pas de bon sens, que ça ne peut plus durer comme ça, que la communauté a besoin d'un pompiste, d'un garagiste, d'un chauffeur de taxi et qu'en plus il est en train de se ruiner le foie. D'après lui, c'est de l'orgueil déplacé et des enfantillages. Il connaît un loyer libre qui ferait l'affaire et il s'offre pour aller chercher Bernadette et de la ramener douce comme une peau de fesse. Bibi le laisse braire avec une souveraine indifférence. Un principe est un principe, une honnête femme ne quitte pas son conjoint légalement agréé devant le curé et il continuera à boire un coup aussi longtemps qu'il le faudra, tant qu'elle ne reviendra pas par elle-même, honteuse et repentante avec la mine basse d'une femme fautive.

Pendant tout ce temps-là, Frédé, Monsieur Omer, Monsieur Onil, Monsieur Charles-Henri, Bernard Caux, Damien et le docteur font le plein eux-mêmes et remettent l'argent directement au Patron qui sert aussitôt l'équivalent en bière. En passant, le docteur demande à Bibi de tirer la langue et lui examine le fond de l'œil. L'air écœuré, Bibi tire une langue exagérément bouffie. Le docteur fait la grimace et s'en va sans dire un mot.

Je rattrape Bouton et Zézette qui suivent Madame Valmore en imitant sa démarche plantureuse faite de touts petits pas sautillants, ses deux pieds semblent aller dans deux directions différentes. Le pied droit s'avance en direction de la Maison Rose, Madame Valmore pivote du tronc pour se réenligner, puis son pied gauche pointe vers le bureau de poste et Madame Valmore pivote encore du tronc, même un Apache s'y perdrait en suivant ses pistes. Elle porte d'énormes sacs d'épicerie couronnés de généreuses grappes de raisin bleu. Elle déborde de fesses fermes, de poitrine et de bras avec une fossette à la hauteur du coude. Si on la voit de profil, derrière un obstacle, sa poitrine apparaît d'abord invincible et puissante se traçant un chemin tel un soc de charrue dans le sol meuble, sa petite tête survient alors mobile et vive comme une tête d'oiseau, on ne voit toujours rien du bas de son corps, enfin arrive son cul, imposant de volume et de fermeté, qui n'en finit plus de se profiler avec redondance. Zézette qui a repéré les raisins dodus sur le dessus des sacs et qui en salive, l'aborde et lui propose gentiment que nous portions ses provisions pour elle. Elle en est charmée, elle approuve la serviabilité des jeunes, elle parle, elle dit n'importe quoi pourvu qu'elle prononce des mots les uns à la suite des autres, c'est une véritable machine à parole. Nous ne l'écoutons plus, nous nous laissons distancer un peu avant de s'attaquer aux raisins. Elle trotte deux pas en avant sans se retourner en se taisant juste le temps qu'il faut pour respirer, les gros raisins juteux éclatent sous la dent, la chair tendre fond dans la bouche et éclabousse du soleil.

Quand il n'y a plus de raisin, Zézette se cherche un autre moyen d'agrémenter la course. Comme il ne pense qu'à ça, il retire le long pain baguette de son emballage et s'en fait un pénis géant qui pointe vers le ciel. Nous rigolons, nous ne pensons plus à Madame Valmore qui nous précède et qui se retourne. Elle est outrée, elle est scandalisée, elle s'étouffe et elle explose:

— Sales petits vicieux, graines de bordel, avortons pourris de lubricité. Elle a lu tout ça dans *Vers demain* et elle l'a retenu à force de répétitions. Je doute que Zézette connaisse le sens du mot lubricité mais il réalise bien qu'il ne s'agit pas d'un compliment et il s'irrite. Quand Zézette s'irrite, il baisse sa culotte et montre son cul. Pour lui, c'est l'insulte suprême, l'ultime manifestation de la révolte des jeunes contre les vieilles bigotes, l'absolue démonstration de son mépris envers le monde entier et aussi une confuse jouissance à défier une morale étriquée et un petit catéchisme trop austère avec les choses de la chair.

Madame Valmore s'empourpre, bafouille et ramasse ses sacs de provisions, elle s'en va à petits pas rapides en prenant le ciel à témoin, sans s'apercevoir qu'il ne lui reste plus de raisin. Content de son petit effet, Zézette se reculotte et recrache un pépin.

Nous rencontrons le docteur qui sort de chez Madame Roma, avec sa trousse noire. Il est donc possible qu'elle soit malade, nous croyions tous que sa pieuseté lui servait d'antiseptique, que sa ferveur tenait lieu d'antibiotique, faut croire que non puisqu'elle s'est résignée à appeler la science à son chevet. Tout semble calme chez Madame Roma, le vestibule est sombre, les rideaux sont tirés et le drapeau marial pend du perron pour souligner l'Année Sainte, son chat efflanqué se lèche le cul sur le rebord de la fenêtre, deux grands arbres ombragent le toit de chaque côté et le journal de la veille traîne par terre. Apparemment Madame Roma est chez elle mais elle n'y est pas vraiment. Elle est allée à Rome au début de l'année à l'occasion de l'Année Sainte et elle n'en est jamais vraiment revenue. Sa grande carcasse osseuse est à côté mais son esprit dérangé est toujours à Rome à hanter les jardins du Vatican, les catacombes et Saint-Pierre. Madame Roma y a engouffré trente ans d'économies mais elle estime que ça valait la peine, ce pèlerinage confirme sa sainte mission dans le monde et accrédite son état d'ambassadeur marial parmi ses concitoyens. Elle est partie un peu disloquée de l'esprit, elle est revenue complètement maboule. Comme saint Paul sur le chemin de Damas, elle a reçu son illumination sur le chemin de Rome. Le problème c'est que plus personne ne peut la sentir, l'odeur de sainteté, ça sent mauvais, ça sent le suranné, le fané et la décomposition, personne ne peut plus l'entendre radoter ses pérégrinations, répéter cent fois ses prouesses pieuses et réaffirmer ses convictions en tant que porte-parole officiel de la Vierge. Il n'y a pas moyen de lui faire parler d'autre chose et elle consacre toutes ses énergies à sauver le monde, à le retenir dans les chemins vertueux pieds et mains liés par d'innombrables chapelets et rosaires.

Peigné à la diable, le menton bleu, sans cravate, le docteur n'arrive pas à paraître élégant même dans son costume taillé sur mesure, au fond il s'en fout, il aime l'opéra et les livres, le reste l'indiffère sauf peut-être la bonne cuisine. Chez lui, les livres de recettes fréquentent les traités médicaux et les circulaires de produits pharmaceutiques dans le plus désinvolte désordre. Il m'arrête et me demande de dire à Magdelina de bien vouloir l'appeler aussitôt que possible. Madame Roma fait une fièvre de cheval, elle vit seule et elle a besoin de quelqu'un pour un jour ou deux. Je ferai le message, j'explique à Bouton et Zézette que je sais d'où lui vient son mal, elle se lave le cul dans l'eau glacée pour galvaniser sa faible chair, pour sanctifier son âme et pour meurtrir son corps de pécheresse, pas étonnant qu'elle frise les cent quatre degrés surtout que, comme dit Zézette, les femmes ont le cerveau branché directement au trou du cul.

Une fois le message fait, Magdelina ne déborde pas d'enthousiasme, l'intérieur sinistre de chez Madame Roma lui inspire un morne ennui, la compagnie de la sainte femme l'emmerde souverainement, mais elle accepte quand même vu que la malade n'est plus en état d'exercer son ministère et à la condition que Lévis puisse venir la voir là-bas. Cette perspective n'enchante pas Lévis non plus mais Lévis irait voir Magdelina même dans une léproserie, il sauterait le mur d'une communauté religieuse, il affronterait le peloton d'exécution, il accepterait l'excommunication papale.

Aussi, il se présente avec sa ponctualité habituelle, il a pensé à Madame Roma puisqu'il apporte son médicament maison ; un dix-onces de p'tit blanc à 90 pour cent. C'est avec ça qu'on soigne les poussées de fièvre chez lui, on ne se ruine pas en notes de docteur et personne n'est encore mort. Il frappe doucement à la porte moustiquaire pour ne pas réveiller la grande malade. Magdelina qui fait chauffer de la soupe à la cuisine vient lui ouvrir et lui signifie de ne pas faire de bruit, à côté Madame Roma s'agite, plongée dans un sommeil fiévreux. Dans le salon, Lévis examine les lieux l'air dégoûté.

— C'est sinistre, souffle-t-il.

La pièce est meublée à l'ancienne, de lourds meubles victoriens en noyer massif, les fauteuils sont recouverts de velours sombre rendu terne par l'usure, le tapis est sombre, les rideaux sont de velours vert foncé et pour finir les murs sont recouverts de papier peint à gros motifs fleuris dans les teintes de brun, ocre et olive. La table et les chaises droites sont en noyer vernis, elles aussi. Il n'y a pas de fantaisie chez Madame Roma, la maison est à l'image qu'elle se fait de la vie, un long calvaire qui mène au Golgotha avec ses turpitudes, ses misères, ses noirceurs, ses renoncements. La vie est une épreuve qui doit déboucher sur un paradis en rose pâle, en bleu bonbon et en vert pastel, meublé de grands anges fadasses et de musique d'église. Belle perspective!

Lévis n'a pas tout vu, il y a encore pire, adossée à un mur du salon trône une immense statue de plâtre presque grandeur nature, la Vierge règne au milieu d'une niche faite de fleurs de plastique lacées dans un treillis de bambou et toute illuminée de petites lumières bleu marial. Un grand cierge réchappé de la fête de Pâques se dresse à ses pieds. Toutes paupières baissées la Vierge sourit tristement, son bras gauche tient des fleurs de lis, l'autre ébauche une bénédiction du bout de la main, pas le large geste du semeur de grâces mais un mesquin mouvement étriqué à l'image qu'on a fait de la religion, pusillanime dans ses générosités, prompte à dénoncer les torts et prodigue avec les feux de l'enfer, les tourments de sel et de soufre.

Lévis réprime un mouvement de recul et grimace, cet environnement sent le caveau et le sépulcre, même les lourdes fleurs du papier peint semblent aromatiser la pièce d'un parfum qui rappelle les végétaux en décomposition, un parfum épais, sirupeux, poisseux sur la peau, presque palpable. Il s'empresse d'écarter les rideaux et d'ouvrir les fenêtres toutes grandes. Un soleil de fin d'après-midi éclabousse une lumière dorée, chasse la pénombre champignonneuse et dissout les relents de moisissure qui empoisonnent la maison. Du coup, le salon perd ses allures draculéennes et redevient un petit boudoir bourgeois du début du siècle. Dans leurs cadres ovales où subsistent des traces de dorures, les parents de Madame Roma nous regardent pompeux et autoritaires devant une toile représentant un jardin français. Le bonhomme porte une moustache touffue en guidon de bicyclette comme ça se portait dans le temps, la dame est enveloppée de trois épaisseurs de tissu moiré qui serre le cou étroitement et descend jusqu'aux chevilles. Comme dans les souvenirs, ils survivent encore, fragilement cristallisés dans une mixture brun ocré qui s'affadit au fil des années, qui jaunit, qui s'écorne, qui s'embrume dans le temps et dans la mémoire. Le père a l'air des pionniers désouchant l'Abitibi ou encore d'un chercheur d'or revenu du Klondike. La mère n'exprime rien d'autre que l'entêtement, que la ténacité de vivre coûte que coûte, de domestiquer cette terre ingrate, d'affronter une vie faite de privations et de labeur.

Dans sa chambre, la malade gémit encore, Magdelina laisse un peu refroidir la soupe. Le docteur recommande de la nourrir souvent mais peu à la fois. Lévis qui préfère veiller à la cuisine verse deux onces d'alcool dans le petit jus de poulet où flottent quelques rares nouilles. Magdelina hésite un peu mais elle se dit que si cette médecine n'aide pas elle ne nuira pas. Elle prend son courage à deux mains et elle s'enferme dans la chambre pour alimenter la vieille fille à la petite cuillère. Au salon, l'horloge grand-père sonne sept heures et demi, le chat réclame son pâté et Lévis n'est que trop heureux de le nourrir. Le chat ressemble à sa maîtresse, par mimétisme, il copie sa démarche austère, il lévite presque, il longe les murs et prend les coins carrés, il se manifeste le moins possible, il avale son pâté, toujours le même, du foie, avec une tranquille résignation, ensuite il erre un moment dans ce cloître de silence, respectueux des rideaux de velours et des fougères, il disparaît finalement au salon qu'il s'étonne de voir si éclairé.

Madame Roma semble apprécier son médicament, elle en redemande. Elle a droit à une seconde ration de p'tit blanc, elle délire doucement pendant le deuxième service. Elle se sent enveloppée d'une aura lumineuse, elle appréhende, elle devine, elle sent une présence, un événement, une révélation, une force spirituelle sonde le terrain, annonce une visite, a choisi un messager, le doigt de Dieu la désigne, un rayon de lumière indique sa couche, les trompettes de Jéricho ébranlent sa modeste maison. Elle tète son breuvage en roulant les yeux, en jetant un regard à la fois inquiet et inspiré autour d'elle.

Pour meubler son temps, Lévis feuillette des numéros de *l'Oratoire Saint-Joseph* et des *Annales de Sainte-Anne*, c'est la seule littérature qu'on puisse trouver chez Madame Roma. Il n'y a pas de tourne-disque, ni d'appareil radio mais il met la main sur un scrap-book géant dans lequel Madame Roma a réuni toutes les coupures de journaux reliées de près ou de loin à l'Année Sainte. Même *l'Osservatore Romano* y figure à côté de *l'Action catholique*, de *Vers demain* et du *Feuillet apostolique*, il y a Pie XII qui distribue des *urbi et orbi*, il y a des quantités de touristes américains qui débarquent en chemises à fleurs et en pantalons flottants, criblés de kodaks et s'agglutinant devant Saint-Pierre, il y a d'interminables processions guidées par la statue de la Vierge, il y a des cartes postales d'intérieurs d'église surchargés de dorures et d'œuvres d'art, des spectacles son et lumière, il y a même une photo du David avec un timbre du Saint-Siège collé à l'endroit où on trouve habituellement une feuille de vigne, Madame Roma n'aura pas voulu prendre le risque d'y jeter un coup d'œil complaisant.

À neuf heures et encore à neuf heures trente, la malade réclame du bouillon, Magdelina en a par-dessus la tête et Lévis joue au bon Samaritain. Il enlève sa veste, retrousse ses manches, fait chauffer le bouillon et le refroidit de trois onces d'alcool en catimini, Magdelina veut bien remonter un peu le moral de la sainte femme mais elle ne voudrait pas la soûler. Madame Roma gît longue et squelettique sous le drap blanc, des os iliaques, des genoux cagneux, des pieds, des côtes, des coudes saillent de partout, un paysage lunaire fait de cratères et d'éperons pointus. Elle traverse une période de chaleur, les couvertures de laine s'entassent au pied du lit à volutes sculptées. Quand elle s'assoit, Lévis s'attend à l'entendre grincer comme une vieille penture rouillée. Elle grimace, le cheveu raide et trempé, la face blanche, les orbites creuses, les lèvres violacées, crispées dans une expression de vierge et martyre, l'œil brillant, avec l'éclat du prophète fanatique fixé sur des visions hors de portée du commun des mortels.

111

Elle bredouille des incompréhensions et quémande sa soupe du bout des lèvres comme un nourrisson qui apprend à téter. Elle aime la recette Madame Roma, elle n'a jamais fricoté un aussi succulent bouillon qui infuse de la chaleur, du feu dans le sang et du ressort dans le corps, elle se sent transformée, remontée, aguerrie, prête à affronter une grande mission divine.

La chambre est aussi lugubre que le reste de la maison avec ses meubles massifs en brun presque noir, avec son papier sombre et surtout avec ce lit monumental qui momifie encore le misérable petit corps anémié qui s'y noie comme au milieu d'un marécage, le grand miroir ovale de la commode reflète une image déformée, distorsionnée par endroit, son tain s'effrite par plaques, usé à force de reproduire de la pénombre, du vieux, du triste, du suranné, du renfermé. Un miroir sans tain c'est un œil mort, le cristal magique redevient du vulgaire verre sans âme, sans vie.

Madame Roma tète sa dernière goutte de jus, adossée à trois oreillers, elle croise ses mains blanches sur son ventre creux. Elle observe le vide puis comme des insectes à grand-pattes, ses longs doigts noueux s'agitent et s'affolent, elle prend et presse les mains de Lévis qui tient stupidement son bol de soupe. Soudain regaillardie, elle renforce sa prise, le bol tombe sur le lit, elle s'empare littéralement des mains du garçon, elle les découvre, les malaxe, les palpe, les presse sur sa joue, les baise, caresse la paume, les mordille, Lévis s'inquiète un peu, Madame Roma s'illumine soudain habitée par l'inspiration. Ses mains squelettiques se referment comme un étau sur celles, larges et pataudes de Lévis. C'est à peine si ses lèvres blanches s'entrouvent:

— Gabriel, mon ami, Gabriel je vous ai reconnu.

Abasourdi, Lévis proteste faiblement.

— Je ne suis pas Gabriel, vous le savez bien.

— Seigneur, j'ai entendu votre voix, je suis la servante du Seigneur.

Quitte à passer pour un pleutre, Lévis envisage de réclamer les secours de Magdelina; il hésite encore, Madame Roma reluit de sueur, son haleine fétide sent l'alcool et l'air vicié, ses cheveux collent à ses tempes, les veines de son cou de poule s'enflent et bleuissent. Lévis comprend ce qui se passe dans la tête malade de la vieille fille, il en bégaie de stupéfaction. Dans son délire, Madame Roma s'identifie à la Vierge et confond le garçon avec l'ange Gabriel. Lévis ne sait pas s'il doit en rire ou prendre ses jambes à son cou mais elle ne lui laisse pas le temps de prendre une décision. Elle se dresse soudain toute raide et enlace Lévis de ses longs bras osseux tous les muscles bandés, elle halète d'excitation.

— Je suis la servante du Seigneur, j'obéirai au message de Dieu; le sauveur du monde naîtra de notre union.

Ses doigts pointus labourent furieusement le dos et les flancs du malheureux archange sans ailes. Madame Roma se colle à lui et entreprend de le déshabiller. Hérissé, Lévis tente de se dégager, doucement d'abord pour ne pas la brusquer mais avec de plus en plus d'énergie. Peine perdue, l'extase multiplie les forces de l'illuminée qui se transforme en véritable pieuvre. Aussitôt que Lévis parvient à dégager un bras de la pieuse étreinte, il est saisi, aspiré, encerclé ailleurs. Quand elle tente de l'embrasser avec une passion débridée, Lévis tourne la tête pour échapper à son souffle fétide et pousse un cri de surprise mais aussi un appel au secours. Il est désespéré, il joue le rôle de l'agneau qui tente d'échapper à la gueule du loup. La vieille fille est soudain animée d'une furieuse fièvre de sensualité. Sa bouche brûlante se plaque à ses joues, à son cou, cherche des lèvres compatissantes, cherche le contact de sa peau. D'un geste sec elle déchire sa chemise et la vue de cette jeune chair à nu provoque une explosion de désir. Magdelina accourt, Lévis lui ordonne d'aller chercher le docteur... et vite. Madame Roma gémit.

— Prends-moi mon bel ange, prends-moi mon bel ange!

Elle a la jaquette relevée jusqu'à la taille et elle tente avec acharnement de débarrasser Lévis de sa culotte. Le spectacle est désolant, en d'autres circonstances Lévis en rirait mais il est trop occupé à arracher les ventouses qui collent à sa peau, qui s'agrippent à ses boutons de culottes. Madame Roma se frotte le bas-ventre contre son partenaire, ses cuisses sont comme deux maigres troncs de bouleau chétifs, ses genoux sont enflés par trop de rosaires, ses jambes maigres sont striées de varices bleuâtres, Lévis est surpris de tant d'énergie chez une femme aussi squelettique, il réalise qu'il n'en viendra pas à bout sans lui plaquer son large poing à la figure, mais il se retient, il n'ose pas.

Quand le docteur survient hors d'haleine, l'ange et la Vierge roulent sur le lit inextricablement liés l'une à l'autre. Débordé, Lévis n'est plus qu'en petite culotte qu'il retient désespérément de ses deux mains en se contorsionnant pour éviter le plus possible les épanchements affectueux de la vieille fille qui a maintenant perdu toutes ses jupes et qui expose lamentablement ses fesses pointues, son ventre creux et sa poitrine affaissée. Il faut se mettre à trois pour l'immobiliser. Littéralement assis sur son patient, le docteur parvient à lui faire une piqûre. Madame Roma se calme enfin, s'endort et redevient une inoffensive momie. Magdelina la rhabille, la couvre et la borde. Secoué, Lévis enfile son pantalon tant bien que mal, tout en racontant sa mésaventure au docteur qui s'efforce de garder son sérieux. Gabriel ne veut plus rien savoir de cette maison de fous, il embrasse Magdelina à la volée, s'empare de son veston, se précipite dehors, saute sur son bicycle à balloune et pédale comme un perdu fuyant une scène cauchemardesque. Il disparaît à un tournant à moitié nu, le dos labouré de stries violacées ; sur le perron, le docteur plié en deux ne peut retenir un énorme fou rire, il en rit encore à l'autre bout de la Principale, en passant devant le magasin général où Popeye, Mathusalem et Abel se posent des questions relatives à cette manifestation d'hilarité incontrôlée.

Ce soir-là, Rose-Mai et Damien vont voir ce film dans lequel Alan Ladd se fait mordre par un serpent. Frédé est venu chercher Jean-Nil en fin d'après-midi. Un motard a cassé sa moto du côté d'Eupré et il y a peut-être des pièces récupérables, c'est aussi une Harley, une grosse cylindrée.

Dès vingt heures, le ciel tourne au gris sombre à une allure vertigineuse, d'épais nuages

115

noirs s'entassent, s'enflent et roulent sur eux-mêmes bousculés par des vents tempétueux. L'orage menace, des éclairs zèbrent le ciel brouillé, au loin le tonnerre ébranle la quiétude campagnarde, à vingt heures trente c'est le déluge. Une véritable muraille liquide s'abat sur Isieux, les flaques s'étendent à vue d'œil et sont criblées de gouttes d'eau de la taille d'une noix, les bâtiments dégoulinent, les carreaux s'embuent, les fossés débordent, les égouts noyés gargouillent, les gouttières s'engorgent et étalent un capricieux rideau liquide, une frise malléable, changeante et irisante, les tuiles d'asphalte reluisent, les herbes redressent la tête, la terre boit avidement par tous ses pores. L'orage chasse la lourde moiteur de l'air et nous enveloppe d'une nouvelle fraîcheur légèrement ozonée. Ce soir, nous pourrons enfin dormir confortablement après tout un mois de canicule.

Les éclairs se rapprochent, explosions de lumière brute, bleutée, frangées de violet, flashs aveuglants qui sautillent de ses ramifications zigzaguantes comme des doigts géants qui joueraient du piano, qui chercheraient les frappes, qui composeraient une grandiose symphonie céleste, inégalée de puissance, ponctuée d'étourdissants coups de tonnerre à faire vibrer le sol. La terre se paye un pot à sa mesure, elle se gorge d'eau, elle gonfle ses entrailles à ras bords, elle se liquéfie, s'attendrit, devient plasma, devient pâte, devient levure. Le tonnerre se surpasse, la maison en tremble, Magdelina qui a toujours eu peur des orages se bouche les oreilles et se réfugie dans un placard comme l'autruche qui croit trouver la sécurité en s'enfonçant la tête dans le sable. Personne n'est très rassuré.

Chez Monsieur Alma, Millie se cache aussi dans un placard mais ce n'est pas parce qu'elle a peur, elle joue une charmante partie de cache-cache avec Monsieur Alma qui fait le méchant loup poursuivant la biche apeurée. Si jamais Madame Alma qui est chez sa mère surprend le manège, Millie n'aura même pas le temps de retirer sa première paye de femme de ménage. Elle fait la petite fille effarouchée qui se cache dans un petit coin noir, Monsieur Alma la recherche, renifle l'odeur, tâtonne les angles, la trouve en faisant hou hou, on se pourchasse, on se rattrape, on roule sur le lit, on se fait des touche-touche, des bécoteries et on retourne fourrager dans le noir du placard en étouffant des rires complices.

Ce n'est pas sa faute mais Millie est comme ça, chaque fois qu'elle voit un pantalon qui passe à sa portée elle ne peut s'empêcher de sonder le terrain, de se rendre compte par elle-même, de piéger le lapin. La moitié de la population d'Isieux est passée par là. Millie, c'est un lieu public, une salle des pas perdus, l'abri du pauvre. Ses parents sont du bon monde, honnêtes, pratiquants et travailleurs, ils ne comprennent pas mais ils endurent, ils pardonnent et ils se résignent.

De la maison, on peut les voir se courir après, Monsieur Alma rattrape l'adolescente, la pelote un peu, elle s'échappe et la course reprend, des ombres passent devant les fenêtres éclairées à peine déformées par le rideau de pluie qui tombe dru.

Il n'y a pas très longtemps, Millie s'était amourachée de Jean-Nil, Jean-Nil l'avait gentiment éconduite, elle avait menacé de rentrer chez les sœurs et un beau matin était partie en autobus avec une petite valise. Elle était revenue enceinte six mois plus tard. Sa mère garde le bébé, une petite fille splendide et éveillée, blonde et bouclée.

Assis sur le lit, Monsieur Alma presse les fesses de l'adolescente debout entre ses cuisses, elle dégrafe son soutien-gorge et chatouille le nez de son patron avec le bout de la bretelle. Elle jette un coup d'œil dans la direction de ma fenêtre, elle sourit, elle me voit depuis le début, elle voudrait bien que Jean-Nil soit là aussi. C'est une façon de se venger. Monsieur Alma moule ses petits seins dans la paume de ses mains, il appuie sa tête contre sa poitrine, il frotte ses joues, il les baise et les tète goulûment, ses mains détachent la petite jupe de coton à carreaux. Millie se tortille pour s'en dégager, sa petite culotte rose moule étroitement ses fesses étroites, ses hanches saillantes, son ventre plat, son sexe extraordinairement rebondi. À ce moment-là, la petite salope s'échappe des bras poilus de Monsieur Alma, vient à la fenêtre, m'adresse un petit signe de la main et tire le rideau.

Jean-Nil n'a rien vu, il est étendu sur son lit en caleçon, il potasse son manuel de mécanique et se gratte distraitement le bazar. La radio bêle que Muriel Millard est nommée reine de la radio 1950 et que vingt-six mille G. I. débarquent en Corée.

Dehors, Damien et Rose-Mai courent sous la pluie et s'abritent sous le perron. Il y a un coup de tonnerre particulièrement fracassant, la foudre éclaire violemment notre chambre. Plus tard, la Packard démarre et s'éloigne, le bruit clapoteux de la pluie estompe, absorbe, éteint tous les autres, s'impose par sa monotonie, par sa régularité, apaise les sens et invite au sommeil. Dans mon subconscient endormi, les coups de tonnerre s'espacent, s'éloignent d'une fois à l'autre et s'évanouissent définitivement.

Au matin, le soleil est de retour et darde des rayons encore plus ardents.

— C'est reparti pour un autre mois, prophétise Popeye collé à son banc comme s'il ne l'avait pas quitté depuis la veille. En 39... le voilà « recrinqué », il accroche comme un vieux disque, prisonnier d'un seul sillon, toujours le même, figé sur 1939.

Aujourd'hui, est une journée spéciale, le soleil semble plus près, l'herbe plus tendre, les oiseaux plus criards, le café est meilleur, les toasts, les œufs et le bacon aussi. Le petit chemin qui mène à l'école semble plus sinueux, plus invitant, chaque buisson incite au détour, chaque pierre plate mérite qu'on s'y assoie un instant, le petit sous-bois devient la forêt de Sherwood, la petite clairière, le royaume de Merlin l'Enchanteur, le bouquet de trembles se transforme en château médiéval, les cailloux en Sarrasins, les souches en croisés teutons. Les adultes sont absents de mon univers, leurs préoccupations, leurs problèmes, leurs misères aussi, la vie, l'enfance durera à l'infini. Je ne vois pas de frontière, ni de limite, le monde n'est plus qu'un vaste jouet qui m'est destiné exclusivement pour mon bon plaisir, un manège géant obéissant à mes fantaisies, s'arrêtant, repartant au gré de ma volonté toute-puissante. Les gens, les bâtiments, les arbres, tout jusqu'au moindre petit caillou s'anime, revit un rôle que je crée pour eux, comme des soldats de plomb lancés dans une nouvelle guerre, comme des pions dociles vivant une nouvelle création à ma mesure. Rien ne peut plus m'arrêter, rien ne peut plus empêcher que ne se réalise le nouveau destin que j'ai ébauché pour l'univers, rien ne peut plus s'opposer à mes desseins fantasmagoriques.

La petite école qui apparaît parmi les saules et les ormes n'a plus de signification pour moi, c'est un objet banal, platement commun parmi les autres. Dans son ombre, Mademoiselle Cri-Cri me tire de ma rêverie. Elle me signale de me dépêcher, je suis en retard, j'avais oublié le cours du temps. Les autres sont là, béats, discrets comme des ombres, disponibles.

Mademoiselle Cri-Cri a l'air toute nostalgique, elle nous regarde un long moment et se résigne à écrire la leçon au tableau noir, avec des craies de couleur comme elle ne le fait qu'en cas de circonstances exceptionnelles. C'est la dernière leçon de l'année, elle demande de faire une rédaction qui racontera ce que nous comptons faire de nos vacances. Zézette jubile, il a perdu irrémédiablement sa collection d'images cochonnes mais il pourra récupérer toute sa quincaillerie confisquée de septembre à juin. In extremis, Tiné a pu échapper au bain traditionnel avant une remise de prix, il sent le fromage de chèvre oublié dans un réduit, mais sans trop choquer la narine juste pour la taquiner un peu, à proximité, Bouton échafaude déjà ses plans de nègre. Nous ne sommes plus qu'une bande de jeunes chiots tirant sur leur laisse au risque de s'étouffer, impatients de se retrouver libres dans la nature, impatients de renifler les poteaux de clôture, de pisser contre les troncs d'arbre, de courir après les poules peureuses, d'aboyer après notre ombre.

Mademoiselle Cri-Cri arpente les allées en jetant un coup d'œil perçant sur nos cahiers mais elle semble distraite, à mille lieues de la classe, peut-être répète-t-elle le petit discours qu'elle prononcera devant les parents cet après-midi. C'est bizarre, Mademoiselle Cri-Cri est avec nous de septembre à juin et personne ne sait d'où elle vient, si elle a été mariée, si elle a eu des enfants, où elle passe l'été, si elle a un amoureux. Personne ne semble s'intéresser à ses mystères, on la considère comme acquise, comme compétente, comme définitivement enracinée et on ne se pose pas de questions. C'est une petite femme discrète, effacée qui vit à l'intérieur de son école et qui ne parle jamais d'elle-même. Mais la vie est passée par là et elle a fané un peu le jardin, l'a ennobli, l'a grandi, l'a embelli en fin de compte. L'amour, la tendresse, l'affection, le dévouement adoucissent son regard, attendrissent son sourire, affinent ses traits qui seraient ordinaires sans cela. Ses yeux bleus scintillent d'intelligence, ses pommettes s'empourprent facilement d'une émotion secrète, d'une pudeur subtile ; quand on la connaît, on la trouve jolie et pas seulement d'une beauté intérieure. C'est une femme vive, le genre de femme qui cesse de vieillir un moment donné et qui s'accroche à un âge indéfinissable entre une jeunesse qui bourgeonne encore et une sereine maturité qui s'affirme sans heurts.

Mademoiselle Cri-Cri retournera dans ses terres pour l'été en emportant ses mystères malgré les efforts de Zézette qui prétend qu'elle mène une double vie, qu'elle organise des orgies et des débauches de juillet à septembre. Il faut se méfier des avis de Zérette : il inventerait n'importe quoi pour se rendre intéressant et pour parler du cul.

Pendant tout l'été, la petite école carrée ne sera plus qu'habitée par ses fantômes, Napoléon digérera Waterloo, Vercingétorix, Alésia ; que Charlemagne qui l'inventa jadis s'y morfonde à son tour en expiant ses fautes. L'école est juchée sur sa haute base de ciment comme si on avait voulu l'élever physiquement à son niveau de temple du Savoir. Nos petites histoires d'amour, nos railleries, nos insoumissions, nos insolences et nos grossièretés sont naïvement gravées sur ses demi-murs de briques usées, sur ses flancs hospitaliers de ciment ou de bois. Lili aime Hubert disent les graffitis, Madame Fraulein suce le maire ou Monsieur Alma est cocu.

À onze heures, Mademoiselle Cri-Cri ramasse nos copies, les dépose précieusement dans son toiroir et donne le signal de ramasser nos affaires et de vider nos pupitres, pendant ce temps-là elle ouvre l'armoire fermée à clé, il ne nous reste plus qu'à réclamer nos biens confisqués en cours de route. Mes pauvres affaires sont vites empilées, fourrées dans mon sac, déjà oubliées. Adieux cahiers vierges qui sentent bon le neuf mais qui sont aussitôt laborieusement noircis à la sueur de nos fronts, adieu insipide petit catéchiste pour parfait petit crétin, adieu morbide grammaire en mauve et noir, adieu Nabuchodonosor, les guerres du Péloponèse, poux, choux, genoux, adieu les baignoires dont le robinet fuit et d'ici septembre on ne veut plus entendre parler de vous. Comme des tournesols, nos corps ont besoin de soleil, nos pieds nus ont besoin d'herbes moelleuses, nos corps ont besoin de se vautrer dans les foins jaunes, dans l'eau tiède de la Ridée, nos bras ont besoin de s'accrocher aux branches des grands solitaires, nos jambes ont besoin de courir dans les savanes, nos doigts ont besoin de rouler les galets polis, nos joues ont besoin de la caresse du vent, nos yeux ont soif d'horizons bleus et d'horizons ocre.

Mais reste encore la cérémonie des finissants. Il faut sortir le piano droit et placer les chaises tout autour dans la cour. On prépare le punch, on pend le drapeau à une branche basse et on place les prix en ordre sur la table. Le département de l'Instruction publique a pensé à nous de ses bureaux lointains à Québec. Des vieilles filles frustrées ou des ex-religieux en rupture de ban et récupérés par le fonctionnarisme ont choisi et nous offrent des livres à leur image : la vie de Dominique Savio, le martyre de Maria Goretti, la vie de saint François d'Assise, le père Lemennais fondateur des Frères de l'Instruction chrétienne et autres mièvreries de même farine. C'est souvent la seule littérature qu'on puisse trouver chez les gens et c'est une littérature jamais lue, qui meuble une tablette poussiéreuse qui donne l'illusion d'une amorce de bibliothèque qui a surtout une fonction décorative. La plupart des gens se limitent à l'*Almanach du peuple*.

Comme ce n'est pas des cadeaux à faire à des enfants sains, Mademoiselle Cri-Cri à prévu autre chose de plus pertinent, à ses frais à même son maigre salaire, elle obtient un rabais de vingt pour cent chez le libraire miséreux de Clairval.

À deux heures, Mademoiselle Cri-Cri fait sonner le branle-bas général. Il fait une chaleur terrible et toute la création semble retenir son souffle, terrée dans le moindre coin d'ombre, sous chaque galerie il y a un chien qui tire la langue, sous chaque perron il y a un chat vautré, dans chaque anfractuosité il y a un insecte recroquevillé entre ses longues pattes. Monsieur Fidèle arbore son sourire édenté qui équivaut à un demi-gallon, son plâtre tourne au gris sale. Mademoiselle Roma s'est remise de sa rencontre historique avec l'archange Gabriel, elle est toute noire et toute raide, elle termine un chapelet, Madame Pacifique a traîné son mari jusqu'ici, il a suivi pour ne pas déclencher une querelle de ménage mais il aimerait mieux se voir au Trou pour se préparer un peu à son quart de quatre à minuit, Madame-la-Veuve-Pétrie vient voir tous ces beaux garçons pour qui elle déborde de tendresse maternelle et qui assurent une relève éventuelle, le vicaire vient pour la même raison, ses yeux semblent fixer son bréviaire mais ils reluquent vingt paires de cuisses de garçons en culottes courtes, Madame Décarie par sa présence supporte Mademoiselle Cri-Cri parce qu'elle a de la classe et parce qu'elle partage ses préoccupations pour la littérature, la poésie, les arts et la musique. Rose-Mai et Magdelina sont là par solidarité familiale, elles vont partir les applaudissements quand ce sera à mon tour de m'avancer chercher mon bulletin et mon prix, elles sont là aussi parce qu'elles aiment les cérémonies, comme elles sont rares à Isieux elles n'en laissent pas passer une. Madame Alma qui se considère comme un pilier de l'élite locale trône au premier rang, insensible à la chaleur, les doigts croisés sur ses genoux.

En se levant Mademoiselle Cri-Cri impose le silence, elle fonce sans peur et sans reproche dans la lecture de son laïus. C'est essentiellement le même qu'elle prononce chaque année depuis quinze ans mais c'est sans importance puisque personne n'écoute vraiment. Monsieur Pacifique bâille mais il est rabroué brusquement par sa femme, Madame Alma pense à Damien Cousin, Madame Roma résiste à se gratter le mollet pour s'imposer une mortification supplémentaire, Mademoiselle Cri-Cri parle de futures élites, de citoyens meilleurs, de demains plus riches, de sociétés plus humaines, de qualités de cœur et d'esprit, d'avenir de la race, de culture et de poursuites d'idéaux élevés. Elle promet tout ça avec beaucoup de distinction et de conviction. Sa foi dans notre avenir est communicative mais j'ai quelques réserves, j'estime qu'elle nous en met trop sur le dos. Tout ça est facile à dire mais ce sera encore à nous, pauvres cancres, de réaliser ces belles promesses pour lesquelles nous ne sommes pour rien. Si les adultes réalisaient la moitié des promesses prises au nom des générations montantes, le monde ne serait peut-être pas dans cet état désastreux. Je ne sais pas ce qu'en pensent Bouton, Zézette, Bibitte et Tiné, au fond je crois qu'ils n'en pensent rien, mais moi je ne me sens pas tout à fait à la hauteur. Bon, ça ne fait rien, dans le feu de l'action je veux bien essayer, si on se casse la gueule on ne sera pas les premiers ni les derniers, le monde

125

s'est bâti avec de la bonne volonté, pas ou peu avec de l'héroïsme, du génie ou de grandes professions de foi.

On applaudit mollement, je doute que Mademoiselle Cri-Cri ait réussi à convaincre quelqu'un d'autre que moi sauf peut-être Madame Décarie qui exprime quelque enthousiasme. Pour Madame Alma qui aime pourtant les discours, le cœur n'y est pas, elle voudrait bien désintégrer Rose-Mai d'un seul regard.

Mademoiselle Cri-Cri s'installe au piano et lisse sa jupe sous ses fesses. Avec une belle candeur, la chorale attaque le classique *À la claire fontaine.* Les notes jaillissent claires et cristallines, les paroles tremblantes de grâce juvénile les chevauchent, les entrelacent, les escaladent en vibrant. C'est une fraîche cascade sonore dans le désert :

> *À la claire fontaine*
> *Je m'y suis baigné*
> *Il y a longtemps que je t'aime*
> *Jamais je ne t'oublierai.*

Des images se fixent devant mes yeux, des images aux teintes aquarelles dans un pourtour diaphane. D'un étang jaillissent mille reflets de soleil. Des grands arbres en voûtes pendent des ramures vert sombre, elles frôlent le tapis de mousse soyeuse frisé de délicates et frêles fougères d'un vert plus clair. Une princesse relève gracieusement ses jupons pour se tremper le pied. La princesse ressemble à la douce et timide Rosane au premier rang du chœur.

> *Sous les plus hautes branches*
> *Je me suis fait sécher*
> *Il y a longtemps que je t'aime.*

Je souris aux anges merveilleusement troublé par ce nouveau sentiment qui réchauffe tout mon corps. La princesse n'a que onze ans et elle est rieuse.

On enchaîne avec *le P'tit Bonheur*, *le Temps des cerises* et *la Mer* qu'on voit valser le long des golfes clairs. La musique me met toujours dans un état euphorique, elle me fait toujours cet effet-là, y compris quand par les chaudes soirées de juin Mademoiselle Cri-Cri ouvre ses fenêtres et joue la *Sonate à la lune* sous les étoiles. Ces soirs-là, je rentre à la maison tout chamboulé, presque ivre de parfums champêtres, de paysages bucoliques, de ciels parsemés d'étoiles, habités par des dieux généreux pour les hommes à qui ils accordent à profusion le vin, le pain, la chaleur tiède, l'amour et le bien-être. C'est comme s'il y avait une promesse dans cette musique, comme si leur auteur vivait dans le temps, dans le passé, le présent et le futur pour communiquer aux hommes des visions d'harmonie, de paix, de sérénité qui existent, qui existeront. Ces soirs-là, je m'endors la tête pleine de mirages, je vois des campagnes aménagées, des cités glorieuses, le mal, les servitudes sont exorcisés, les gens heureux, les enfants libres, libérés de leurs angoisses millénaires, existant pour l'amour et le bonheur. J'en attends pas moins du monde et je ne doute pas un instant que mes chimères ne se réalisent.

Bon, il est temps de distribuer les prix. Le département de l'Instruction publique offre *la Vie du curé d'Ars* mais c'est Mademoiselle Cri-Cri qui donne *les Trois Mousquetaires*, *le Chant du monde* ou *le Tour du monde en quatre-vingts jours*. Elle présente ses souhaits de sa petite écriture serrée et soignée: «Que ces vacances te soient les plus belles, les plus inoubliables, de tout cœur.» Elle ne signe jamais, comme si ce n'était pas nécessaire, comme si elle était là depuis toujours, comme s'il était impensable que ce livre vienne de quelqu'un d'autre et comme si elle était là pour toujours, indestructible, immuable, éternelle.

Elle serre des mains, mais elle sourit surtout chaleureusement, un bon sourire sécurisant qui veut dire: tu peux, fonce, ne te laisse pas tirer par la vie, au contraire tire dessus, tire la laisse, harnache-la, tords-la pour en retirer tout son jus, savoure-la, manipule-la, contrôle-la, tabasse-la, maîtrise-la, étends-la pieds et poings liés, pose-lui le pied sur la tête et domine-la comme un homme doit le faire.

Ces subtilités muettes, cette force, cette détermination chez Mademoiselle Cri-Cri échappent aux parents. Monsieur Pacifique transpire abondamment et lorgne avec délice du côté du Trou où le Patron décapsule une bière fraîche appuyé au chambranle de sa porte. Madame Alma rêvasse toujours, Madame Décarie allume une cigarette, Monsieur Fidèle rote, Madame-la-Veuve-Pétrie s'évente discrètement et Madame Fraulein rajuste une boucle blonde. Mademoiselle Cri-Cri se réinstalle au piano et le chœur chante *Ce n'est qu'un au revoir* qui doit mettre fin à la cérémonie. Rose-Mai et Magdelina sentent venir une larme, elles pleurent toujours quand on chante *Ce n'est qu'un au revoir,* c'est plus fort qu'elles, elles aiment bien s'attendrir et il est toujours triste de se séparer, elles apprécient les nobles adieux chargés de belle nostalgie, les arrachements sentimentaux lourds d'un romanesque poétique. C'est beau et c'est triste même si on ne se sépare que pour aller à deux coins de rue.

Suivent des poignées de main et des embrassades, Mademoiselle Cri-Cri reste seule le cœur serré, elle hantera son petit royaume déserté tout l'après-midi et toute la soirée. Très tôt demain matin, sa sœur viendra la chercher avec sa vieille Pontiac verte. On ne la reverra plus qu'en septembre quand elle reviendra au lendemain de la fête du travail pleine d'allant et pleine d'entrain.

Je suis seul dans la cuisine, les filles accrochent le linge à sécher et Jean-Nil travaille sur la Harley, on l'entend cogner sur du métal. Rien ne vient troubler le calme de la maison, le soleil s'engouffre à pleine fenêtre, mes yeux s'arrêtent sur une plaquette de bois accrochée au mur à côté de l'horloge électrique. C'est un poème de Jean-Nil que Mademoiselle Cri-Cri avait fait pyrograver par son beau-frère. Ça se termine comme ça :

> *Je vous garde un coin de cœur*
> *valeureux compagnons de jeu.*
> *Je vous garde un coin de cœur*
> *paysages en ocre et bleu.*

Je laisse errer mon regard par la fenêtre grande ouverte, les rideaux de mousseline se gonflent et se dégonflent au rythme paresseux du vent, le coucou égrène ses secondes, derrière la maison les champs jaunes s'étendent jusqu'au petit bois, seuls quelques grands arbres solitaires dressent leurs troncs puissants et créent des oasis d'ombre. Les jardins des voisins glissent leurs sillons jusqu'aux sous-bois. Au-delà, les petits sentiers tortueux strient la forêt, traversent les pinèdes sèches, couvertes de mousse friable, longent les noisetiers ou les grands sapins sombres, ils débouchent sur des marécages piqués de roseaux et de quenouilles grasses. Plus loin, ce sont les savanes et les collines et la Ridée, le rang des Quatre-Veuves, plus loin encore la montagne Bleue étale ses flancs arrondis où les pins squelettiques s'accrochent dans chaque anfractuosité. C'est notre royaume, notre territoire, notre far-west, Bouton, Zézette, Bibitte, Tiné et moi en prenons possession au nom de la liberté. Notre royaume est vaste, notre règne est jeune et septembre semble si loin. Septembre, c'est presque la fin du monde.

Nous contemplons l'amas de billots empilés par la bande à Donat-les-grands-pieds et nous sommes impressionnés.

— Ça doit bien avoir dans les vingt pieds, dit Tiné en se curant le nez. Personne ne le conteste.

Nous viraillons autour, les mains dans les poches, le nez en l'air. Une petite idée germe en même temps dans nos petites têtes. Elle s'insinue en douce comme un voleur de poule, puis le pied dans la porte, elle glisse son petit corps de diablotin, elle étend ses racines et s'impose comme une mauvaise graine qui tombe en terrain fertile. Elle dessine un sourire ravi sur nos lèvres. La Saint-Jean est encore désespérément loin à nos yeux et il y a tout ce beau bois sec et craquant qui nous nargue à portée de la main.

Zézette veut mettre le feu sur-le-champ mais Bouton qui a le sens du spectacle nous convainc de patienter jusqu'à la nuit pour se faire notre petite Saint-Jean à nous tout seuls.

Quand la dernière lumière s'éteint le long de la Principale, nous sommes tous au rendez-vous sur le piton rocheux derrière la maison de pension de Madame Gloire. Tous sauf Bouton qui est intercepté par son père qui se lève prendre un coup clandestin. En situation de légitime défense, Bouton menace de révéler les expéditions nocturnes de son paternel mais il reçoit une claque magistrale. Il en a encore la joue violacée le lendemain matin.

Il fait chaud, il fait noir, la nuit nous enveloppe d'un velours presque palpable autour de nos épaules, nos mains sont moites, nos gestes fébriles. Nous sommes conscients que si nous allumons le bûcher, nous déclarons en même temps une guerre implacable à la bande à Donat. Il nous a vu rôder par là avec un petit éclair d'envie dans les yeux, il saura, il devinera qui a fait le coup et les représailles seront inévitables. Nous sommes à genoux comme des païens autour d'une idole, en bas tout est calme, autour de nous les pins gris dressent leurs aiguilles, un thuya géant harponne la lune émergeant de la frise délicate formée par les têtes des feuillus en noir d'encre sur fond bleu marine. Cérémonieusement, Tiné redresse le torse et tire une boîte d'allumettes de sa poche. Il la secoue, on dirait le bruit d'un serpent à sonnettes sur le point d'attaquer. Il roule une allumette entre ses doigts et la craque finalement. Tous les diables de l'enfer dansent dans nos yeux, Bibitte sourit de contentement comme sourirait la mauvaise conscience qui vient de gagner son point sur la bonne conscience, ses dents brillent, il salive comme un jeune chien quémandant un bout de viande à table.

Hypnotisés, fascinés, assis à distance respectueuse, nous contemplons le bûcher de flammes vives. De longues langues jaunes frangées d'orange mordent dans la chair blanche des billots avec voracité. Les flammes s'emballent, s'essoufflent, craquent, hoquettent, elles s'apaisent un peu, respirent à fond et se relancent à l'assaut avec une vigueur nouvelle, avec une sauvagerie inattendue, avec une ardeur longtemps retenue. Elles courent de gauche à droite, de bas en haut, comme si elles voulaient tout dévorer à la fois, le bûcher s'effondre par endroit, le feu recrache une multitude de tisons incandescents et éclabousse un feu d'artifice d'étincelles jaunes et rouges. Je médite le fait qu'une si petite allumette puisse déclencher une pareille orgie de chaleur et de lumière, un véritable soleil en fusion, quand la catastrophe survient. Une bille rongée s'effondre et déséquilibre le brasier qui s'écroule pêle-mêle. Les billots roulent et déboulent la pente du piton en projetant une voie lactée d'étincelles multicolores. Ils roulent encore et s'écrasent dans la cour de la maison de pension, dans la rue Principale, s'éparpillant en une douzaine de petits foyers lumineux. Des lumières s'allument, les gens apparaissent aux fenêtres, le hangar de Madame Gloire commence à brûler, une bûche entreprend de descendre la Principale sur toute sa longueur. Il est temps de s'évanouir, de disparaître dans la nature. Cette fois j'ai peur, peur de foutre le feu dans toute la paroisse, peur que le feu ne rase jusqu'à la dernière cabane. Toute la paroisse est dans la rue, en combinaison longue, en pied de bas, en bretelles tricolores, en robe de chambre et pantoufles. Mais il y a plus de peur que de mal, on étouffe les bûches à coup de poche de patates, Monsieur Alma rattrape le billot baladeur et lui fait subir le même sort, seul le hangar de Madame Gloire y passe, malgré les efforts des Polonais, de Popeye, Damien et les autres. Sur le piton, quelques lueurs subsistent faisant danser des fantômes contre les murs de bardeaux d'amiante. Nous nous sommes mêlés aux autres, mine de rien. Adossé à un arbre, les mains dans les poches, en camisole à manches courtes, Donat arbore un sourire mauvais, il mijote du vilain. Je regagne la maison en douce en me faufilant comme une couleuvre sous la pierre, silencieux comme une ombre en retenant mon souffle. Bibitte m'envoie la main en bifurquant, je ne vois que son sourire, ses dents blanches sous la lune. On est content que les choses n'aient pas dégénéré et on est content du spectacle, après tout on est que six jours en avance... six jours de plus ou de moins... Au deuxième, dans le noir de ma chambre, j'observe les dernières lueurs. Dehors, le calme revient, les derniers villageois rentrent en traînant les pieds, Monsieur Alma se glisse au Trou pour boire une bière avec le Patron avant d'aller dormir. Jean-Nil s'est assis sur son lit derrière moi.

— Tu n'aurais pas piqué des allumettes aujourd'hui? dit-il.

Je me retourne sans dire un mot, il est là mollement adossé, il a tout compris, tout deviné, il se recouche et tire son drap jusqu'au menton.

133

— Débarrasse-toi de cette camisole, elle est trouée d'étincelles et puis lave-toi, tu pues le jambon fumé.

Je ne peux m'empêcher de sourire.

— C'était un beau show? Pas vrai?

— Peut-être bien mais si j'étais Donat, je te botterais le cul et ce serait bien mérité.

— Il essaiera, c'est sûr.

— Il est plus fort que toi.

— Je cours plus vite.

Il sourit aussi.

— S'il t'attrape, ne viens pas te plaindre.

Je m'endors déjà comme un bienheureux, demain est un autre jour, en sombrant dans le pays des rêves, je ne me doute pas que les représailles viendront aussi vite et aussi vives.

Nous enfonçons nos chaussettes dans nos poches, nous attachons les lacets de nos espadrilles et les portons autour du cou. Consciencieusement, avec précision et application, nous marchons en plein dans les fraîches bouses de vaches. C'est enveloppant, chaud et sensuel, c'est encore plus confortable qu'une bonne paire de pantoufles. Nous nous disputons les plus grosses, les plus fraîches, les plus larges. Je suis seul avec Bouton, sept paires d'yeux nous épient derrière les touffes d'aulnes, Donat-les-grands-pieds et sa gang. Ils nous encerclent patiemment, invisibles et silencieux. Nous ne nous doutons de rien trop occupés à découvrir la plus belle tarte, la plus récente, la plus chaude. Donat et sa gang nous tombent dessus comme le malheur s'abat sur le pauvre monde. Il est déjà trop tard pour s'enfuir, ils se jettent sur nous en hurlant comme des perdus. Bouton esquisse un sprint mais ses pieds généreusement lubrifiés dérapent et il se retrouve comme moi sur le dos avec trois teignes collées à ses bras et jambes. Plaqués au sol, deux contre sept, nous gesticulons comme des vers dans l'eau bouillante. Le pire c'est que Bouton n'était même pas là, la veille, au feu de joie. Donat ne le sait pas et de toute façon il ne le croirait pas. Nous sommes des inséparables et il nous juge en vrac. Si je suis coupable, Bouton l'est aussi et vice-versa. Tiné et Bibitte ne perdent rien pour attendre.

Donat triomphe, tel un chasseur de safari, il pose son pied sur le ventre du pauvre Bouton et semble réfléchir profondément. Ça dure un long moment et à demi inquiets, à demi intrigués, nous cessons momentanément de nous débattre pour économiser notre énergie. Vu d'en bas, Donat à l'air d'un géant, ses shoe-claques vaseux sont ses bottes de sept lieues, la grande vache à des poils sous les bras, un sourire sardonique lui fend le visage, il croise ses bras comme un général d'armée dominant le champ de bataille. Il n'y a désespérément personne autour de nous qui puisse nous porter secours. Notre seule chance est que Monsieur Damase consente à venir par ici et décide de s'en mêler. D'habitude, il refuse d'intervenir dans nos histoires et il faudrait un miracle pour que Donat renonce à sa vengeance. Donat se frotte le nombril et parle enfin :

— Pour une traîtrise comme celle-là, dit-il, il n'y a qu'un châtiment.

Nous retenons notre souffle, il ne nous vient même pas à l'idée de plaider non-coupable quelque puisse être notre punition. Ça ferait trop plaisir à Donat et puis ce serait renier notre dignité, ça serait subir l'humiliation suprême, pire que tout ce qu'a pu imaginer Donat au cours d'une longue nuit à jongler.

— Vous savez ce que je vais faire, continue Donat.

Il sourit, content de lui, comme s'il venait d'avoir la meilleure trouvaille du siècle. Le salaud fait durer le plaisir.

— J'm'en vas vous chier dans face, tonne-t-il.

On s'attendait à quelque chose de vache mais là on reste abasourdis, il exagère l'écœurant, il ne peut pas nous faire ça, ça ne se fait pas de chier dans la face du monde, pour aucune considération, mais Donat est sérieux. Maigre consolation : il s'en prend d'abord à Bouton qui, en apprenant la punition, se met à grimacer et à se contorsionner vigoureusement, mais on ne lui laisse aucune chance, Boulé qui est un peu obèse est assis sur son ventre et les deux autres lui plaquent les bras et lui écrasent les épaules. Donat enjambe la malheureuse victime, lâche un pet de sinistre augure, baisse sa culotte courte et son caleçon. Il s'accroupit juste au-dessus de la tête de Bouton qui ferme les yeux, soude ses lèvres et se débat avec l'énergie du désespoir. Ses efforts sont récompensés avant que ne se produise l'irréparable. Pendant que Donat se concentre, Bouton réussit à dégager son bras droit pour une fraction de seconde. Ce court laps de temps lui suffit, prompte comme un serpent à sonnettes sa main bondit et saisit fermement les pendentifs masculins qui pendulent au-dessus de sa tête. Bouton serre la main comme un piège à loup qui se referme et lui imprime un brusque mouvement de torsion vers la gauche. Donat s'étouffe, la bouche ouverte, avec une plainte muette qui n'arrive pas à sortir. Il tente de se redresser mais il ne réussit qu'à renforcer la traction, ses bras battent l'air, il vire au bleu. Surpris et impuissants, ses partenaires se dressent sans savoir quoi faire, libérant Bouton. Ils restent là, debout, penauds, la bouche ouverte, les bras ballants. Bouton s'accroche comme si sa vie en dépendait. Donat hurle, grotesquement accroupi.

— Allez-vous-en, crie Bouton aux autres, vous m'entendez? Courez le plus loin possible et vite, disparaissez.

Donat confirme, ses gestes anarchiques signifient d'obtempérer et plus vite que ça. Je me retrouve libre moi aussi. Quand les garçons disparaissent au bout du champ, Bouton s'appuie sur un coude et s'adresse à sa pauvre victime toute congestionnée.

— Jure de nous ficher la paix.

Il donne un autre demi-tour de la main.

— Jure.

Donat vire au violet, il jure.

— Sur la tête de ta mère.

Donat jure encore.

Enfin Bouton libère sa proie violacée. Donat se laisse tomber par terre, à bout de souffle au bord de l'évanouissement.

Sans hâte excessive, nous ramassons nos shoe-claques et nous nous en allons sans regarder en arrière, la tête haute, avec l'assurance du vainqueur mais je jurerais que comme moi Bouton résiste à une furieuse envie de prendre ses jambes à son cou. C'est un peu raide comme traitement, surtout que c'est nous qui avons commencé l'escalade; mais, après tout, on ne chie pas dans la figure de quelqu'un juste parce qu'il a allumé un petit feu de joie. Il faut qu'un châtiment soit à la mesure de la faute.

En tout cas, pendant quelque temps, nous sortons en groupe avec une bonne provision de pierres pour nos tire-roches mais nous savons bien que tôt ou tard, d'une façon ou d'une autre, nous devrons payer nos dettes avec Donat.

Jean-Nil passe la semaine à ferrailler la Harley, il s'est trouvé un beau Dunlop tout neuf, ça prend forme. Les Deux-et-Deux-Font-Quatre décrochent un nouvel engagement à Clairval. C'est une jeune fille qui a téléphoné avec une petite voix menue, caressante, timide et chaude. Seulement d'après sa voix, je suis sûr qu'elle doit être jolie. Elle s'appelle Nicolette et ses parents fêtent leurs noces d'argent. Jean-Nil, un peu sous le charme, règle l'affaire pour cinq piasses par musicien. Ça se passe à l'hôtel du Pic, la place la plus chic de Clairval, le vieux doit avoir le motton. Jean-Nil s'assure que sa plus belle chemise blanche sera bien propre et bien empesée.

Damien travaille de l'aube au crépuscule, Madame Gloire dit que ça n'a pas de bon sens, qu'il ne va réussir qu'à se morfondre, aussi elle le soigne bien même si les Polonais y trouvent à r'dire. Son linge est toujours bien repassé, soigneusement déposé sur son lit impeccablement fait. On ne sait pas encore s'il y aura une grève. Damien prétend que ça ne sent pas bon. Les samedis et les dimanches, il sort Rose-Mai, ils vont au Princesse d'Eupré, au restaurant Wong de Clairval ou ils vont pique-niquer près de la Ridée. J'ai la certitude que Mademoiselle Thérèse a définitivement perdu la partie, il paraît qu'elle apprend à jouer de la harpe pour se consoler et meubler son temps. C'est Mademoiselle Florence qui l'a appris en écoutant Damien au téléphone avec sa mère.

Rien n'échappe à Mademoiselle Florence, elle a l'œil vissé à toutes les serrures et les deux oreilles plaquées à toutes les portes. Elle circule sournoisement comme un courant d'air, toujours aux aguets. Elle compile dans sa tête tout ce qui lui paraît scandaleux ou scabreux, à Isieux en général ou chez Madame Gloire en particulier. Il n'y a pas deux habitants d'Isieux qui n'y ont pas mis les pattes (chez Madame Gloire) avec la femme du voisin, avec l'amant de sa sœur ou avec la fille du maire. Mademoiselle Florence parle de publier un livre un jour ou l'autre. Elle dit que ça se vendrait mieux qu'*Autant en emporte le vent*, elle appellerait ça *les Petites Nuits de Sodome et Gomorrhe*. Personne ne la prend au sérieux sauf Monsieur Alma qui menace de lui faire avaler le tapis si jamais elle veut jouer à l'écrivain pour semer la zizanie par chez nous.

Le curé aussi pourrait écrire le même livre, il dispose aussi d'informations de première main arrachées au confessionnal mais il lui manquerait les trois derniers chapitres étant donné que depuis trois ans il est devenu sourd comme un fer à repasser. Ce qui n'est pas sans inconvénient surtout pour la confession, aussi il a entrepris de confesser au jugé, d'après la gueule du pénitent, tant pis pour la clientèle vertueuse avec une sale frime, tant mieux pour les pécheurs à bonne mine. Son hypertension non plus n'aide pas, le docteur lui interdit le vin, le sel et le tabac. Le lendemain de ses visites, il ne fait pas bon fréquenter le confessionnal. Pas de sel :

trois chemins de croix; pas de tabac: trois chemins de croix à genoux; pas de vin: trois chemins de croix par jour pendant deux semaines. Depuis que le curé l'a vu jouer à la balle jaune, Bouton a droit à toutes les stations. Il ne comprend pas ce que peut bien avoir le curé contre la balle jaune. Ça se joue à quatre, on se met deux joueurs en face des deux autres, à trois pieds de distance, on trace un trait à la craie en plein milieu et on place une balle de ping-pong sur la ligne. Il s'agit de pisser sur la balle de façon à la pousser dans le territoire adverse. L'équipe qui épuise ses munitions et qui hérite de la balle dans son camp perd la partie et il faut attendre d'avoir encore envie de pisser pour prendre sa revanche. Parfois, il y a du monde qui se demande ce qu'on a à boire comme des défoncés. Jusque-là, il n'y a pas de mal mais Zézette a inventé un raffinement, il faut viser avec le fusil de l'autre, c'est plus difficile parce qu'on n'est pas à portée pour viser et qu'on ne peut prévoir les fluctuations de pression. C'est le raffinement qui déplaît tant au curé, il tolère à la rigueur qu'on s'amuse avec nos bébelles mais il n'accepte pas qu'on joue avec les bébelles des voisins. Aussi Bouton paye pour les autres que le curé n'a pas reconnus. Quant à être obligé de fréquenter son confessionnal (sa mère l'attend à deux bancs de là) et d'écoper des chemins de croix plein sa casquette, Bouton veut en avoir pour son argent. Il s'accuse d'avoir revendu tous ses petits Chinois achetés à la sainte enfance à Wong pour en faire du pâté chinois; Wong c'est le restaurateur chinois de Clairval. Le curé lui colle un chemin de croix sans même se douter de quoi il retourne.

À Isieux, il n'y a que Monsieur Damase et le docteur qui boudent les institutions religieuses, Monsieur Damase ne s'agenouille même pas au passage du saint sacrement. Il dit que si Dieu existe, il ne joue certainement pas au clown dans le tabernacle du curé et encore moins dans son épouvantail à moineau qu'il balade par monts et par vaux aussitôt qu'il y a un malade qui se met à râler quelque part. Dieu n'aime pas le renfermé, il n'aurait pas créé un univers de quinze milliards d'années-lumière pour moisir dans une boîte d'un pied carré au devant d'une église humide et sombre. Le docteur, lui, se contente de ne pas avoir le temps d'aller à l'église, si on le traite d'athée il ne s'en défend pas, il laisse pisser et il soigne aussi bien ses amis que ses détracteurs. Si les femmes lèvent le nez sur Monsieur Damase, leurs convictions religieuses ne les empêchent pas d'appeler le docteur Petit quand elles attrapent une pneumonie double ou le gros ventre. Mais il ne s'en fait pas, il connaît ses limites et il est d'accord avec Monsieur Damase; les gens malades commencent par venir le voir, s'il les guérit tout va bien, sinon ils vont voir le remancheur, ensuite le charlatan, ensuite le guérisseur. En dernier recours seulement, ils s'adressent à Dieu, comme s'ils manquaient un peu de confiance.

Le docteur Petit n'est pas tout-puissant, aussi il perd un client à l'occasion. Aux funérailles, le curé se ratatine et s'amenuise comme une vieille pomme, Monsieur Damase dit qu'il commence à se poser des questions. S'il admet qu'on doive mourir, il doute qu'on doive le faire en souffrant comme un chien, en laissant des enfants dans la misère, une femme seule, abrutie, démunie et sans moyens, des parents inconsolables, décrinqués, tout désarticulés, des enfants déchirés, désespérés, des enfants qui ne comprennent pas, il ne devrait pas être permis de mourir de désespoir, de solitude et d'oubli. Un homme n'est qu'un homme, il y a de maudites limites à ce qu'on peut lui faire endurer, ce n'est pas une pierre, une crotte, une bûche, il a un cœur, du sang, des tripes et on a pas le droit de lui imposer un enfer sans fond, un désespoir insondable, des souffrances inhumaines. Monsieur Damase qui en a eu sa part n'est pas du tout d'accord, il n'en a pas l'air comme ça mais il gronde, il maugrée, il se rebiffe à l'intérieur, il mourra contre son gré. Ce n'est pas parce qu'il a plus peur qu'un autre mais il trouve la mort stupide et frustrante. Quand on a soixante-seize ans, qu'on s'est péniblement élevé en tirant le diable par la queue, en survivant à force d'acharnement, de travail de cheval, de ténacité presque héroïque, quand on s'est péniblement habitué à vivre on a du mal à se défaire de ses vieilles habitudes tout bêtement parce qu'il faut mourir.

Le curé ne le dit pas mais, depuis qu'il est sourd, il a eu beaucoup de temps pour réfléchir et il n'est pas loin de penser comme Monsieur Damase. Heureusement qu'il y a des naissances, les baptêmes le regaillardissent un peu, lui redressent le poil et lui donnent la force de continuer. Il s'étonne qu'un si vieux monde, pourri, branlant et éclopé soit encore capable de donner des bourgeons sains et vigoureux qui exigent le droit de vivre de toutes leurs fibres. Il ne sait plus quoi penser, quoi croire, quoi espérer et ça paraît, il perd tout enthousiasme.

Pourtant, il a affaire à du bon monde, ivrogne comme des éponges, grande gueule intarissable, sacreur impénitent, toujours prêt à contourner le neuvième commandement, critiqueux et soupe au lait, mais le meilleur monde du monde, courageux, travaillant, dévoué, généreux, prêt à donner sa chemise et à remplir l'église le dimanche matin malgré la gueule de bois. Même Madame Fraulein qui ne rate pas les dimanches, seule, altière, la tête haute, le buste en avant telle une royale figure de proue. Tout ce qu'on peut lui reprocher c'est d'ouvrir parfois son arrière-boutique à un client égaré et de fermer sa porte pour une petite heure. Mais un homme qui s'attarde une petite heure dans l'arrière-boutique d'une dame qui vend du tissu à la verge, ça fait jaser et elle est devenue l'ennemie publique numéro un. Pour répondre aux allusions et aux provocations, elle n'a fait ni une ni deux, elle a fait repeindre toute sa maison à deux étages en rose clair, elle a du front tout le tour de la tête, les Dames du Précieux Sang en ont fait une jaunisse et un chapelet de pèlerinages chez le curé mais personne n'a pu la convaincre de recouvrir son odieuse couleur rose chair, rose péché... Sa maison parmi les autres saute aux yeux comme un père Blanc au milieu de vingt veuves en deuil. Les femmes pissent le vinaigre mais les bonshommes sourient du coin des lèvres ; ils admirent l'audace de Madame Fraulein qui défie cent femelles en furie alors que chacun d'eux n'ose pas flatter la sienne à rebrousse poil pour ne pas leur hérisser le poil du cul, comme dit Monsieur Alma. Cette situation, cette maison hospitalière qui s'affiche comme un énorme panneau-réclame crée un suspense permanent. Aucune femme n'est certaine que son mari n'y ait jamais mis les pieds ou n'y ira jamais. Seule une importée pouvait faire cela, Madame Fraulein c'est une belle Allemande robuste, saine, blonde et charnue, elle est arrivée avant la guerre avec son mari qui est mort de botulisme deux mois après. Son vrai nom est imprononçable, aussi il est plus facile de l'appeler Madame Fraulein sans trahir ses origines.

Sauf Madame-la-Veuve-Pétrie, Madame Gloire, Mimi, maman et Rose-Mai, toutes les femmes boycottent Madame Fraulein et préfèrent faire six milles en autobus pour acheter leur tissu à Clairval ou à Eupré, mais Madame Fraulein s'en fout, elle a de l'argent de famille et elle tient boutique rien que pour occuper ses loisirs. Quelqu'un a rayé le mot tissu sur son enseigne, elle s'affiche maintenant À LA VERGE tout court, elle ignore superbement ces petites mesquineries ce qui ne l'empêche pas d'arborer de temps en temps sa petite affiche: DE RETOUR DANS UNE HEURE.

En bonne paroissienne, elle va communier toutes les semaines. On ne sait pas si c'est par conviction, ou si c'est pour faire jaunir Madame Alma, présidente des Dames du Précieux Sang ou faire tousser Madame Pacifique ou faire chier ses semblables. Moi je pense qu'elle est sincère et que Dieu n'a rien à lui reprocher. Monsieur Alma dit qu'une femme c'est comme un « ballbaringne », y faut huiler ça de temps en temps, autrement ça grince. Et puis c'est pas une vieille fille comme Mademoiselle Roma, c'est une jeune veuve qui a connu l'tabac et l'poteau à empaler. Quand on y a goûté, ça laisse des

traces, des goûts et des arrière-goûts, la priva-
tion ça laisse une amertume dans l'cœur et dans
l'corps et il n'est pas bon de cultiver ses amer-
tumes. Non, ce que les femmes ne peuvent pas
digérer, c'est que Madame Fraulein n'est pas
une vraie guidoune, elle ne se fait pas payer.
C'est facile pour elles de mépriser une guidoune
qui gagne honorablement sa vie avec son cul,
mais là elles ne peuvent reprocher à Madame
Fraulein d'en vouloir seulement à la paye de leur
mari. Elles sont touchées au cœur, ce n'est pas
une question d'argent, d'intérêt ou d'affaire mais
une atteinte directe à leur dignité, à leur intégrité, c'est l'insulte suprême à leurs charmes,
l'offense humiliante à leur chair, aux fruits de
leur chair, à leur âme et à leur sexe. Ça, ça ne se
pardonne pas et elles ne sont pas prêtes à ravaler l'injure. Elles mijotent une revanche écla-
tante, elles ne seront pas satisfaites tant que
Madame Fraulein, humiliée et rapetissée, vain-
cue, ne se traînera pas à leurs pieds, la langue
longue et la queue pendante.

Entre-temps, Madame Fraulein a refusé trois
demandes en mariage. Peut-être qu'elle attend
son homme, peut-être qu'elle n'est pas prête,
peut-être qu'elle n'a pas encore oublié son Her-
mann dont la photo trône sur le buffet en maillot de bain, une bouteille de schnaps à portée de
la main sur une table de pique-nique. En tout
cas, elle ne pourrait pas plus faire plaisir aux
femmes qu'en se mariant comme tout le monde,
peut-être qu'elle cesserait d'aller chercher ailleurs
son pieu à empaler, comme dit Monsieur Alma.

Bon, en tout cas, c'est la Saint-Jean dans
deux jours, Monsieur Onil construit une arche
de treillis recouverte de branches de sapin qui

enjambe la Principale devant chez Madame Gloire.

La fanfare s'approche tout de guingois en martyrisant *Alouette, je te plumerai.* On peut l'identifier par endroits (l'alouette), c'est ce qui compte, si on ne peut pas toujours la reconnaître au moins on ne la confond pas avec *la Madelon,* c'est déjà de la performance. Tout concentrés à souffler comme des perdus dans leurs cuivres, les garçons défilent avec leurs costumes bleu drapeau et leurs shoe-claques d'un blanc douteux. Ils n'ont jamais entendu parler de synchronisme et il n'y a pas une seule de leurs grandes cannes qui s'accorde avec sa voisine. Ils s'éloignent dans le tintamarre de la grosse caisse sous les banderoles bleu, blanc, rouge, ils sont suivis des chars allégoriques et les petites filles applaudissent entre les jambes de quelques grappes de spectateurs qui sont éparpillés ça et là ou qui se bercent sur les galeries avec une Black Horse entre les genoux. Le premier char, planté de sapins et décoré de frise en papier crêpé, représente les pionniers qui tirent sur leurs épinettes noires comme ils tiraient le diable par la queue dans le temps, ensuite vient celui des Saints Martyrs canadiens dont le père Brébeuf avec son collier de haches chauffées au rouge, mais on manquait de haches et le marteau qui sert d'alternative passe presque inaperçu. Zézette s'est dit que s'il y avait des haches à l'époque, il y avait aussi des marteaux comme dans la quincaillerie de Monsieur Omer. Jacques Cartier arrive ensuite à Gaspé, suivi de Monsieur de Lamennais, fondateur des Frères de l'Instruction chrétienne avec des soutanes de quarante-deux boutons chacune, tellement de boutons

146

qu'y devait coucher avec, dit Tiné, autrement c'est pas possible, tu commences à défaire ça au crépuscule, tu finis aux aurores et c'est le temps de recommencer à l'envers. Ensuite, c'est le tour de Sa Majesté la Langue française, on pouvait pas dégotter une plus belle Langue française, Sophie s'est roulée dans un drapeau géant et porte une couronne de carton plaquée de papier d'aluminium, seul le trône manque d'un peu de majesté, il a fallu tordre le bras du barbier pour qu'y nous déboulonne sa chaise de travail. Vient ensuite le char représentant l'industrie de la pâte et papier, celui de la vie campagnarde et enfin celui du petit saint Jean-Baptiste avec ses moutons. C'est le p'tit frère à Zézette qui joue le saint patron. On ne le reconnaît pas au premier coup d'œil avec sa grosse tête blonde lourde de larges boucles soyeuses, souples comme des springs de Packard.

— Y'a au moins un gallon de décolorant là-dedans, remarque Tiné. Ç'a l'air de rien comme ça mais on s'arrache les cheveux chaque année pour trouver un saint Jean. À Isieux on a tous des tignasses raides et tirant beaucoup sur le noir, il n'y a rien dans les tons moisson d'or et boucles gracieuses. Il y a bien Dédé qui conviendrait avec ses cheveux blond-blanc, mais un grand efflanqué boutonneux de treize ans ne pâme plus le cœur des mamans tout le long du parcours. C'est en Scandinavie qu'on devrait fêter la Saint-Jean, là les têtes blondes, y'en pleut en veux-tu, en v'la. Le petit frère à Zézette n'est pas trop fier de lui, il n'y tenait pas tellement à son rôle, surtout qu'il a peur des moutons, mais sa mère est fière pour deux.

147

Le défilé traverse le village, franchit la track, enfile l'arche de branches de sapin et entreprend la Principale. Il reste encore quinze minutes de route que déjà le p'tit saint Jean qui a envie de pisser réclame qu'on s'arrête, Rose-Mai transmet le message à Damien au volant de la Packard qui traîne le char principal. Damien jette un coup d'œil au héros national et l'encourage à patienter quinze petites minutes, on ne peut pas s'arrêter comme ça et il ne reste que trois milles à faire. Saint Jean frétille des genoux parmi ses moutons et ses épinettes. Il vire au rouge et avant d'éclater, décide de prendre le beu par les cornes. Il se débarrasse de sa peau d'agneau qui l'enveloppe et tout nu, comme les chérubins des images pieuses, cambre son petit corps rose et dessine un bel arc-en-ciel liquide qui vient s'écraser au pied des spectateurs. La parade continue son petit bonhomme de chemin comme si de rien n'était. Les petites filles applaudissent encore et pointent du doigt. Saint Jean se rhabille, repousse un mouton qui mange le gazon de plastique, ramasse son bâton de pèlerin et reprend la pose. Fier de son p'tit frère, Zézette dit qu'il n'aurait pas fait mieux. Moi je me demande ce qui se serait passé si la même chose était arrivée dans la parade à Montréal, dans la rue Sherbrooke, devant une pléiade de monseigneurs, de maires, de premiers ministres et de notables guindés sur leur estrade d'honneur à côté des speakers de la radio et les photographes de la presse.

Pendant ce temps-là, Monsieur Onil décore la salle paroissiale avec du bric-à-brac récupéré au hasard des encans de Saint-Marc-d'Otis à Isieux. Il cloue de grandes fleurs de lys en contre-plaqué, il fixe des drapeaux à chaque extrémité de la salle et fait courir de petites lumières électriques bleues et blanches le long des murs et au plafond. Monsieur Fortunat lui tend des clous et Monsieur Onil travaille sérieusement en économisant les gestes et les paroles, en ne remontant ses lunettes qu'à la dernière extrémité. Parler ne paye pas, Monsieur Onil ne parle pas, sourire ne paye pas, personne ne se souvient de l'avoir vu sourire rien qu'une fois.

— Tu viendras bien t'enfiler une bière ou deux à soir, demande Monsieur Fortunat en s'en ouvrant une.

Monsieur Onil ne répond pas.

— Tu foires don' jamais Onil, c'est pas bon ça de trop jongler surtout pour un vieux garçon. Un homme c'est comme une bottine y faut que ça délasse de temps en temps.

Monsieur Fortunat rit de sa farce mais Monsieur Onil lui coupe le sifflet avec un regard bleu-gris, vide comme un abîme galactique, énormément réprobateur. Monsieur Fortunat avale laborieusement mais poursuit:

— Onil mon ami, t'as besoin d'une femme. Y'a rien comme une femme pour t'empoisonner l'existence, je suis d'accord, mais un homme a besoin de contrariété, ça forme le caractère et ça met de la vie dans la vie. A te contrecarre à cœur de jour, a te monte s'u l'dos, a te mange la laine s'u l'dos, a l'ont toujours quèque chose à r'dire, a sont jamais contentes, a t'font chier au boutte, des vraies plaies, des cancers du gros côlon, le ver solitaire, la lèpre, des empêcheurs de tourner en rond, tu fumes trop, tu bois trop, tu penses rien qu'à ça, tu voudrais leur tordre le cou, les retourner au beau-père, canceller

149

ton contrat de mariage, leur mettre l'nez dans marde mais c'est comme ça, si t'en a pas tu t'ennuies.

Monsieur Onil se retourne et fixe Monsieur Fortunat dans les yeux.

— Passe-moi un clou, dit-il, non pas çui-là un clou pas d'tête.

— Il y a de belles femmes libres à Isieux, poursuit Monsieur Fortunat sans se décourager. Y'a Madame-la-Veuve-Pétrie, par exemple, beau parti, pas besoin de l'initier, un vieux garçon comme toi n'a pas de temps à perdre avec des fantaisies d'ce genre.

— Y'a aussi Mamselle Florence, elle bavasse un brin mais elle jacassera pour deux vu que toi t'es pas spécialement jasant. Y'a aussi Madame Gloire, c'est p'têt pas de catégorie AA j'te l'accorde mais il y a pire.

Monsieur Fortunat cherche ce qu'il pourrait bien trouver de pire mais comme il ne trouve rien il laisse tomber cette veine.

— Y'a encore Madame Fraulein mais ça y faut pas y toucher, ça s'rait une perte inestimable pour la communauté et pis c'est une institution. Quand on a toléré la confédération pendant quatre-vingt-trois ans, le moins qu'on puisse faire c'est de protéger nos institutions locales.

Monsieur Fortunat se tait un instant et vérifie si le découpé de contre-plaqué est bien fixé, il sourit largement en claquant son dentier:

— Y'a du monde qui s'demande si tu nous préparerais pas une surprise, vieux crapaud. On t'voit souvent chez M'am Gloire par les temps qui courent... après toute, vous avez des intérêts communs même si on jase que la vieille aurait encore emprunté su son capital. C'est vrai, ça,

Onil? Combien qu'y lui reste astheur... quinze pour cent?

— C'est pas d'tes affaires, répond Monsieur Onil en retirant un clou de sa bouche, mais j'peux te dire une chose: si jamais j'me marie, ça s'ra du premier choix, pas d'la viande avariée.

Il branche le réseau de petites lumières, ramasse ses outils et s'en va juste comme les femmes arrivent avec les jarres de binnes fumantes et les miches de pain maison. Monsieur Onil salue les dames d'un coup de tête, dépose son coffre à outil à l'arrière de sa camionnette et entreprend de décharger deux douzaines de caisses de grosses bières. Quand il a fini, il rentre chez lui, Monsieur Fortunat reste là, gros Jean comme devant avec ses questions indiscrètes et ses suggestions plates.

Sophie arrive la première avec un garçon blondasse, l'air d'adon, bien baraqué, à peine sorti de l'école. Il a loué une chambre chez Madame Gloire il y a deux jours, Madame Gloire tolère cette camaraderie mais elle l'a à l'œil, le Martin n'a qu'à se tenir les mains sages et la queue basse sinon elle deviendrait méchante. Il travaille à Eupré dans la mécanique, c'est un beau métier mais Madame Gloire voit plus grand pour Sophie. Elle se méfie de lui comme du diable, elle est prête à sortir les griffes mais elle s'attendrit en même temps, Martin lui rappelle une autre époque quand elle tenait bordel sur la rue Saint-Paul et qu'elle consentait des prix de faveur aux beaux garçons comme lui qui se présentaient la queue raide mais les poches vides ou presque. Elle ne se rappelle plus pour combien de jeunesse elle a ouvert les jambes et le cœur mais ça lui fait du bien de s'en souvenir, le passé semble moins lointain et l'avenir moins terne.

Madame-la-Veuve-Pétrie le trouve gamin et déluré, un beau brin de garçon comme elle les aime et elle ne peut pas s'empêcher de le lui dire sans arrière-pensée avec sa franchise habituelle. Martin est un peu décontenancé mais Madame-la-Veuve-Pétrie s'éloigne déjà en regardant autour d'elle pour voir qui il y a d'intéressant icitte à soir.

Monsieur Fidèle s'en vient suivi par sa femme à dix pas derrière, il arbore son sourire numéro trois. Au degré numéro trois, il amuse et se tait sauf pour lancer une platitude si l'occasion s'y prête, au degré numéro quatre, il ne parle plus du tout, il en est incapable, il rigole tout le temps. Au degré numéro cinq, il se contente de tenir ouverts ses yeux glauques en acquiesçant stupidement de la tête à tout propos. Avant le degré cinq, il refuse de s'en aller tant qu'il reste quelque chose à boire mais, une fois ce stade dépassé, il se laisse docilement entraîner par sa femme.

Il s'installe royalement en manipulant son plâtre avec un excès de précaution. Il se tortille sur sa chaise et cherche le regard de Madame Décarie. Quand il le rencontre il lui adresse un petit clin d'œil malicieux et sa face étroite se fend d'un grand sourire réjoui. Le regard de Madame Décarie se dérobe précipitamment et elle fait celle qui ignore. Bernard Caux est au bout de la salle devant une grosse bière, il parle avec Popeye qui n'a pas jugé bon de mettre son dentier. Dans son petit tailleur prune, Madame-la-Veuve-Pétrie exécute de grands gestes minaudiers pour se faire comprendre dans le brouhaha des conversations. Madame Alma boit du vin blanc, profondément plongée dans ses pensées, elle a tiré ses cheveux noirs en arrière, allongé ses cils et violacé ses paupières, elle ressemble à la diseuse de bonne aventure qui était venue une fois à la foire de Clairval dans sa tente bleu marine constellée d'étoiles dorées.

L'orchestre ouvre avec *A Summer Place*, drôle de musique pour une Saint-Jean-Baptiste, mais personne n'y fait attention. Damien tient Rose-Mai par la taille, elle semble accrochée à ses lèvres, elle a mis sa petite robe rouge qui lui serre les fesses, des bas de nylon sans échelle et des souliers à talons hauts. Lévis et Magdelina se servent des binnes dans des assiettes de carton ciré et Jean-Nil entre au bras d'une fille plus grande que lui, qui ressemble à Susan Hayward. Elle promène une poitrine qui n'a pas peur d'une ou deux balles de soft-ball et qui a du mal à rester confinée dans ses quartiers. Monsieur Fidèle veut toucher mais sa femme interrompt son geste et risque de lui casser son bras valide. En véritable petit coq de basse-cour, Jean-Nil l'exhibe comme si c'était la vraie Susan Hayward, sans se rendre compte qu'il fait encore la nouille avec sa grande punaise trop vieille et trop grande pour lui. Pourtant, dans la vie ordinaire, Jean-Nil n'a rien d'une nouille ; au contraire, il est plutôt brillant, c'est une bonne nature même s'il ne réfléchit qu'après ses frasques, mais quand il a une morue accrochée à son bras, il se transforme en véritable Roméo de foire qui confond les cabines téléphoniques avec des chiottes de campagne. Pour lui, les greluches c'est comme les antibiotiques il y en a qui ne les supporte pas. Mais, comme dit Monsieur Damase, il n'est pas le premier dans ce cas et il ne sera pas le dernier.

Les slows succèdent aux slows, seulement entrecoupés d'une polka ou d'un reel. Le reel de la Nouvelle-Calédonie, première partie et deuxième partie fait sauter la salle pendant seize longues minutes, ça finit plus, on s'attend tout le temps que le violoneux raccroche son archet mais après une pause prometteuse, il remet ça redoublant d'entrain. Quand enfin ça finit par s'arrêter, le monde tire la langue et se garroche sur une bière. Un slow, une bière, un reel, une bière, une polka, une bière. Rose-Mai commence à voir flou et à avoir chaud, elle appuie sa tête contre l'épaule de Damien pendant toute *la Paloma*, Damien ne s'en plaint pas. Il fait une chaleur humide et tout s'estompe dans un brouillard bleu de fumée de cigarettes. Lévis dévisse des ampoules pour ajouter de l'ambiance, la grenouille à Jean-Nil se drape dans un fleurdelisé et esquisse quelques pas de danse sur l'estrade. Les danseurs ne sont plus que des taches de couleur qui se fondent les unes dans les autres au rythme nostalgique et langoureux de *la Paloma*. Bernard Caux boit en silence en gardant un œil globuleux sur Rose-Mai, il boit vite et sec, peut-être pour se donner le courage de l'aborder, ses grosses mains épaisses comme une encyclopédie sont posées à plat sur la table mais elles sont moites, de temps en temps il les essuie sur sa cuisse aussi grosse que courtaude. Sans tenir compte des us et coutumes, Madame-la-Veuve-Pétrie arrache Damien à Rose-Mai et l'entraîne par la main vers la piste avec son élégance naturelle. Damien s'exécute en souriant, je vois d'après ses yeux qu'il admire sa belle poitrine qui malgré les sauts et les soubresauts reste flegmatique comme de petits pruneaux de jeune fille. Madame-la-Veuve-Pétrie claque du talon, cambre le rein et joue de la hanche comme une véritable fille de rang. Je jurerais que Madame Alma la mitraille des yeux, avec ses beaux yeux profonds comme des abîmes zébrés d'éclairs électriques, ses lèvres serrées retiennent un fleuve de malédiction pour la Veuve et en même temps une montagne de mots d'amour pour Damien. Elle passe sa frustation sur Monsieur Alma qui signale par gestes, qu'il n'entend rien à cause du vacarme. La main sous la table, Millie fouille dans un pantalon ; pendant toute la soirée, elle feint d'ignorer Monsieur Alma et vice-versa.

Rose-Mai qui a grand besoin d'un peu d'air frais se bouscule un chemin jusqu'à la sortie. Dehors, il fait toujours aussi chaud mais en moins confiné et sans les relents de sueurs corporelles. Elle gonfle ses poumons d'air pur et expire doucement, elle se gave des parfums subtils de la nuit. Le ciel étale toutes ses étoiles et la lune semble toute proche dans sa blanche placidité. Les mouches à feu s'allument çà et là et je les saisis avec mon bocal de beurre de pinotte. Je les piège une à une et je les transvase à l'intérieur de la Packard noire, toutes vitres levées, transformée en galaxie vivante.

À l'abri du coin de ciment, Sophie et Martin, échappent momentanément à la surveillance de Madame Gloire et s'affairent des lèvres et des mains comme deux affamés. Sophie laisse une main tremblante errer sous ses jupes et caresse un monticule suspect sous le pantalon de Martin. J'ai l'impression qu'elle a dû souffrir d'un tas de privations au fond de son couvent et qu'elle rattrape le temps perdu.

Les fissures lézardent les murs de ciment, une nuée de papillons nocturnes se brûlent les ailes autour de l'ampoule, la lumière crue dessine un globe jaune sous l'entrée, au sol les petits crapauds s'éloignent à petits bonds à la recherche d'un peu d'humidité. Un peu à l'écart, Rose-Mai a enlevé ses souliers et marche lentement sous la lune en caressant l'extrémité des feuilles des saules luisants. Bernard Caux la rejoint de sa démarche balourde. Maladroitement, presque en se marchant sur les pieds, il lui demande si elle veut venir danser avec lui, d'habitude les morues ne se font pas prier pour danser avec lui mais devant Rose-Mai il perd ses moyens, son ton est presque suppliant. Elle répond qu'elle dansera avec lui un peu plus tard s'il le veut bien. Mais Bernard Caux n'est pas d'humeur à encaisser une nouvelle rebuffade, un éclair de frustation s'allume dans ses grands yeux de bovin, ses lèvres épaisses expriment une vive contrariété.

— C'est toujours plus tard avec toé, c'est jamais le moment, qu'ossé que j't'ai faite, j'ai pas la gale, j'sus pas lépreux, chus pas contagieux, baptême.

Rose-Mai ne trouve rien à répondre à ça. Bernard Caux se calme un peu. Il lui dit que lui au contraire pense souvent à elle, qu'il pense continuellement à elle, en travaillant, en dormant, aux champs, partout, tout le temps, il dit qu'il en est tout retourné, tout chamboulé, qu'il en a perdu l'appétit, le sommeil et le goût du travail, il déclare qu'il l'aime comme jamais il n'a aimé une fille y compris sa propre mère.

Déconcertée, Rose-Mai se cherche une réponse adéquate ni trop brutale ni trop évasive. Elle ne veut pas le blesser mais elle ne veut pas non plus lui laisser ses illusions. Bernard Caux ne lui en laisse pas le temps, il la saisit brutalement aux épaules et l'attire à lui. Il cherche ses lèvres, il les trouve mais pas pour longtemps. Effarouchée, Rose-Mai lui résiste et lui laboure les joues de ses ongles acérés, Bernard jure et la repousse, il est furieux, du sang lui dégouline dans le cou. Il la gifle aller et retour de ses battoirs de paysan lui projetant la tête de gauche à droite, ses cheveux longs fouettent l'air. Rose-Mai sanglote et vacille, je cours chercher Damien mais il nous a vus et il accourt au pas de course. Rose-Mai tombe dans l'herbe et Bernard lui gueule après.

— Criss de plotte avec ton air de touche-moé-pas, jolie mais plotte, prête à fourrer avec n'importe qui pourvu qu'y vienne d'la ville.

Damien attrape Bernard Caux par son col de chemise, Bernard se retourne pour lui faire face, il tremble de rage, les yeux exorbités, il frappe comme un sourd. Ils se cognent dessus comme dans une bataille de ruelle, ils frappent l'air et ils encaissent à se plier en deux. Les poings dessinent des trajectoires directes, les jointures craquent, les machoires grincent. Ils s'étalent à tour de rôle et se relèvent aussitôt, maculés de poussière et de sang. Bernard serait peut-être le plus fort, il est plus carré et plus massif mais il est aussi plus soûl, ce qui égalise les chances. L'action les entraîne près du mur de ciment, à bout de souffle Damien lui serre son cou de beu comme dans un étau et lui cogne le crâne contre le béton. Assommé, Bernard s'affaisse,

157

coule contre le mur et tombe assis les bras ballants, la tête en avant. Damien retrouve son souffle et essuie la coulée de sang qui suinte de sa lèvre fendue, il rejoint Rose-Mai qui s'est relevée et qui pleurniche contre un arbre, elle s'est couvert les yeux et a manqué le plus beau de la bagarre.

— Rentrons, dit Damien. Rose-Mai ne veut pas rentrer tout de suite, dans cet état, elle demande à faire un tour, pour se calmer et pour se refaire une tête. J'ai aussi envie de faire un tour et je me glisse à l'arrière de la Packard où mes mouches à feu en folie font la fête dans une orgie d'apparitions scintillantes, un véritable spectacle son et lumière.

Rose-Mai rassemble ses objets qui sont tombés de son sac, elle s'assoit en avant à côté de Damien sans même remarquer mes bestioles qui s'échappent par les vitres ouvertes et disparaissent dans la nuit après un dernier clignotement d'adieu. On démarre et Damien s'engage machinalement en direction d'Eupré. J'ai juste le temps d'apercevoir un feu de joie sur la droite derrière la salle paroissiale. Du monde court dans cette direction et le bûcher dégage une âcre odeur de caoutchouc calciné. Après tout, il semble qu'on aura quand même droit à un feu de joie. La musique qui sort par cascades des fenêtres de la baraque s'estompe et c'est le silence tout enveloppé des bonnes senteurs de terreau humide. L'air frais caresse légèrement nos visages comme des doigts affectueux qui dessineraient nos lèvres, qui nous couleraient dans le cou, qui sentiraient nos joues et qui se mêleraient à nos cheveux. C'est une nuit merveilleuse, tiède et parfumée, noire mais sensuelle, on peut presque la toucher comme un corps qui se prête à une caresse interdite mais confusément sollicitée.

Comme on passe devant le motel des quatre chemins, entre Eupré et Clairval, Rose-Mai veut qu'on s'arrête un instant, elle veut se refaire une beauté. Damien stoppe, recule et vient se parquer devant le bâtiment principal. Sur la droite, il y a une dizaine de cabines étriquées et délabrées, décolorées et enlignées à intervalles réguliers. La pelouse s'en retourne allègrement à l'état sauvage et l'enseigne au néon est plus mort que vif. Damien ouvre une porte branlante au moustiquaire rapiécé, j'entends tinter une clochette. Une femme obèse visiblement contrariée apparaît en nouant une robe de chambre vert olive, elle bâille et traîne des pieds énormes chaussés de pantoufles avachies. Le regard épais, elle allume un mégot trouvé dans un cendrier Dunlop, elle tend un registre graisseux et réclame trois piasses en poussant une clé de château médiéval.

Elle retourne aussitôt à son lit et Damien guide Rose-Mai vers la cabine numéro six, le numéro est grossièrement peint à la main, les autres cabines semblent inoccupées. Ils referment la porte derrière eux, la lumière découpe un rectangle jaune et Damien allume une cigarette. Je m'étends sur la banquette et je me flatte le ventre en bâillant, je compte les étoiles visibles par la lunette arrière et je déloge de mon nombril quelques impuretés suspectes. Un très, très long moment s'écoule et je commence à me demander ce qu'ils peuvent bien fabriquer là-dedans. La fenêtre est ouverte et le vent gonfle et dégonfle un rideau de coton fatigué. Cette

159

fenêtre me nargue, elle me fait des clins d'œil et des pieds-de-nez, elle me défie et m'invite. Je résiste un moment puis je bâillonne ma petite conscience aux ailes blanches et me laisse tirer par la main par un petit diablotin à la queue fourchue. Je glisse un œil humide par-dessus le rebord de la fenêtre. Ils sont tout nus, ils sont enlacés et ils violent passionnément le neuvième commandement de Dieu sous la lumière blanche de la lune. J'éprouve un vague sentiment indéfinissable, mêlé de honte et de contrariété. J'ai honte de ma séance de visionnement mais je suis furieux contre moi-même, contre Rose-Mai et contre Damien, dans l'ordre. Peut-être parce que, dans ma tête, Rose-Mai représente un maillon interdépendant de la chaîne familiale et qu'un intrus s'est infiltré dans la cellule par voie non officielle et à l'insu des autres. Je retourne à la voiture pour méditer ce bizarre ressentiment et pour épuiser mes dernières réserves de patience. Je pense que Rose-Mai est en train de donner raison à Bernard Caux quand il la traitait de petite plotte tantôt devant la salle paroissiale, elle se laisse peloter par le premier venu comme les guidounes de la rue Cartier à Clairval. J'ai plus de mal à m'expliquer pourquoi je suis en maudit contre moi-même, peut-être parce que je suis impuissant, peut-être parce que j'ai le sentiment d'avoir été trompé moi aussi à l'instar du reste de la famille.

C'est le calme plat tout autour de moi, au loin un train annonce un passage à niveau, dans un marais quelque part derrière le motel les crapauds coassent pour séduire une femelle, la route est déserte, le néon hoquette ses derniers flashs de lumière bleue.

160

Comme je me recroqueville pour piquer un somme, une voiture survient en trombe en faisant atrocement grincer ses freins. Elle stoppe en martyrisant ses ressorts et éclaire violemment la cabine numéro six. Je me redresse comme une détente de piège à souris, des portières claquent et trois hommes se précipitent à l'intérieur de la cabine. Je reconnais Bernard Caux, deux de ses amis et sa Studebaker noire. Il y a du remue-ménage et tout se fait très vite. Tout nu, Damien est projeté dehors, solidement retenu par les bras et poussé à coup de genoux dans les reins. Bernard Caux jette son mégot et entreprend de le tabasser à coup de poings dans le ventre en y mettant tout son poids. Damien se plie en deux à tous les coups, ses poumons sont en feu, les autres le redressent en lui tirant les cheveux en arrière et Bernard frappe encore. Damien n'arrive même pas à crier, il encaisse comme un sac de paille, l'air s'échappe de ses poumons en sifflant rauque, ses genoux tremblent et fléchissent. Couverte d'un drap, Rose-Mai s'accroche dérisoirement à Bernard qui la repousse violemment du revers de la main. Elle s'envole et va se cogner la tête contre le mur de planches, elle se relève, s'accroche encore et s'en retourne par le même chemin. Bernard se remet à taper comme une brute. Je cherche le levier du cric, une branche, une bouteille, n'importe quoi pour frapper mais il n'y a rien, pas même un bout de bois. Je m'agrippe solidement d'une main à sa ceinture et de l'autre le frappe dans le dos. Il ne semble même pas réaliser que je suis là collé à lui comme une sangsue à le harceler à petits coups d'aiguillon comme un moustique, à tenter de le renverser en arrière.

161

Enfin Damien devient tout mou et Bernard Caux se calme un peu, ses amis disent que ça suffit comme ça. On le laisse tomber par terre et Bernard trouve le temps de s'occuper de moi. La gifle ne me fait pas mal, je suis trop survolté, mais elle me projette en arrière et je me retrouve étalé sur le gazon à nager parmi les étoiles. Quand mon horizon s'éclaircit, Caux et ses tchommes remontent tranquillement dans la Studebaker comme s'ils venaient de s'arrêter pour acheter un paquet de cigarettes. La grosse tenancière ne s'est même pas montré la face au moustiquaire, Rose-Mai se penche sur Damien et braille comme une Madeleine. La Studebaker recule en faisant crisser ses pneus, bondit vers la route et disparaît promptement en direction d'Isieux.

Damien respire difficilement, à petits coups douloureux comme s'il avalait du plomb fondu, il ouvre enfin les yeux et réussit un sourire qui tourne à la grimace, il a mal partout, une douleur pointue irradie de son ventre vers tous ses muscles jusqu'au petit doigt, ses os sont sensibles, il a envie de vomir et le monde bascule autour de lui. Nous l'aidons à se traîner jusqu'au lit, Rose-Mai mouille une serviette pour lui humidifier le front. Couvert de bleus, il se tâte les côtes pour évaluer les dégâts, il ne semble pas trop contrarié par son examen. Avec un œil noir, des lèvres enflées et tuméfiées, il râle qu'il n'a jamais encaissé une dégelée pareille même quand il brossait dans les tripots des Grands Lacs.

Pendant que Rose-Mai se rhabille, on réalise que je suis là et que je ne devrais pas y être, penaud je me cherche des circonstances atténuantes, je dois être convaincant puisqu'on ne m'engueule pas.

Quand Damien a suffisamment récupéré, il nous ramène à Isieux en première vitesse, chaque cahot le fait gémir. Rose-Mai me serre contre elle et caresse ma tête en silence. Elle sent d'instinct qu'elle a bouleversé un délicat équilibre émotionnel en moi et elle voudrait bien rétablir la confiance entre nous comme auparavant. Je l'entends presque penser qu'il n'est ni déloyal ni dégradant de faire l'amour avec quelqu'un qu'on aime mais qu'au contraire c'est un acte de foi, d'espoir et de partage. Je sens ces émotions qui me pénètrent en même temps qu'elle me caresse l'épaule de la main, ses yeux inquiets cherchent un signe de compréhension, de complicité amicale. Je pose ma tête contre son épaule, je plonge le nez dans ses longs cheveux soyeux qui sentent si bon, je ferme les yeux, je sens sa poitrine de colombe qui se gonfle de contentement, de reconnaissance. Elle m'étreint et embrasse mon front, elle me serre contre elle comme si on allait se souder ensemble pour l'éternité. Elle redevient toute sereine et mon sentiment de frustation s'envole. C'est plus fort que moi, je suis incapable d'en vouloir longtemps à Rose-Mai, il n'y a pas de ressentiment qui résiste à son regard désemparé, il n'y a pas de rancune qui résiste à son sourire interrompu qui quémande votre complicité pour s'épanouir, il n'y a pas de réticence qui ne s'évanouisse à son étreinte de déesse païenne qui donne sans mesure mais qui ne prend jamais la réciproque pour acquis.

Arrivés à la maison, Damien déclare qu'il ne descendra pas parce qu'il n'a pas digéré ses bin-

163

nes au lard. Il gémit quand Rose-Mai baise délicatement sa lèvre tuméfiée. Plus loin, il me laisse descendre en face de la salle paroissiale où la fête continue à plein. En me voyant, Jean-Nil qui sort de la baraque vient au devant de moi et veut savoir où sont passés Damien et Rose-Mai. Je lui raconte comment on a rencontré Bernard Caux et ses tchommes. Il blanchit puis il tourne au rouge à mesure que j'approche de la conclusion.

— Je sais où il est, l'enfant d'chienne.

Il fonce vers le Trou où paraît-il Bernard Caux prend un coup avec ses amis et le Patron. Je lui crie après, j'essaie de le stopper mais il n'entend rien. Quand Jean-Nil est dans cet état-là aussi bien parler à la boîte postale. Il se précipite à l'intérieur du Trou en claquant la porte, il s'empare d'une bouteille qui traîne sur une table et la frappe contre le rebord du bar. Le cul de la bouteille éclate et Jean-Nil, armé de son goulot tranchant, s'approche de Bernard Caux. Je commence à avoir vraiment peur, Jean-Nil ne fait jamais le con à moitié, avec lui c'est tout ou rien. Mais Bernard qui est attablé au fond de la pièce l'aperçoit et après une seconde de confusion, se met à rigoler comme si c'était la chose la plus drôle du monde. Il a raison de rigoler puisque son tchomme s'approche de Jean-Nil par en arrière à pas feutrés. Il lui saisit les deux poignets, le secoue comme un prunier et lui cogne les poings contre l'arborite d'une table. Jean-Nil se blesse à la main et doit laisser tomber ses éclats de verre. Redevenu sérieux, Bernard Caux entreprend de le tabasser mais Jean-Nil lui donne du fil à retordre, il a du ressort et même s'il est deux fois plus léger il porte des coups même s'il frappe l'air deux fois sur trois. Quand il encaisse, il tombe et se relève aussitôt avec la promptitude d'un jeune tremble qui se redresse. Mais Bernard Caux est le plus fort et bientôt Jean-Nil s'écroule avec fracas complètement knock out, le souffle coupé, en saignant comme un veau des lèvres et de l'arcade sourcilière.

Sa grande punaise qui ressemble à Zsa Zsa Gabor ou à qui je ne sais plus déclare qu'elle a débarqué dans un trou de sauvages et se demande qui peut bien la ramener chez elle. Monsieur Alma n'en demande pas plus, il fait son galant homme et ils s'éloignent bras dessus, bras dessous. On sort Jean-Nil et on vient l'étendre sous le chêne de Monsieur Pacifique à côté du Trou. C'est Laetitia qui se penche sur lui et qui éponge délicatement ses blessures. On dirait une femme de soldat soignant le mari qu'on lui ramène de guerre, j'ai vu ça dans un documentaire, en tout cas Laetitia semble éprouver plus que de la compassion, ça se voit à l'œil nu. Jean-Nil sort des pommes et cette grande nouille-là ne devine rien. Qui est trop près de l'arbre ne voit pas la forêt, comme dit Monsieur Damase. En reprenant tout à fait conscience, Jean-Nil se raidit, assis par terre il demande où est Bernard Caux, il est prêt à remettre le couvert. On lui dit que Bernard est parti et il se calme enfin, on l'entraîne vers la fête.

Pendant ce temps-là, Zézette me rejoint et m'entraîne dans le champ derrière la salle paroissiale pour, dit-il, me montrer quelque chose à faire jurer un pape. Il m'indique les restes fumants du bûcher que j'ai aperçu plus tôt en partant avec Damien dans le Packard. Mes yeux s'adaptent au noir adouci par la lumière crayeuse de la lune. Je ne sais pas trop quoi penser.

— On dirait des roues de bicycle tordues?

Zézette renifle.

— Le mien, le tien, celui de Bouton, celui de Tiné, celui de Bibitte et celui de Lévis comme dessert, sur un lit de sapin récupéré des chars allégoriques.

— Donat-les-grands-pieds?

— Donat-les-grands-pieds!

Le fumier, l'enfant d'chienne, l'écœurant, j'le tuerais, j'le massacrerais, je l'empalerais, je l'épocherais, j'le... et je pense à Lévis qui n'y est pour rien.

— Y s'ra pas content Lévis. Ça continue.

Furieux et dépités, nous revenons sur nos pas en broyant les plus noirs desseins de ce côté-ci de la montagne Bleue. Nous croisons Madame Gloire qui arrive en trottant et en soufflant comme un vieil éléphant de mer tout ridé qui se déplace sur sa banquise. Ses paupières lourdes se referment presque complètement sur ses grands yeux de grenouille tout mouillés. Elle a entendu parler d'une bagarre et elle cherche Sophie. Elle demande à tout le monde, mais personne n'a vu Sophie qui a profité d'un moment d'inattention pour disparaître avec Martin. Madame Gloire dévisage quand même les danseurs et les couples perdus dans une épaisse brume de fumée de cigarettes. Toutes les petites lampes bleues sont éteintes et il ne reste plus que trois ampoules jaunes pour éclairer cette scène surchauffée. Madame-la-Veuve-Pétrie donne gracieusement quelques conseils de maquillage à la petite amie de Mari-Mari, Monsieur Alma s'engueule avec sa femme à propos de

Susan Hayward et Monsieur Fortunat enlève sa chemise pour faire voir une cicatrice à Monsieur Fidèle. Poilu, large comme une armoire, Monsieur Fortunat présente son dos et explique qu'il doit cette blessure à un ours brun. Chaque fois qu'il se soûle, Monsieur Fortunat exhibe son dos et raconte son histoire. C'est tout juste si Monsieur Fidèle est encore en mesure de voir le bâtiment devant lui, alors la cicatrice... ce sera pour une autre fois. Monsieur Fortunat s'en fout mais il prétend que la bête sauvage, d'une indescriptible férocité, mesurait bien dans les douze pieds une fois debout. Monsieur Fidèle répond que c'était un ourson en peluche comparé à celui qu'il a vu en Abitibi en... il ne se souvient plus de la date.

— Ah oui! j'me souviens, c'était en 34, l'année que la Arciemmepi m'a saisi mon alambic plus quarante gallons de bon tord-boyau d'artisanat, première qualité.

Monsieur Fidèle s'esclaffe :

— J'en avais caché quarante aut' dans le boiler à eau chaude.

Il se tape les cuisses de sa main valide et crache par-dessus la table.

L'orchestre reprend *la Paloma*, Magdelina ferme les yeux et appuie la tête contre l'épaule de Lévis qui ne sait pas encore qu'il est devenu piéton. On ne veut pas lui casser son fonne tout de suite. Madame Décarie s'en va quand Monsieur Alma commence à sacrer.

— Maudit poil d'oreille de criss, baptême, c'est pas parce que j'glisse un mot à c'te jeune grenouille que j'en entendrai parler jusqu'en l'an 2000. Cé tout de même parmis d'parler au monde, câlice!

167

D'une voix froide, Madame Alma lui conseille de ne pas faire d'esclandre, pour une fois; Madame Décarie se lève dignement, jette un regard dédaigneux et sort avec son immense sac en crocodile.

— Si on ne sait pas se tenir, je n'ai plus rien à faire ici.

— Bon débarras, renchérit Monsieur Fortunat, astheure on va pouvoir s'amuser entre monde d'adon. Baptême.

Le docteur salue civilement Madame Décarie, entre prendre une bière rapide et s'en va coucher Bibi qui ronfle tout affalé sur une table, au Trou. Ça dure depuis plus de deux semaines, une vraie farce, le docteur veille sur lui et le borde comme une mère poule. Bibi refuse toujours de faire les premiers pas et il est têtu comme un rhume de cerveau au mois de novembre. On peut en dire autant de Bernadette.

Pendant ce temps-là, Madame Gloire s'en va voir au Trou si Sophie n'y est pas avec Martin. Le Patron lui demande si elle est allée voir dans le p'tit bois. Un barbu qui est là pense que la grosse femme cherche son mari, il lui crie que lui aussi boirait toute la nuit, s'il était marié à une grosse torche comme elle. Madame Gloire ne répond pas, elle essuie son front plat, luisant de sueur. Elle semble fatiguée et découragée, de larges cernes s'agrandissent dans son dos et sous ses bras. Elle porte sa robe chic avec des grosses fleurs ocre et brun, celle qu'elle s'était faite pour recevoir Sophie à l'autobus. Madame Gloire traverse la rue de sa démarche de canard due à ses monstrueuses cuisses striées de varices, elle arpente le petit parc derrière l'école. Le boisé est plongé dans l'obscurité et Madame

Gloire appelle Sophie d'une voix cassée. Comme on ne répond pas, elle s'assoit sur le vieux banc de rondins pour reprendre son souffle. Elle éponge encore sa face de lune et son cou enflé, elle éponge aussi ses yeux larmoyants et elle se mouche, je crois qu'elle pleurniche discrètement. Elle paraît tellement abattue et misérable que je m'approche pour lui demander si elle veut que j'aille voir à la salle des Mooses au village. Sa voix chevrote, elle ne croit pas que ce soit nécessaire, elle pense que certainement Sophie est déjà rentrée à la maison pendant qu'elle la cherchait partout. Mais un peu plus tard, elle s'en va vers le village de son pas pesant en s'arrêtant parfois pour s'appuyer à un arbre. Elle disparaît passé la Maison Rose, je suis navré pour elle, Sophie c'est tout son bien, c'est son P'tit Bonheur et si elle le perd, elle en mourra, c'est certain.

Quand la salle paroissiale se vide et que je rentre à la maison, il y a encore de la lumière chez Madame Gloire, elle veille à la fenêtre du salon en attendant Sophie. Il y a aussi de la lumière chez Monsieur Charles-Henri qui n'a pas pu venir célébrer parce qu'il n'a trouvé personne pour surveiller sa femme. Elle a l'habitude de manger à toute heure du jour ou de la nuit, ayant perdu la notion du temps ; aussi Monsieur Charles-Henri doit lui préparer son dîner ou son souper ou son déjeuner.

J'explique à Lévis ce qui est arrivé à sa bécane. Il gueule comme un veau, il n'a rien à voir avec les histoires à Donat, il n'avait pas le droit de lui faire ça, un beau CCM tout neuf, la vache va y goûter. Finalement, c'est Frédé et Mimi qui le ramènent chez lui avec le camion de livraison, assis derrière sur un bloc de glace. Ça lui refroidit les humeurs et il remet ses comptes à plus tard. Laetitia raccompagne Jean-Nil à la maison et le couvre de teinture d'iode.

Dans le noir de notre chambre, je lui demande comment il la trouve, Laetitia.

— C'est une fille... gentille.

— Je crois qu'elle est en amour.

— De qui? demande-t-il, sans mettre de l'intérêt dans sa question. Épais comme ça, c'est rare!

— De la plus grande andouille que je connaisse!

— Qui ça?

— Cherche bien.

Mais il ne cherche pas, cette question ne l'intéresse pas, il se retourne et gémit parce qu'il appuie son arcade ouverte contre l'oreiller, deux minutes plus tard il dort comme une bûche.

La Harley prend forme mais Bibi retarde les travaux parce que Jean-Nil a des pièces à faire souder. Bibi dit qu'il n'a qu'à se les souder lui-même ou aller se masturber dans la sacristie. Jean-Nil tente de le ramener à de meilleurs sentiments mais il utilise tous ses arguments en vain, même le plus convaincant:

— Je ne peux pas confier ce travail à quelqu'un d'autre, j'ai besoin du meilleur soudeur du pays, autrement je n'aurais pas confiance, tu ne voudrais pas que je me casse la gueule pour avoir fait affaire avec un amateur?

Bibi reste de marbre, Jean-Nil insiste:

— Allez Bibi, ne te laisse pas démolir pour une morue!

Bibi ouvre tout grand un œil jaune, il frappe du poing sur la table.

— Une morue, une morue, Bernadette n'est pas une morue. C'est une tête de cochon, c'est une grande gueule, un caractère de belle-mère, une marâtre à mari, une plaie d'Égypte, un cataclysme naturel, mais ce n'est pas une morue.

Jean-Nil bat en retraite.

— Je ne voulais pas dire ça, bafouille-t-il, pas du tout rassuré, je dis seulement ça pour te provoquer, tu vois bien que tu y tiens à Bernadette, tu l'aimes.

Il se compose un sourire contrit et conciliant :

— Alors, misère, va la chercher... s'il te plaît, j'ai besoin d'un soudeur, moi.

— Pour l'instant, je suis soûl dur, ironise Bibi sans rire, il rote avec satisfaction.

— Je ne ferai pas un pas au-devant d'une femme qui abandonne son mari légitime, un mari qui n'a rien à se reprocher.

Jean-Nil est à court d'argument.

— Bon, va la chercher et quitte-la à son tour. Vous serez quittes et vous pourrez vous raccommoder.

Bibi sort un dollar.

— Plutôt que de dire des bêtises, va me chercher à boire. Jean-Nil soupire et se lève, il va au bar lui chercher sa bière et la pose sèchement sur la table.

— Si t'attrapes une cirrhose, ça sera bien mérité !

Il sort en claquant la porte. Monsieur Fortunat arrive à ce moment-là et le Patron s'étonne, il consulte l'horloge-réclame..

— Lundi matin, dix heures, t'es malade ?

— Moi malade, réplique Monsieur Fortunat, le jour où je serai malade le docteur en fera une

171

jaunisse, en cinquante-trois ans j'ai même pas eu droit à une aspirine.

Il fait signe au Patron de lui servir une grosse bière.

— C'est la grève, on a déclenché la grève.

On dirait que Bibi va avoir de la compagnie, Monsieur Fortunat laisse tomber son immense carcasse sur une malheureuse chaise grinçante, gratte sa barbe de deux jours, caresse son nez de brute et repousse sa casquette en arrière. Il n'a pas du tout l'air contrarié de se trouver là.

— Qu'est c'qu'y font avec les réaménagements ? demande le Patron.

— Sais pas, on en discute à l'instant.

— Tu crois que ça va durer ?

— Je n'en sais rien mais si ça s'éternise on est préparé, il faudra tenir le moral, on m'a élu responsable du comité de divertissements, crois-moi on ne va pas s'embêter.

— Quel est le programme ; des souques à la corde ou des visites organisées à la Maison Rose ?

— C'est pas une mauvaise idée, je la retiens mais pour commencer on organise une partie de fers à cheval, Isieux contre Clairval, ensuite on verra, on n'a peut-être pas d'instruction mais on a de l'imagination.

— J'offre une caisse de grosses au vainqueur, dit le Patron.

— Alors tu peux me la livrer tout de suite, répond Monsieur Fortunat en se grattant le cul, Alma et moi en équipe contre qui on voudra : c'est Godzilla contre Cheeta.

Peu après, Monsieur Alma et Monsieur Pacifique viennent rejoindre Monsieur Fortunat au

Trou qui, suite à un consensus, sera considéré comme le quartier général des activités de grève.

Deux heures plus tard, face au bureau de poste, deux femmes débarquent de l'autobus avec armes et bagages. Comme on l'apprendra plus tard, il s'agit de Mademoiselle Thérèse et sa mère. La fille est de taille moyenne, tout en os, la tête longue et pâle avec des yeux délavés, agrandis démesurément par d'épaisses lunettes cerclées de métal. Elle porte un tailleur crotte de bébé et tient une valise de cuir. La mère est une copie conforme de la fille en plus vieux et en plus pincé, avec un chapeau de paille et une collerette de renard roux avec sa queue et sa tête. Elle avance sur de grandes cannes sans mollet qui se terminent en godasses impressionnantes, au moins du dix et demi. Ça nous fait un choc à Bouton, Bibitte, Zézette, Tiné et moi de les voir aller avec leurs allures d'épouvantail à moineaux.

La dame s'informe au sujet de la maison de pension de Madame Gloire. Nous lui indiquons la direction, elle nous trouve gentils et mignons et s'enquiert de nos noms que nous lui déclinons sans nous faire prier. Cette fois, elle trouve ça pittoresque, tellement, tellement... pittoresque c'est ça. Je lui révèle que Bouton s'appelle comme ça parce qu'il lui manque toujours des boutons à la braguette, Zézette parce qu'il se montre la zézette à tout venant alors que tous les prétextes sont bons, Bibitte parce qu'il grouille de poux et qu'il grouillera bientôt de morpions aussitôt qu'il aura du poil au cul et Tiné parce qu'il pue, qu'il a peur de l'eau depuis qu'on l'a baptisé. Moi, on m'appelle Toto à cause des bandes dessinées Toto et Titi. Du coup, Mademoiselle Thérèse et sa mère cessent de trouver du pittoresque partout, elles pincent le nez et accélèrent le pas comme si elles pouvaient se salir rien qu'à nous regarder. Vues de dos, elles marchent les fesses aussi serrées que les lèvres pincées, avec leurs godasses de clowns, on dirait des Olive et Popeye.

Donat qui passe par là, affiche son air de triomphe mais on laisse filer, il est désormais sur la défensive et c'est fatigant d'être toujours sur ses gardes. Nous allons exploiter cette nouvelle situation de notre mieux et nous allons penser à autre chose. Nous nous accordons une trêve... l'été est encore jeune et il y a plus de plaisir à mijoter une revanche qu'à l'exécuter.

Dans tout Isieux, on parle de la patrie de fers, Monsieur Fortunat réquisitionne nos services pour les retrouver dans la joyeuse anarchie qui règne dans son hangar. C'est incroyable tout ce qu'on retrouve là-dedans : des caisses d'oranges de Jaffa, des barillets de mélasse de la Barbade, des boîtes de dattes de Tunisie, des boîtes de thé de Ceylan. Ces noms de pays lointains nous flattent le bulbe exotique et nous remontent le ressort de la boîte à imagination. Zézette prétend que dans ces pays-là, les hommes riches peuvent se marier à plusieurs femmes et que les pauvres doivent se contenter de la chamelle de leur maître. Il dit que, pour sa part, riche ou pauvre, il préférerait de toute façon la chamelle plutôt que d'être pogné avec une douzaine de femelles criardes et chialeuses. Où il a pris tout ça reste un mystère que nous ne tentons pas d'éclaircir pour le moment. Nous exhumons un landau rouillé, des matelas pourris avec leurs familles de souris, une chaloupe vermoulue qui a définitivement accroché ses rames, une chiotte de porcelaine brunâtre avec sa lunette de bois, des chaises à trois pattes et même une faucheuse à luzerne. La lunette et son couvercle donnent une idée lumineuse à Monsieur Fortunat qui supervise l'opération depuis la terrasse du Trou. Il nous ordonne de les mettre précieusement de côté pour usage ultérieur.

Les éliminatoires se déroulent sur l'entrée parallèle au Trou. Comme ça tout le monde est à portée raisonnable d'une bonne chaise et d'une bonne bière. Le Patron bénit les conflits syndicaux et réalise un chiffre d'affaire record. Madame-la-Veuve-Pétrie tâte des biceps et des pectoraux, elle encourage Mari-Mari. Paraît-il que le jeune homme aurait l'adresse et la musculature voulue pour se qualifier, Mari-Mari rougit de tous ses quinze ans et répond qu'il ne sait pas. Elle réplique qu'il ne faut jamais se sous-estimer et qu'elle l'appuiera.

Madame-la-Veuve-Pétrie pourra toujours consoler Mari-Mari mais, comme prévu, ce sont Monsieur Alma et Monsieur Fortunat qui gagnent facilement les éliminatoires. Le Patron considère qu'il peut se permettre une traite générale et Monsieur Fidèle troque le vin pour la bière.

Chez Madame Gloire, Mademoiselle Thérèse monte se rafraîchir un peu tandis que sa mère attend Damien au salon en lisant *la Fille du père Goriot.* Elle se tient raide et sèche près de la tiffany, elle s'efforce de ne pas transpirer, ça fait trop mal élevé, mais les œillades et les mimiques des Polonais l'empêchent de se concentrer. Ils chuchotent dans leur langue et sourient de façon à ce qu'on comprenne bien de quoi ils parlent. La vieille peau se sent sondée, déshabillée, examinée, elle éprouve des poussées de chaleur et arbore des taches de rougeur. Elle reprend pour la troisième fois le chapitre douze et se décide à refermer son livre, regardant droit devant elle la porte d'arche qui donne sur la salle à dîner. Je descends l'escalier avec mon sac de draps sur l'épaule comme un marin avec son canevas. Madame Thérèse me regarde d'un œil dédaigneux et je lui souris béatement, elle lève le menton et dans un petit mouvement d'impatience, elle tire sa jupe sur ses genoux. Elle soupire pour que Damien arrive au plus vite, elle n'a pas renoncé à en faire son gendre et elle est venue plaider la cause de sa fille.

Tout de suite après le souper, Frédé et Mimi passent chercher Jean-Nil qui dévale l'escalier avec sa trompette. Du Trou, Monsieur Fortunat et Monsieur Alma nous saluent de la main. Ils ont une douzaine de grosses bières et trente-six œufs durs dans le corps. Bibi semble assoupi tout seul dans son coin. Personne n'a revu Bernard Caux depuis la bagarre. Pépé s'installe avec sa bande de vauriens. Il chancelle déjà et argumente avec Monsieur Fortunat pour récupérer sa table habituelle, Monsieur Fortunat répond qu'il n'est pas né celui qui le déplacera de sa table. Bibi qui ne dort pas, après tout, remarque d'une voix neutre et sans regarder personne qu'il était moins fier la veille au soir quand sa femme est venue le chercher par le fond de culotte. Je perds la réponse de Monsieur Fortunat. Plus loin, on s'arrête pour prendre Crin et Berto, plus loin encore la voix éraillée de Lucienne Boyer nous parvient de la fenêtre ouverte de chez Madame Aymé. *Parlez-moi d'amour* tourne depuis trois ans chez Madame Aymé, depuis que son mari s'est noyé au printemps dans la rivière du Rapide Blanc.

On place les gens à table quand on arrive à Clairval pour les noces d'argent. Jean-Nil s'entretient avec la fille qui a téléphoné, celle qui avait une petite voix ronde et sensuelle. Elle est comme je l'imaginais, à peine sortie de l'école, mince comme une couleuvre, avec un tout petit nez joli, des cheveux longs, brillants et lisses et aussi de petits seins tout ronds et haut perchés. Elle doit faire de l'effet sur Jean-Nil à le voir s'humecter les lèvres sèches, à refaire sa coiffure et à rajuster sa cravate dans la glace du bar. À chaque pause, il s'empresse de la rejoindre à sa table et lui paye même un Cinzano en ignorant superbement les autres. Il batifole comme ça toute la soirée en allongeant les pauses et en laissant parfois ses collègues se débrouiller à trois pour le plaisir de danser avec elle. Vers la fin de la soirée, l'atmosphère se détend, on flotte dans une douce griserie, Jean-Nil se sent vaporeux, il sent le sol vaciller sous ses pieds, il marche dans les nuages, dans la ouate, il croit dur comme fer avoir rencontré le vrai, le seul, le grand Amour. Il connaît bien cette sensation, lui qui tombe amoureux toutes les cinq minutes avec n'importe quelle morue pourvu qu'elle soit jolie; mais il mord à l'hameçon comme si c'était la première fois avec la fougue d'un mené frétillant de la queue dans son ruisseau natal. Il s'approche du micro, réclame l'attention générale et annonce une demande spéciale: pour une jeune fille qui se reconnaîtra de la part d'un soupirant qu'elle reconnaîtra. Il faut le faire, voici donc *Let Me Call You Sweet-*

heart. On applaudit et on surpeuple la piste de danse, *Let Me Call You Sweetheart* fait le palmarès depuis le début de l'été et ça permet aux vieilles branches de secouer un peu leurs mémères.

Nicolette, elle s'appelle Nicolette, et Jean-Nil échangent des regards embués et des sourires complices à attendrir le rocher Percé. Quand Jean-Nil sourit comme ça, il fait des malheurs, les filles ne résistent pas, elles s'émeuvent, s'attendrissent, elles éprouvent des faiblesses et des chaleurs, quand il les regarde avec ces yeux-là il brise les obstacles, il rase les objections, il aplanit les résistances et il les cueille comme on cueille les feuilles mortes. C'est encore un sourire d'enfant un peu étonné, pas très rassuré, un regard frileux, sombre, plein de mobilité, le regard de l'adolescent qui exige le monde gauchement mais avec une tendresse sans fond, qui se blesse pour une peccadille et se referme parfois comme une huître sans que l'on sache pourquoi. D'habitude, il fait fondre et fendre le cœur des filles; d'habitude, elles s'adoucissent et glissent sur la pente du romantisme, mais cette fois-ci Nicolette reste froide et distante, ce n'est qu'un jeu passager pour elle, elle retire sa main quand il la cherche. Quand ils se quittent, elle dit qu'il pourra toujours essayer de l'appeler, qu'elle répondra peut-être. Elle tourne les talons et s'en va embrasser son père sans attendre la réplique. Jean-Nil reste décontenancé, il ne comprend pas, il ne comprend plus, il est comme le gamin à qui on refuse le beau couteau de chasse sans raison logique. Dépité, il remet en question tout ce qu'il croyait savoir sur la psychologie des filles, il est malheureux et il ne sait plus quoi penser. Pendant tout le trajet du retour, il demeure muet et morose alors que les autres rigolent avec Frédé et Mimi qui sont revenus nous chercher. L'été est si torride que Frédé craint de manquer de glace avant les premiers froids, ça pourrait mousser les ventes de frigidaires et Frédé n'aime pas ça.

Chez Madame Gloire, Damien, Thérèse et sa mère veillent sur le perron dans des berceuses, Madame Thérèse parle pour trois, Damien fume sa pipe et Mademoiselle Thérèse le dévore des yeux à la dérobée. Le docteur et le Patron vont coucher Bibi, Sophie et Martin débouchent du p'tit sentier qui traverse le boisé derrière l'école. Sophie rit, ils s'arrêtent et s'embrassent adossés contre l'annonce de tôle clouée au mur cloqué du magasin général. J'aperçois la lourde silhouette de Madame Gloire rivée à sa fenêtre du salon, qui cherche à percer le noir.

À côté, Jean-Nil ne parvient pas à s'endormir, je sais qu'il pense à Nicolette, il n'arrive pas à mettre une réponse à toutes les questions qui se bousculent dans sa tête. Il fait une chaleur moite, même la brise qui se faufile entre les branches de l'orme chauffe la peau. Jean-Nil se tourne et se retourne, finalement il se lève et j'entends couler la douche. Je m'endors avant qu'il ne regagne son lit.

Comme s'il était sur le point de se disloquer, un vieil autobus qui a déjà été jaune se parque sur le terrain de l'école en faisant grincer ses rivets et en entrechoquant ses vitres ouvertes. Il amène l'équipe de Clairval et ses partisans qui chahutent et qui chantent des obscénités, ils paraissent déjà pas mal chaudasses. Deux longues banderoles flottent aux flancs de la ferraille:

CHAMPIONNAT INTERCITÉ DE FERS À CHEVAL. Le chauffeur klaxonne, on a toujours l'impression que c'est son dernier coup de klaxon, le lourd nuage de poussière et de gaz bleuâtre se dépose lentement. Les visiteurs déboulent du véhicule et pendant une demi-heure au moins on en débarque des caisses de bière qui servent de sièges et de bar. Un gros type rougeaud avec des yeux de vache et un nez d'ivrogne criblé de cratères raconte que les contremaîtres au moulin d'Eupré sont prisonniers de l'usine avec la mission d'empêcher le vandalisme. Les piqueteurs laissent passer le lunch mais saisissent le tabac, la bière et le p'tit blanc. Les contremaîtres n'ont plus que le téléphone pour les relier au monde extérieur, ils réalisent des prodiges d'imagination pour se faire passer du tabac à rouler et du p'tit blanc qui prend moins de place que la bière ou le Saint-Georges. Hier les boudins étaient bourrés de tabac et la chambre à air du pneu de secours gonflée d'alcool à quatre-vingt-dix pour cent.

Le gros type aux yeux bovins qui s'appelle Monsieur Léon éponge son front ruisselant avec un mouchoir à pois, il sent la ruse, la roublardise et l'arnaque, il est soupçonneux et malin, il vaut mieux ne pas essayer de lui passer un madrier par le long, il sent la combine à dix lieues et il en invente quand il n'y en a pas.

Monsieur Léon et ses trois compères se partagent le butin, il assure qu'à ce rythme-là ils auront de quoi boire et fumer tout l'hiver aux frais des « capitalisses ».

Bon, les poteaux de métal sont plantés bien profond et bien droit, les fers sont examinés et soupesés, Monsieur Alma et Monsieur Fortunat se font les bras en arrosant chaque motion d'une gorgée de Black Horse froide. Madame Décarie déplie sa chaise, l'essuie d'un coup de mouchoir de soie et s'installe droite et digne sans faire attention à personne. Elle fait la snob comme ça, elle fait la dame de la haute, issue de la cuisse de Jupiter mais au fond elle adore les parties de taverne, les histoires cochonnes, les échanges virils et les extravagances d'ivrognes. Elle s'en défend mais elle en souffrirait si Monsieur Fidèle cessait de s'acharner contre sa vertu, c'est pas pour rien si elle ne s'en plaint pas à son mari, ce qui ne veut pas dire qu'elle y consentirait pour tout l'or du monde. Les femmes sont une montagne de contradictions et il faut être bien malin pour y voir clair. Avec son petit tailleur marron, on dirait une élégante tenancière de bordel de luxe régnant sur ses filles telle une mère dévouée. Monsieur Fidèle précède sa femme, c'est elle qui porte les deux chaises. Il est d'humeur plaisante et sourit béatement à qui voudra en découvrant les dernières dents jaunes de nicotine qui lui restent. Madame-la-Veuve-Pétrie semble pensive, la tête relevée, sa belle poitrine opulente lancée en avant comme une glorieuse figure de proue. Avec une figure de proue comme celle-là, pas un navire, pas une galère, pas un trois-mâts qui ne défient une mer démontée, qui ne fendent la vague monstrueuse, qui ne naviguent l'océan en folie et qui ne rentrent majestueusement à bon port. Il y a de quoi mater les éléments les plus rébarbatifs et susciter la convoitise générale, Madame-la-Veuve-Pétrie semble très concentrée, fumant une cigarette du bout des lèvres et ramenant sa jupe sur ses genoux où se creusent deux délicates fossettes qui semblent attendrir Monsieur Pacifique. Il laisse errer son regard rêveur du genou d'une superbe rondeur vers la cuisse satinée et au-delà où la vallée voluptueuse disparaît vers de sombres éclairages. Monsieur Pacifique voudrait bien y mettre une patte poilue mais il sait que c'est là un territoire réservé à la jeunesse. Madame-la-Veuve-Pétrie donne dans le tendre et le juvénile, qui veut n'obtient pas un permis de chasse sur ses terres vallonneuses, sauf que rien n'interdit de rêver.

D'un œil à la fois las et alerte, Madame Gloire surveille Sophie qui tient la main de Martin. Celui-ci lui sourit et sourit à la vie prêt à la saisir comme un jeune bronco qui saute la clôture et prend la clé des champs au trot. Madame-la-Veuve-Pétrie lui accorde un long coup d'œil admiratif mais elle ne s'attarde pas outre-mesure. Elle n'est pas du genre à voler le p'tit ami d'une concurrente, elle est loyale et elle n'ouvre ses bras qu'aux candidats esseulés, sans pressions déplacées, sans publicité trompeuse ni artifices. Cependant elle prend mentalement une option si jamais Sophie se désiste. Monsieur Pacifique remarque le manège et déplore avoir terminé sa huitième année depuis aussi longtemps.

Madame Pacifique tricote une tuque bleu, blanc, rouge d'une main automatique mais elle ne voit pas son mari qui lui tourne le dos et qui écarte cinq doigts en direction de Monsieur Fidèle. Celui-ci fait non de la tête, il refuse de parier cinq dollars contre le duo local, Monsieur Pacifique tente sa chance avec Monsieur Valmore. Frédé retarde sa livraison de glace et Mimi avale des cerises de France avec gourmandise.

Elle recrache ses noyaux en direction du verre de Monsieur Fidèle et compte ses réussites.

On discute le choix d'un arbitre impartial, personne d'Isieux ne convient au clan de Clairval et personne de Clairval ne convient au clan d'Isieux. Insulté, Monsieur Léon s'en va bouder devant une grosse bière et quelqu'un pense à Damien. Vu qu'il n'est ni d'Isieux ni de Clairval, il offre toutes les garanties d'impartialité. C'est conclu, Monsieur Fortunat approuve et Damien prend ses fonctions sans plus tarder. Monsieur Pacifique mandate Bouton pour lui ramener une bière fraîche, comme Bouton s'attarde il lui décoche un coup de pied affectueux au cul et voilà Bouton qui court vers le frigidaire paternel. Monsieur Alma enlève sa chemise sous prétexte qu'il fait chaud comme dans un four. Il veut exhiber sa cicatrice, il veut jouer au héros qui a combattu un ours enragé dans un corps à corps, il attend les remarques, et se prépare à répondre aux questions admiratives. Madame Alma qui a vu ça cent fois pose une cigarette entre ses lèvres et enlève délicatement les particules de tabac sur sa langue. Monsieur Alma exécute sa petite parade, une méchante balafre blanche déchire son dos large et velu. Monsieur Fidèle affirme à haute voix que cet ours n'a jamais même existé et que cette balafre est due à un mari jaloux, si elle tranche le dos c'est que Monsieur Alma s'enfuyait comme le poltron qu'il est. Il savoure son petit effet, la bouche fendue jusqu'aux oreilles, cherchant des appuis autour de lui. Monsieur Alma réplique qu'il lui casserait sa grande gueule de cocu s'il n'avait pas déjà le bras clopin-clopant à faire le Roméo d'opérette.

— Facile à dire, dit Monsieur Fidèle.

— Facile à faire, répond Monsieur Alma en fonçant sur lui les masses en l'air.

Heureusement, on le retient et son attention est de nouveau accaparée par Madame Fraulein qui s'informe fort à propos de la taille estimée de l'animal.

— Encore heureux que j'aie le bras dans l'plâtre, marmotte Monsieur Fidèle, autrement c'baptême de gros veau y aurait goûté. Ce qui fait que Madame Décarie menace encore de s'en aller si on ne sait pas se tenir convenablement.

Damien accorde cinq minutes de réchauffement et déclare qu'on fera un cinq dans neuf après consensus général. Mademoiselle Thérèse et sa mère observent la scène avec l'air de s'ennuyer souverainement de la poésie et de la musique de chambre. Thérèse semble contenir difficilement sa fureur depuis que Damien lui a présenté sa fiancée. La face lui a allongé de trois pieds et Rose-Mai ne savait plus où se mettre. Par contre, sa mère qui s'attendait un peu à quelque chose de ce genre n'a pas bronché, elle ne perd pas la tête et prépare sa contre-offensive, c'est à peine si ses lèvres expriment une pointe de dépit dédaigneux, ses grands yeux inexpressifs flottent dans le fiel et les veines bleues de ses mains se gonflent sous sa peau blanche presque transparente.

Seul abstinent du pays, le barbier délaisse sa boutique déserte et vient appuyer l'équipe locale au coca-cola, il sent le barbier à plein nez. Monsieur Charles-Henri montre à Rose-Mai des cartes postales qu'il a reçues de Grèce de collègues de faculté. Il espère allécher Rose-Mai avec ces paysages de rocs blancs, d'îlots blancs, de sable blanc, des petits bistrots sympathiques, de marchés colorés et de ciels d'un bleu plus dense que les nôtres. Il n'attend qu'un mot pour l'emmener voir tout ça sur place, Rose-Mai trouve ça très beau mais c'est Magdelina qui l'abreuve de questions concernant la Grèce. Monsieur Charles-Henri donne quelques réponses distraites et, excédé, se désintéresse de ses cartes postales et s'excuse auprès de Magdelina qui hausse les épaules. Popeye, Mathusalem et Abel se font une petite place au premier rang, trois pommes d'Adam qui vont et viennent le long de leur cou de poulet.

Monsieur Fortunat attire l'attention avec un colis qu'il tient à bout de bras. Il déballe fièrement le couvercle de chiotte trouvé dans son garage, le trophée est bien décapé, bien sablé, bien vernis, un fer à cheval, un vrai est fixé en plein centre. C'est pas la coupe Stanley mais ça fera l'affaire.

Bon, la partie commence.

Monsieur Fortunat avale toute une bière d'un trait et lance un poteau. Le fer roule sur lui-même et vient s'accrocher autour du pieu comme s'il ne pouvait faire autrement. Un poteau vaut cinq points, un fer debout vaut trois points et un fer simple vaut un point. Une partie totalise vingt et un points.

En face, Monsieur Grégoire plisse les yeux, c'est un petit homme sec, de la taille de Monsieur Fidèle avec une face de rat, les cheveux plaqués sur le crâne, soigneusement séparés en deux au milieu, il a la peau foncée entre le brun et le vert olive. C'est le genre de bon à rien qu'on retrouve dans les salles de billard, qui se déplace en sautillant et qu'on imagine facilement à manier un jack-knife dans le dos d'un adversaire. Malgré la chaleur de fournaise, il porte une petite veste et une cravate de soie, il mâchonne un mauvais cigare et frotte constamment sa bague à diamant contre son ventre creux. Pour sa part, son coéquipier, Monsieur Félix, est du gabarit de Monsieur Fortunat et Monsieur Alma. Une grosse brute massive en maillot de corps rayé, avec des bras de lutteur, du poil qui jaillit de partout et un pantalon bas. Pourtant, ces trois monstres lancent les fers avec la précision et l'élégance d'une petite danseuse en tutu. Après chaque motion, ils remontent leurs pantalons, se crachent dans les mains et étreignent un goulot de bouteille.

Isieux gagne la première partie, Clairval la seconde. Monsieur Grégoire qui, visiblement, ne prévoyait pas une telle performance affiche malgré tout un petit sourire narquois et fourbe à la fois. Je ne lui ferais pas confiance pour donner l'heure et je ne lui confierais même pas une pensée mais il joue bien et il faudra le surveiller de près. Monsieur Fortunat et Monsieur Félix lancent leurs fers en les faisant pivoter de bas en haut, par contre Monsieur Alma et Monsieur Grégoire leur impriment un mouvement de rotation latérale et tout ça avec une précision étonnante, tellement que c'en est beau à voir dans un silence religieux seulement troublé des gongs du métal contre métal. Zézette et Bibitte sont au service de l'équipe locale, ils conservent la bière sur la glace et font le va-et-vient allant au devant des désirs. Obéissant à un signal discret, Bouton fait l'aller et retour entre le frigidaire paternel et Monsieur Pacifique absorbé par le jeu. Toujours aimable, Monsieur Fidèle lui crie de se dépêcher, fils d'imbécile. Monsieur Pacifique ne relève pas l'injure soit qu'il n'ait pas entendu, soit qu'il ne lui accorde pas d'importance, en tout cas baveux comme il est, il est étonnant que Monsieur Fidèle ait vécu si vieux en gardant tous ses morceaux intacts.

Thérèse et sa mère observent le jeu avec une parfaite indifférence, elles sont blanches sous le soleil, elles ne comprennent pas comment on peut s'amuser à des activités aussi vulgaires mais elles acceptent ce contretemps parce que Damien y participe, après les noces, on verra à mettre de l'ordre dans tout ça, en attendant il faut jouer le jeu. Plus loin, Mari-Mari fait le beau et pose au cas où Madame-la-Veuve-Pétrie lui accorderait un coup d'œil. Il est déçu parce qu'elle ne lui prête aucune attention mais il ne peut s'empêcher de rougir quand, par accident, elle pose le regard sur lui. Elle se désintéresse aussitôt du garçon pour reprendre sa conversation avec Madame Fraulein et son explosive cousine blonde. C'est sans arrière-pensée, mais Madame-la-Veuve-Pétrie règne sur son harem sans outrecuidance ni complaisance mais avec une parfaite indépendance. C'est elle qui décide du choix de ses jeunes courtisans du moment, ses décisions sont irrévocables, par moments, elle ignore souverainement ses dévoués sujets.

Frédé écrase la poire d'un klaxon de camion chaque fois qu'Isieux place un poteau, Monsieur Léon, lui, proteste dans sa trompette de plastique.

Magdelina confie à Rose-Mai que si le pharmacien pouvait, comme dans les romans, fabriquer un philtre d'amour, elle y aurait goûté. Il en dépérit le pauvre petit homme, il soupire, il transpire, il a l'air d'un chien battu qu'on laisse dormir dehors l'hiver. Une autre qui dépérit c'est Madame Gloire, elle semble s'affaisser depuis le retour de Sophie, elle soulève sa montagne de graisse de plus en plus laborieusement, elle s'essouffle seulement à parler et ses paupières s'alourdissent de lassitude et de désenchantement, Sophie lui fait vivre un enfer, elle rentre au milieu de la nuit, elle n'est pas parlable, elle fait ses petites crises d'identité, l'autre jour Madame Gloire a surpris Martin dans sa chambre au petit matin.

Toujours affairé, Monsieur Onil passe par là avec sa camionnette. Il s'en va déboucher les chiottes du maire avec son pipe rinch et sa pompeuse. Ses outils, des bouts de tuyau et de ferraille s'entrechoquent dans la caisse.

La partie continue et la situation se corse. Isieux gagne trois parties contre deux pour Clairval. Monsieur Léon extrait un petit flacon d'alcool à friction d'une mallette de docteur et s'emploie à frictionner vigoureusement les biceps de ses poulains qui s'y prêtent volontiers avec un décorum pompier. Dégoûté, Monsieur Fidèle avale une généreuse rasade de Saint-Georges et s'essuie les lèvres du revers de sa manche. Tout de suite après cette petite mise en scène, Monsieur Grégoire ouvre les hostilités en laissant tomber un fer sur le petit orteil de Monsieur Fortunat. Monsieur Fortunat jure comme un bouncer de grill et tourne sur lui-même la jambe relevée comme s'il tentait de sucer son petit orteil. Il tente de saisir le petit joueur fourbe mais celui-ci lui glisse entre les mains et Monsieur Félix interpose ses deux cent trente livres.

— Grégoire, dit-il, excuse-toi de ta maladresse.

Fanfaron, Monsieur Grégoire s'avance et s'excuse d'avoir été la cause involontaire d'un malheureux accident, tout ça avec le petit sourire en coin de celui qui n'y croit pas. Il faut beaucoup de monde et de mots pour calmer Monsieur Fortunat. Pendant qu'on se penche sur son petit orteil qui vire au gris violacé, Monsieur Grégoire profite de l'inattention générale pour vider une fiole de liquide jaunâtre dans le verre du malheureux éclopé. Ce geste sournois échappe même à Bibitte et Zézette qui examinent les dégâts. Je cours au devant de Monsieur Fortunat mais l'émotion et la rancœur lui donnent soif, il s'envoie son verre tout d'une traite. Il repousse mes informations avec l'ire royale d'une majesté lésée et s'en retourne prendre position. Damien ramène le calme, menace d'expulser les gens trop maladroits, enfonce les pieux et refait le terrain autour.

Monsieur Alma regarde ses adversaires d'un œil sombre tandis que Monsieur Fortunat exécute quelques flexions de jambes sans pouvoir retenir un pet sonore annonciateur d'événements glissants. On lance encore une dizaine de coups et soudain, en pleine motion sur un lancer capital, Monsieur Fortunat interrompt son auguste geste et à la stupéfaction générale laisse tomber un projectile prometteur et court en direction de la maison comme si l'avenir de la patrie en dépendait. Suit un silence religieux. Tous les regards, toutes les expressions posent des questions muettes. Seul Monsieur Grégoire sourit en soufflant sur sa bague à diamant et en la polissant contre sa petite veste rayée. Plus

189

tard, on entend la chasse d'eau et Monsieur Fortunat réapparaît en ajustant son pantalon. Maintenant je comprends la traîtrise, Monsieur Grégoire a servi un laxatif de cheval dans la bière du champion. J'en informe Damien qui lui m'écoute et qui, à son tour, en avise Monsieur Fortunat. Le gros Monsieur Léon, avec ses yeux de bovin et son nez ravagé, réclame qu'on déclare Clairval gagnant par défaut. Sa voix criarde semble venir d'ailleurs, tellement il paraît incroyable qu'un si gros monsieur hurle avec un organe de maîtresse d'école. Furieux qu'on lui ait joué un tour aussi disgracieux, Monsieur Fortunat vire au rouge puis au violet, un peu plus et il lui sortirait des jets de vapeur par le nez et les oreilles. Avec une rapidité stupéfiante, il attrape le petit adversaire figé, trop apeuré pour s'enfuir, il le tient par la ceinture, le renverse sens dessus dessous et le secoue comme un vulgaire sac de pommes. La coupable petite fiole tombe par terre, Damien la ramasse, la sent et la fait voir aux spectateurs. Résigné à son sort, Monsieur Grégoire doit ouvrir la bouche, il grimace quand l'épais liquide visqueux lui coule dans la gorge. Monsieur Fortunat laisse tomber la dernière goutte, lui referme la mâchoire du plat de la main, et lui applique sèchement un petit coup de poing dans l'estomac. Monsieur Grégoire déglutit et avale sa propre médecine qu'il avait obtenue de son beau-frère qui est vétérinaire à Clairval. On devient nerveux dans le camp des partisans de Clairval et il ne faudrait pas trop bousculer leurs champions. Cette offensive les prend un peu par surprise mais on les sent prêts à gagner le gaillard d'avant et à se lancer à l'abordage.

Le jeu reprend tant bien que mal, Monsieur Fortunat lance dix fois et court aux chiottes aussitôt suivi par Monsieur Grégoire. Ça en devient ridicule, la partie est tout le temps interrompue par ces absences éclairs et chaque fois s'élève un immense éclat de rire. Monsieur Léon éponge son front, son cou boudiné et ses aisselles, il ne pense plus à demander la fin du jeu par défaut. Monsieur Fidèle prétend qu'il ne s'agit plus d'une partie de fer mais d'une course à relais. Les femmes cessent de tricoter, Popeye et Mathusalem s'étouffent de rire et toussent à se cracher les poumons, Damien à fort à faire. Sans le vouloir, il déclenche les hostilités en refusant un point aux visiteurs. On s'approche pour constater *de visu*, pour mesurer et commenter, il y a bousculade, surexcité Monsieur Fidèle frappe un partisan de Clairval qui esquive et c'est Monsieur Félix qui encaisse le coup. Il ne bronche pas d'un poil, il en faudrait vingt comme Monsieur Fidèle ne serait-ce que pour l'ébranler un peu, mais il soulève un poing énorme, velu et massif. Monsieur Fidèle sourit piteusement et exhibe son bras plâtré comme quoi un gentilhomme ne frappe pas un éclopé, Monsieur Félix hésite un instant, cherche un autre adversaire et comme Monsieur Fortunat se trouve juste devant lui...

C'est le départ pour une mêlée générale. Les coups pleuvent de partout, fusent dans toutes les directions. Monsieur Fidèle se tient à la périphérie et décroche un coup chaque fois qu'un visiteur passe à sa portée. Quand on se retourne contre lui, il montre son bras avec un sourire faussement désolé. Il répète ce manège jusqu'à ce que Monsieur Léon l'attrape délicatement par les épaules, le retourne et lui assène un fulgurant coup de pied au cul qui le projette en l'air. Monsieur Fidèle s'envole, bat l'air de son bras valide, court pour rattraper la vitesse acquise mais n'y parvient pas et atterrit en catastrophe dans un nuage de poussière. Monsieur Fortunat présente sa main au jovial Monsieur Léon, interloqué celui-ci la serre, ensuite Monsieur Fortunat se dégage et brandit un bras gros comme un poteau de téléphone. Mais il interrompt soudain sa motion et s'empresse d'aller satisfaire un besoin plus pressant. Le combat de boxe se transforme en corps à corps et ce sont les femmes qui séparent les coqs de combat à grands coups d'aiguilles à tricoter dans les fesses.

Toujours étrangère aux événements qui se déroulent devant elle, Madame Thérèse semble avoir jaugé rapidement la situation qui la préoccupe et fermement, sourde aux protestations de sa fille, elle l'entraîne vers le Trou. Mademoiselle Thérèse croit descendre aux enfers, elle n'a pas l'habitude de fréquenter les bouges, mais sa mère fait preuve d'une ferme autorité et elle suit ou plutôt elle la précède, car sa mère la pousse à coup de genoux dans les fesses.

Madame-la-Veuve-Pétrie affirme à Mari-Mari qu'il a combattu comme un véritable champion lors de la bagarre. Mari-Mari se gonfle comme un jeune paon qui dresse la queue. Madame Décarie s'est éloignée dès le début des hostilités en clamant avoir affaire à des sauvages mais elle a continué à suivre la mêlée de sa fenêtre derrière son rideau de tulle. Rose-Mai soigne un bleu que Damien s'est mérité au front. Il dit qu'il ne s'est jamais aussi bien amusé et en plus devant Thérèse et sa mère avec leurs expressions d'oiseaux de proie affamés. Conscient de les choquer jusqu'à la moelle, il en met plus que le client en demande. Pour sa part, Frédé a du mal à fermer un œil au beurre noir, Mimi le presse maintenant de faire sa tournée en appliquant un éclat de glace sur son œil.

Monsieur Léon et ses copains s'en vont relever les piqueteurs à Eupré. Ils ont bien bu, ils se sont bien amusés, ils se sont bien battus, ils sont contents de leur journée et ils reviendront. La voix claire de Monsieur Léon nous parvient encore parmi la toux du moteur, la poussière grise, la fumée bleue et le bruit de tôle qui semble tenir par miracle.

Au Trou, Pépé braille une chanson irlandaise, Bibi ferme un œil et se verse dignement à boire. Le docteur déclare que la farce a assez duré, que Bibi est en train de se ruiner la santé et que la communauté doit faire quelque chose. La communauté ne sait pas quoi faire et à vrai dire elle ne s'inquiète pas outre-mesure, elle a déjà vu des ivrognes et plus d'un, on croit que le temps arrangera les choses.

Debout au bar, Monsieur Fortunat pense déjà à sa prochaine activité pour maintenir le moral des troupes, Monsieur Pacifique propose un concours de sciottes, comme ça on fera d'une pierre deux coups. On s'amusera et on se fera du bois de chauffage pour l'automne.

— C'est d'accord, répond Monsieur Fortunat, on fera un concours de sciottes et le perdant devra montrer son cul à c'te chipie de Décarie. Il s'esclaffe en faisant un gros clin d'œil rond. Il a sa petite idée, c'est sûr, je le soupçonne de vouloir sacrifier son titre de meilleur sciotteux pour avoir le plaisir de montrer son cul en personne à sa précieuse de voisine.

— Elle en fera une indigestion, assure-t-il, j'espère qu'elle s'étouffera et qu'elle recrachera son petit catéchisme.

Jean-Nil tente de rejoindre Nicolette au téléphone mais la souris fait répondre qu'elle est au centre de loisirs, ce qui est faux puisque Jean-Nil appelle aussi là-bas. Il se réfugie dans son hangar et tourne en rond autour de la Harley. Il n'a pas le cœur à bricoler, il brasse des mélancolies et des incompréhensions, pour la première fois de sa vie une fille lui fend le cœur, il ne comprend pas qu'on puisse lui refuser de la gentillesse et de l'amitié à lui qui est prêt à bousculer le monde entier pour lui plaire un peu. À deux pas de là, Laetitia se désole à le voir comme ça, elle voudrait le voir heureux et content, tant pis si c'est avec une autre, elle se sent malheureuse de le sentir abattu et morose.

Madame Thérèse et sa fille invitent Damien et Rose-Mai à leur table. Elles semblent maintenant d'excellente humeur et elles commandent de la bière, des petites mais quand même. Damien n'en croit pas ses yeux, il a toujours vu Thérèse téter le même verre de rosé toute la soirée et maintenant elle boit à grandes lampées et en plus c'est sa propre mère qui les lui verse. Il flaire une quelconque combine mais il ne voit pas où elles veulent en venir et il est trop heureux pour s'en faire.

Dehors, Jean-Nil arrête Frédé qui revient de sa tournée, il lui demande si celui-ci peut lui prêter la camionnette pour une heure ou deux, ayant affaire à Clairval. C'est entendu, et Jean-Nil disparaît dans la première courbe de la Principale, Frédé entre au Trou en boire une petite avant de souper.

Après le souper, Bouton, Zézette, Bibitte, Tiné et moi partons voir un peu ce qui se passe au Moulin. D'après ce que disait Monsieur Léon il y a des chances d'y voir quelque chose d'intéressant. En passant par les champs, on s'arrête un instant chez Monsieur Damase qui nous offre du thé. Monsieur Damase nous offre toujours du thé mais cette fois on est pressé et on doit refuser. On suit le rang des Quatre-Veuves, les marais et on emprunte le chemin de truck perpendiculaire au rang. Plus loin, on longe la clôture, les canalisations d'eau et le conduit à billots. Monsieur Léon et ses camarades jouent aux cartes devant la grille de l'usine. Tout est paisible et nous nous vautrons dans les grands foins secs qui sentent bon et qui chatouillent les aisselles, le nez et les oreilles. Il fait brun, il fait tiède et le soleil s'embrase de rouge, de violet, d'orange, de jaune et d'or. Zézette essaye pour voir s'il peut se masturber. Son silence piteux nous indique qu'il n'y arrive pas encore. Depuis le temps qu'on lui parle des péchés de la chair, il a hâte de voir de quoi il en retourne au juste et il peste contre son p'tit bout de boyau qui refuse de faire le beau comme celui à Donat qui adore se faire valoir devant les plus jeunes. Une chouette trouble ce silence crépusculaire et allume ses grands yeux électriques. Au loin un chien aboie trois fois et se tait. Un frédéric lance sa chanson habituelle et à deux pas une petite souris des champs affronte une mince couleuvre bleue.

Il fait presque nuit quand une voiture arrive lentement tous phares allumés. Les vitres sont grandes ouvertes et des enfants chantent *Alouet-te, je te plumerai*. La voiture s'arrête avec un tout petit gémissement de freins fatigués, une femme en descend et les enfants attendent à l'intérieur. Monsieur Léon roule ses yeux de bovin avec suspicion, il connaît cette femme et il l'examine avec sa lampe de poche pour voir si elle n'aurait pas récemment grossi du buste ou du fessier. Son inspection semble le satisfaire mais il flaire une astuce et on fouille soigneuse-ment les sacs d'épicerie bruns de Steinberg qui sont déposés sur un lit d'objets hétéroclites, ferraille, cric, bout de bois, batte et gants de base-ball. Ensuite, on fait descendre les enfants et Monsieur Léon nous autorise à fouiller systé-matiquement le véhicule. On ne trouve rien et pourtant Monsieur Léon parierait son pantalon qu'on cache quelque chose. Les contremaîtres sont privés de tabac depuis le début et comme ils les connaît ils vendraient leurs propres mères pour une cigarette. De nouveau nous examinons chaque pouce carré, du pare-choc avant au pare-choc arrière. La voiture est littéralement retour-née comme une vieille chaussette sans livrer son butin. À contrecœur, Monsieur Léon va accor-der son laissez-passer quand Zézette l'arrête, il tourne et retourne un gant de base-ball entre ses mains et enfonce son nez dans les coutures.

— Ça sent l'tabac, dit il

Aussitôt les gants de base-ball sont extraits du coffre, sont reniflés, déchirés et ouverts, sont tous bourrés de tabac à rouler.

— Je savais bien, triomphe Monsieur L je savais bien, il examine la texture du tab le porte à son nez.

196

— Ces vaches-là ont failli réussir à nous passer un sapin sous le nez. Il lance les objets du flagrant délit sur la table à carte.

— V'là des provisions pour l'hiver, dit-il.

Réprimant son dépit, la dame ramasse ses petits, s'en va livrer ses victuailles et revient deux minutes plus tard. Monsieur Léon éclate de rire suffisamment fort pour qu'on l'entende bien du moulin. Là-bas, les contremaîtres doivent rêver à de noirs complots dans lesquels Monsieur Léon et ses acolytes auraient du fil à retordre. Monsieur Léon donne un peu de mèche à la lampe à pétrole et on reprend la partie de 21. Pour services rendus, il nous permet de prendre une bière mais rien qu'une, on s'en va téter notre goulot dans les foins odoriférants sous les étoiles.

Nous allons partir, nous marchons tout croche, Bouton et Zézette sourient bêtement les yeux mi-clos, les jambes molles. Soudain un vrombissement de voiture qui fonce vers nous, vers la grille du moulin. C'est une Studebaker comme celle de Bernard Caux qui crache les cailloux, qui nous éblouit de ses phares, qui klaxonne à toute vapeur. Les joueurs de carte ont tout juste le temps d'évacuer leur chaise et de se jeter de côté. La Studebaker pleine de fiers-à-bras projette en l'air table, chaises, cartes et bouteilles, pulvérise la grille mobile et fonce dans la cour. Monsieur Léon et ses compères roulent dans la poussière et se relèvent incrédules et médusés. Ils tiennent un petit briefing des yeux et décident d'attendre pour voir ce qui va se passer. Monsieur Léon s'écrase pour le moment, les six gars de la voiture plus les six contremaîtres les mettent momentanément en minorité et il ne peut rien faire même s'il sait que la Studebaker est chargée à ras bords de bière et de tabac. Il devra aviser dès le lendemain matin avec le comité de grève. Ils plissent des yeux en essayant de percer l'obscurité pour voir ce qui se passe près du quartier des contremaîtres. On entend rire, jurer et parler fort avec bonne humeur, on voit des ombres qui circulent devant les faisceaux des phares et qui déchargent la voiture.

Dix minutes plus tard, la Studebaker tourne, se cabre et fonce vers la sortie. Au passage, ses occupants ricanent et lancent des injures, un piqueteur reçoit un crachat dans le cou. Monsieur Léon lance des débris de table en direction de la voiture qui disparaît en dérapant, happée par la nuit. Un calme pesant succède au tohubohu. Monsieur Léon tient toujours sa dernière donne dans la main.

— Vous avez tous reconnu la voiture? crie-t-il à la ronde de sa voix claire.

Il jette ses cartes et se décapsule une bière. Un autre jure en pissant, un troisième balbutie:

— Y'ont du front tout l'tour la tête, les vaches, y mériteraient qu'on foute le feu au moulin. Je n'ai pas pu reconnaître Bernard Caux mais je crois bien que c'était sa voiture même si je ne pourrais pas en jurer. Cette brève apparition de la Studebaker va nous entraîner sur des chemins qu'on aurait voulu éviter à tout prix mais Monsieur Léon n'est pas homme à laisser passer une pareille humiliation.

À onze heures, Madame Thérèse et sa fille rentrent chez Madame Gloire. Mademoiselle Thérèse est complètement paf, elle chancelle comme un clochard et chante le *Rapide blanc* a tue-tête. Damien se retient pour ne pas rire, il ne l'a jamais vue dans cet état, elle embrasse tout le monde, elle sacre, elle raconte des histoires cochonnes, elle a un fonne noir. Elle se laisse docilement entraîner vers son lit, du moins on le pensait, en projetant des baisers de la main. Madame Thérèse nous prie de bien vouloir excuser sa « spontanéité » avec indulgence, sa fille n'a pas l'habitude de boire. La pimbêche garde la tête froide, elle mijote quelque chose de pas catholique, c'est certain rien qu'à voir ses narines collées et son sourire crispé.

Une demi-heure plus tard, la police ramène Jean-Nil dans un état piteux, il est tout trempé, tout froissé de la tête aux pieds, avec des galettes de vase plaquées aux jambes, les cheveux collés au front, il est soûl triste. Il s'affale dans un fauteuil, hésite entre dormir et pleurer mais il trouve le courage à l'occasion de corriger l'agent qui raconte ce qui s'est passé. Je ne sais pas s'il faut rire ou m'apitoyer, Jean-Nil réussit à la fois à avoir l'air misérable et comique.

Après avoir emprunté le camion de Frédé, il est allé chez Nicolette ; comme il n'y avait personne à la maison, il est aussi allé voir au centre de loisirs. Pas de Nicolette, il est donc revenu l'attendre devant la maison.

Il n'a rien à faire, il trouve le temps long, il appréhende la suite et comme Frédé a laissé une caisse de bière sous le siège il en ouvre une, puis deux, puis trois... Il se souvient d'en avoir bu une demi-douzaine avant de réaliser qu'il y a maintenant de la lumière dans une chambre du deuxième. Sans doute que Nicolette est rentrée par la porte de derrière. Jean-Nil s'en va frapper à la porte et Nicolette, drapée dans une serviette de bain, ouvre la fenêtre au-dessus. Elle le reconnaît sous la lumière du porche.

— C'est toi, qu'est-ce que tu veux?

Jean-Nil qui a préparé une petite entrée en matière ne trouve plus ses mots. En face de Nicolette dans le feu de l'action, il est intimidé et son esprit se brouille, il improvise:

— Je meurs sans toi, je veux te voir, te toucher, te regarder, te sentir, t'es ma princesse et j'ai besoin de toi, ouvre-moi... s'il te plaît...

— Je ne peux pas, je suis toute nue, je sors du bain.

— Rien qu'une seconde, je veux te parler, te dire combien je t'aime, combien tu es merveilleuse, combien je t'adore.

— C'est dit, maintenant va-t'en.

— Ouvre-moi, misère, je ne vais pas te manger.

— Une autre fois, va-t'en ou j'appelle quelqu'un.

Jean-Nil serre les dents et s'entête comme un jeune chien à qui on veut enlever son os.

— Ouvre-moi ou je défonce.

— C'est ça défonce si tu peux, répond Nicolette avec une pointe d'impatience dans la voix. Elle referme la fenêtre avec fracas. Jean-Nil prend son élan et vient se cogner l'épaule contre une porte de chêne épaisse comme un dictionnaire, elle ne bronche même pas. Par six fois, il se meurtrit l'épaule en vain, ses efforts sont pleins de fougue mais dérisoires contre un tel obstacle. Désarçonné, il évalue la situation d'un œil buté et déterminé, on l'a défié et c'est une chose qu'il ne faut pas faire quand on le connaît, les six bières n'ont rien à voir là-dedans. Il a une idée lumineuse. Il saute à bord du camion, met le contact, embraye en première. Sans réfléchir aux conséquences de son geste, il escalade la marche de béton et lentement, à petits coups de gaz, enfonce la lourde porte de l'aile droite. Elle cède avec un craquement sinistre et projette des éclats de bois et de verre tout autour. Apeurée, Nicolette réapparaît à sa fenêtre comme une Juliette à son balcon. Triomphant, Jean-Nil redescend du camion et vient se planter sous la fenêtre, il sourit les bras ballants.

— Alors je peux défoncer, oui ou non.

— Si tu entres ici je ne t'adresserai jamais plus la parole.

— Si tu refuses de venir me parler, je me suicide.

— C'est ça, suicide-toi et après va-t'en.

Jean-Nil regarde autour de lui pour voir comme il pourrait bien se suicider sans se laisser mourir d'inanition, ce qui serait du plus grand ridicule ; il y a le pont de poutrelles qui traverse la rivière en face.

— Tu l'auras voulu, dit-il avec un accent tout à fait mélodramatique.

Il court en direction du pont, traverse la pelouse bien taillée, saute la haie, franchit la rue et s'engage sur le vieux pont en poutrelles rouillées. Il grimpe sur le garde-fou en maintenant un équilibre précaire et disparaît avalé par la nuit noire en marche vers le milieu du pont. Le bruit de ses talons sur l'acier s'estompe et seul le clapotement de l'eau contre la berge parvient encore à Nicolette.

Cette fois, elle a vraiment un peu peur, elle appelle le chef de police qui est aussi un ami de son père. Oscar Brun patrouille du côté de la marina quand il reçoit l'appel de détresse et fonce en direction du pont. C'est en se retournant pour voir qui arrive en fou avec sirène et cerise clignotante que Jean-Nil perd un équilibre boiteux et tombe à l'eau dix pieds plus bas, il patauge comme une grenouille dans trois pieds d'eau, il n'y a même pas de quoi noyer un chat. Dans l'eau jusqu'au nombril, il jure contre le mauvais sort, contre Nicolette qui a une pierre à la place du cœur et contre cet imbécile de flic qui se mêle de ce qui ne le regarde pas. Mais sa petite baignade lui refroidit les idées et il consent à revenir vers la vie et vers l'agent de police qui lui tend les bras penché vers lui. Jean-Nil est capable de toutes les pitreries, quand il menace de se suicider il y croit vraiment mais si le pont avait été plus haut, la rivière plus profonde, le courant plus fort, il aurait reculé, je le connais, sa belle ardeur aurait fondu à mesure que l'abîme s'enfoncerait, il se serait dit qu'une grenouille ne vaut pas la peine de faire une bêtise et il serait revenu en sifflant *Madame la marquise.*

En tout cas, pour l'instant, il n'a pas envie de siffler, il s'endort et il met ses remords de côté jusqu'à demain matin, il ne se demande même pas comment il remboursera la porte défoncée et l'aile froissée du camion. Il sombre dans une profonde mélancolie et se demande, à nous regarder, comment on peut prendre si légèrement un tel drame qui ruine sa vie et son avenir, il a perdu la foi dans l'homme, dans la nature et dans les filles. Pour ne pas rire, Monsieur Brun offre à Frédé de le prendre jusqu'à Clairval pour récupérer son bien. Frédé jure sur la tête de ses grand-mères jusqu'à cinq générations en arrière qu'il ne prêtera plus jamais son camion à un enfoiré d'amoureux transi. Il veut bien que l'amour fasse faire des folies mais pas avec son camion. Encore dans les vapeurs, Jean-Nil prend une douche et s'endort avec l'abandon d'un nouveau-né.

Dès onze heures, Damien va reconduire Rose-Mai, revient au Trou prendre une bière rapide et décide de rentrer se coucher. Il fait bon, le ciel est clair, la nuit est chaude, le Trou se vide, *Red Sails in the Sunset* tourne au juke-box et l'accompagne un moment le long de la Principale. La rue est déserte, les lumières s'éteignent, les chats sortent de leur léthargie. Un Polonais ronflette dans sa berceuse, sur le perron de Madame Gloire. À demi assoupie, celle-ci veille à sa fenêtre, elle attend Sophie en assemblant un casse-tête géant qui représente une horde de chevaux sauvages. Elle salue Damien d'un regard las et rajuste son châle de laine. Le salon baigne dans une calme pénombre, quelque part en sourdine une radio joue. Damien monte l'escalier en déboutonnant sa chemise et en plaignant sincèrement la vieille femme qui cumule les nuits blanches. Sophie s'en fout, elle dort toute la journée, Damien entre dans sa chambre, lance sa chemise sur le fauteuil, enlève ses pantalons, ses chaussettes et... trouve Mademoiselle Thérèse qui dort comme une buche entre ses draps. Sa mère s'est consciemment trompée de chambre et la fille était trop soûle pour s'en formaliser. L'étonnement passé, Damien devient furieux, il a horreur de se faire manipuler et il n'accepte pas qu'on prenne des initiatives semblables chez lui. Il se redresse, allume, brasse et secoue la grenouille furieusement. Mademoiselle Thérèse gémit, proteste et bafouille des injures. Elle a le sommeil profond de l'ivrogne qui cuve son vin mais elle finit par ouvrir à demi un œil glauque et, d'une détente fulgurante, se retrouve assise, bien réveillée à hurler qu'un homme est dans sa chambre, qu'on la viole, qu'on la violente, qu'on appelle la police, elle réveille toute la maisonnée. Damien la tire hors du lit, la catapulte dehors et la pourchasse dans les corridors pour s'assurer qu'elle ne reviendra pas. Six têtes apparaissent par les portes entrebâillées, curieuses de savoir ce qui peut bien provoquer tout ce tohu-bohu au milieu de la nuit. Le spectacle vaut le dérangement. En slip, Damien vocifère et poursuit Mademoiselle Thérèse épouvantée en petite culotte bouffante et soutien-gorge. Comme d'habitude Mademoiselle Florence visionne la scène depuis sa chambre en se frottant les mains d'excitation.

À huit heures et demie le lendemain matin, la clientèle du magasin général, grâce aux bons soins de Mademoiselle Florence, apprend qu'on a surpris Mademoiselle Thérèse dans la chambre de Damien Cousin, qu'il y a eu algarade, poursuite épique à moitié nus, cris d'épouvante et conduite scandaleuse. À dix heures tout Isieux le sait, à dix heures trente Rose-Mai l'apprend aussi. Elle ne connaît pas les dessous de l'affaire et elle se mord les lèvres de fureur, elle n'aurait jamais cru Damien capable de forniquer avec cette fille alors qu'il se prétend amoureux d'elle. Elle joue à la vierge offensée, rentre à la maison et se referme comme une huître. Damien téléphone pour s'expliquer mais elle refuse de lui parler, c'est à son tour de faire la morue têtue qui se retranche dans ses appartements. Il me dit de répéter à Rose-Mai que Madame Thérèse a soûlé sa fille, qu'elle l'a couchée dans son lit à lui, qu'il l'a réveillée, elle a fait une scène et il l'a ramenée dans sa chambre, c'est tout, il raccroche sèchement. À son ton, je le sens bouillir de rage, si Madame Thérèse était un homme je crois bien qu'elle aurait un œil au beurre noir au moins.

Madame Thérèse est assise toute droite au salon avec un vague sourire aux lèvres, elle humidifie un doigt et tourne une page du roman *le Père Goriot*. Elle semble tout à fait satisfaite d'elle-même. Sa stratégie a réussi, Damien est brouillé avec Rose-Mai et le temps ne peut qu'arranger les choses entre sa fille et lui. À côté, Mademoiselle Thérèse paraît vaseuse et déprimée, pâle et nerveuse elle regarde ses genoux proéminents. Elles ont entendu Damien au téléphone, l'appareil se trouve juste au coin. Furieux, Damien leur jette un regard noir, elles n'osent pas lever les yeux, il se décide. Il monte l'escalier quatre à quatre, s'engouffre tour à tour dans chacune de leur chambre et bourre leurs valises pêle-mêle. Il redescend l'escalier chargé d'au moins cinq valises de cuir verni, une autre déboule bruyamment et vient s'écraser dans le hall. Il passe comme une fusée en jurant, en malmenant ses malles, en poussant l'autre dehors à coups de pied furieux. De guingois, les mains pleines, motivé par un juste courroux, il transporte les valises jusqu'à l'arrêt d'autobus et les garroche sur le trottoir. L'œil agrandi par la stupéfaction, la bouche ouverte, Madame Thérèse et sa fille le suivent muettes d'indignation, blanches d'humiliation. Tous les passants s'arrêtent sur leur passage avec un sourire narquois, les enfants suivent le loufoque cortège en riant. Revenues de leur surprise, les deux femelles caquettent comme des poules apeurées. Madame Thérèse déclare qu'elles prendront cet autobus mais elle jure qu'on ne les reverra jamais. Damien doit être prêt à accepter toutes les conséquences de son geste de sauvage, on apprendra plus tard ce qu'elle voulait dire par là. En dix générations, sa famille n'a jamais connu pareille humiliation et rien ne saurait effacer cet outrage fait à son nom. Damien hurle qu'il se fout de ces menaces comme de sa première chemise, que si elles ne prennent pas cet autobus il leur fera manger toutes leurs dentelles et qu'il les étranglera de ses propres mains, à la suite de quoi il s'en va à grandes enjambées sans se retourner. Il s'arrête au Trou pour prendre une bière et se calmer un peu, aussi pour s'assurer que les deux pimbêches ne changent pas d'avis.

Elles attendent l'autobus comme ça, comme deux dindes offensées dans leur dignité, trop outrées pour songer à mettre de l'ordre dans leurs valises empilées pêle-mêle comme Damien les a déposées, les dentelles et les jupons dépassant çà et là. Elles patientent, plantées là sous le soleil de plomb jusqu'à trois heures. Quand l'autobus arrive enfin elles montent la tête haute et la lèvre dédaigneuse, elles laissent le chauffeur s'occuper de leurs bagages. Je crois bien qu'on ne les reverra pas de sitôt à Isieux, tant mieux.

De retour chez Madame Gloire, Damien attend que Rose-Mai fasse les premiers pas. Après tout il n'a rien à se reprocher, c'est lui qu'on a odieusement trompé et il a renvoyé les deux trouble-fête chez elles. C'est tout ce qu'on peut demander à un honnête homme mais c'est au tour de Rose-Mai de faire la morue stupide, de fermer les yeux sur l'évidence et de bouder toute seule dans son coin comme une prima donna lésée dans ses droits.

En fin d'après-midi, les camions vétustes de Beauchemin, bois de sciage et bois de construction viennent livrer leur cargaison de croûtes de billots pour le concours de sciottes. Il y a dix participants, les règlements stipulent qu'on doit utiliser une sciotte à main et que l'on a droit à un assistant pour s'asseoir sur la planche et la tenir sur le jouellette. Les planches doivent être sciées aux quatorze pouces et correctement cordées en longueur de huit pieds sur quatre pieds de haut. Le premier qui vient à bout de sa montagne de croûtes gagne un gallon de Saint-Georges et le dernier devra montrer son cul à Madame Décarie, dans les trois jours, à la satisfaction de tous les autres. Le secret le plus absolu est décrété pour que la chipie ne se doute de rien et en fasse une jaunisse le moment venu. Comme ça, dit Monsieur Fortunat, on s'amusera, on boira un bon coup et on aura du bois de chauffage bon marché pour les premiers froids. Monsieur Fidèle qui ne peut pas participer à cause de son bras éclopé veillera à ce que tout se passe selon les règlements. On fixe le départ pour vingt heures ce soir pour profiter de la fraîcheur de l'air, fraîcheur toute relative, c'est un temps à coucher les enfants sur le perron tellement il fait chaud et sec.

Monsieur Valmore s'y prend avec méthode, Bibitte apporte les croûtes, les pose sur le jouellette, s'assoit dessus, pète et se lève automatiquement toutes les trois secondes pour en tirer une nouvelle longueur. Au quart d'heure son père avale une lampée de bière, se crache dans les mains et se remet au travail. Monsieur Fortunat passe la moitié de son temps à téter sa grosse Black Horse et l'autre moitié à la pisser en arrière du hangar. Sur son jouellette, Zézette s'ennuie et se cure le nez. Monsieur Pacifique y va lentement mais régulièrement sans jamais s'arrêter. Au contraire, Monsieur Alma fait des sprints et souffle un moment.

Le concours est lancé, tout le monde sait que Monsieur Pacifique peut scier et corder ses huit cordes de bois avant trois heures du matin. On sait aussi que Monsieur Fortunat pourrait faire encore mieux mais il traîne les pieds, il est en train de sacrifier son titre pour avoir le privilège de scandaliser sa voisine qui pète plus haut que le trou et qui se prend pour la duchesse de Windsor. Traînant son gallon de vin par le petit doigt dans l'anse, Monsieur Fidèle va d'un chantier à l'autre et ouvre l'œil au cas où Monsieur Alma serait tenté d'utiliser sa scie ronde pour accélérer un peu sa routine, bien que Monsieur Pacifique ne s'en formaliserait pas, il prétend scier aussi vite qu'une scie ronde.

Chez Monsieur Valmore, Bouton ne chôme pas, on entend que le grincement de la sciotte qui mord dans le bois tendre, un chat noir grimpé sur le hangar surveille la scène de son œil placide, au-dessus de lui un hibou dessine de grands cercles silencieux n'arrivant pas à se déterminer si le chat est trop gros pour lui. Le manège dure une dizaine de minutes et le hibou affamé prend sa décision. Comme une balle, il se laisse tomber sur le malheureux chat et lui enfonce les serres dans le ventre. Le félin dresse une queue électrisée, sort les griffes et lance une série de miaulements mortels troublant la nuit calme. On lève la tête, le hibou s'élève mais le chat est trop lourd, il doit le laisser tomber. La pauvre bête sanguinolente retombe sur ses pattes, fait deux pas et s'affaisse sur le flanc, éventrée. Nous nous en emparons délicatement et lui faisons un nid douillet sous le hangar. Je lave ses plaies tant bien que mal et je le laisse récupérer à portée d'un bol d'eau. Je ne m'inquiète pas trop pour lui, les chats ne sont pas tuables et on dit qu'ils ont sept vies.

Un moment donné l'horizon se teinte de rouge et Monsieur Fidèle attire notre attention de ce côté en direction du rang des Quatre-Veuves, dépassé chez Monsieur Damase. On dirait une maison en feu, ce n'est d'abord qu'une lueur puis de vraies flammes, puis une explosion et encore un jaillissement de flammes, ça doit se voir jusqu'à Eupré, Frédé qui arrive justement de Clairval avec Mimi me laisse monter et nous allons voir ce qui se passe. Frédé roule à toute allure ce qui fait peur à Mimi à cause du phare cassé par Jean-Nil. Le rang des Quatre-Veuves ne m'a jamais paru si noir, lui qui le jour étale son gravier avec indolence, bordé d'une muraille végétale, rieur avec ses taches de soleil et d'ombre qui alternent, avec ses petits chemins de ferme qui s'étendent jusqu'à l'horizon, avec ses boîtes à lettres multicolores. Cette nuit il se transforme en véritable caverne obscure au bout duquel irradie un bucher rouge sombre.

Le feu provient de la cour de la ferme du père de Bernard Caux, c'est la Studebaker qui grille, chauffée à blanc. Des ombres, le père, la mère, Bernard et François poussent une deuxième voiture à l'écart, l'Edsel que Bernard est en train de remonter. Frédé partage ma petite idée, c'est un coup des piqueteurs, il y a du Monsieur Léon là-dessous. La Studebaker flambe en gémissant, se recroqueville sur elle-même, ses tôles rougies se tordent avec des craquements sinistres. Des éclats de métal en fusion jaillissent et Monsieur Caux leur court après pour qu'ils ne mettent pas le feu à toute la ferme. Les pneus dégagent une lourde fumée encore plus noire que la nuit. Bernard tape sur le toit de l'Edsel et tourne autour de la carcasse en injuriant l'enfant de guidoune qui a fait ça. Il croit que c'est un coup de Damien pour se venger de sa trempe de la Saint-Jean. Il reconnaît la camionnette de Frédé à quelque distance.

— Va dire à Cousin, hurle-t-il, que quelqu'un paiera pour ça; je lui ferai avaler ses dents une par une, il faudra se mettre à deux pour lui reconnaître sa face de rat.

Frédé en a assez vu, il recule, vire et nous revenons en silence vers Isieux. Même Mimi a l'air impressionnée. Bernard Caux lui fait peur, quelque chose ne tourne pas rond dans sa grosse tête. Arrivé à la maison, Frédé me dit de ne pas oublier de prévenir Damien, Bernard peut être dangereux quand il est dans cet état. Mais Damien n'est pas là et sa Packard n'est pas non plus dans la cour. Il n'est ni au Trou ni avec Rose-Mai et Madame Gloire ne sait pas où il est passé.

À minuit, les sciotteux en nage laissent tomber pour aujourd'hui sauf Monsieur Pacifique qui envoie Bouton au lit et continue tout seul en se servant de son pied gauche pour assujettir la planche au jouellette.

Quand on se lève au petit matin, il a tout terminé, ses huit cordes de bois sont dressées bien droites, impeccables, même le bran de scie est empoché et déposé sur le trottoir pour les éboueurs. Monsieur Fidèle réunit les voisins, amasse un pot et charge Monsieur Omer qui s'en va en ville de ramener deux gallons de Saint-Georges : un pour son compte personnel, l'autre pour le vainqueur.

Ma première pensée au matin de cette belle journée radieuse va au chat noir étendu sous le hangar de Monsieur Valmore. Il ne bouge pas, il est recroquevillé sur lui-même et sa poitrine ne semble pas se gonfler. À plat ventre, j'avance la main et prends sa patte, elle est raide et inerte, il n'y a plus de doute le chat est mort. Une autre belle histoire s'effondre, les chats pas plus que les humains ne disposent de sept vies. J'y croyais pourtant, j'y croyais ferme, à dire vrai, je ne voulais pas ne pas y croire mais là je n'ai plus le choix, le chat est bien mort. Et je pense à ces autres fables, le chant du cygne, le cimetière d'éléphant, la licorne, les dragons à sept têtes, le magot d'or à l'extrémité de l'arc-en-ciel, le Klondike, le scieur dans la lune, tout ça ce n'est donc que des histoires pour enfants. Je le savais, mais je trouve ça triste quand même, c'était beaucoup plus beau comme ça, ça faisait rêver, le monde des adultes est sans rêve, plus on vieillit plus la vie devient stérile.

Le drame du chat noir assombrit ma journée, je fais le tour des chantiers pour me changer les idées. Tous les voisins achèvent leur travail avant la brunante sauf Monsieur Fortunat qui visiblement fainéantise. C'est lui qui devra montrer son cul à Madame Décarie. Il veut s'exécuter sur-le-champ mais, après discussions, on remet ça au lendemain dès quatre heures de l'après-midi.

Neuf voisins s'entassent dans la chambre qui donne sur le côté de la maison de Madame Décarie. Elle ne se doute de rien et prend le thé avec Mademoiselle Juliette qui avec Mademoiselle Cri-Cri sont les seules à avoir assez de culture pour se faire agréer dans son salon pour le thé. Peu importe, on a décidé que quoi qu'il arrive la démonstration aurait lieu à la date et à l'heure fixée même si le pape en personne venait répondre à la porte.

Monsieur Fortunat redescend du grenier couvert d'un imperméable de plastique mince, tout fripé, il porte un gros nez busqué en carton pâte, des lunettes au verre épais et rosé, une moustache à la viking et un chapeau de paille sur la tête. Il a l'air d'un vieux satyre en mal de fillettes, il espère bien qu'on ne le reconnaîtra pas.

— Il n'y a aucune chance, dit Monsieur Fidèle en ricanant, si on te reconnaît ce ne sera pas à tes beaux yeux d'acteur.

Il fait allusion à la rumeur populaire qui veut que Monsieur Fortunat en ait gros et long à montrer, ce qui n'est pas donné à tout le monde et ce qui l'identifie plus sûrement que les empreintes digitales. Madame Fortunat se scandalise de tant d'enfantillage, d'une stupide séance d'exhibitionnisme, elle assure qu'on devrait laisser Madame Décarie tranquille. Elle n'est pas snob par calcul mais par pudeur, par noblesse naturelle et par sa bonne éducation chez les sœurs. Personne dans cette maison ne semble même connaître le sens du mot éducation et personne ne lui arrive à la cheville côté distinction, Madame Fortunat prêche dans le désert, son mari rigole à l'avance en grattant son ventre, Monsieur Fidèle ajuste ses jumelles puissance huit et caresse son plâtre d'une main nerveuse. La Décarie a une petite dette à son endroit et il ne renonce pas à la sauter un bon jour où son mari, comme aujourd'hui, serait occupé à vendre ses biscuits du côté de l'Abitibi. En attendant, il se réjouit de lui faire ravaler un peu de son arrogance et de la faire descendre de son piédestal.

Monsieur Fortunat s'envoie une dernière et généreuse lampée de vin, il passe à un cheveu d'avaler aussi sa moustache de viking qu'il repêche toute trempée et toute piteuse. Il la replace tant bien que mal, mord dedans et s'en va d'un pas altier frapper à la porte de Madame Décarie. Cinq longues secondes s'écoulent chargées de suspense, neuf paires d'yeux sont rivées sur la porte blanche sans carreaux, neuf voyeurs avides retiennent leur respiration et se mordent la langue. La poignée tourne, Monsieur Fortunat cambre les reins et d'un geste sec écarte son imperméable, il est tout nu dessous à part sa camisole et ses chaussettes. Contrairement aux prévisions générales ce n'est pas Madame Décarie qui vient ouvrir mais la nièce de Mademoiselle Juliette, une rouquine délurée d'une dizaine d'années. Désarçonné, Monsieur Fortunat rit jaune derrière sa moustache et rougit de la tête aux pieds. Ses oreilles tournent au rouge tomate, il se plie en deux et referme prestement son vêtement.

— M'am, crie la nièce, y'a un monsieur qui vend du boudin à la porte. La fillette retourne au salon et Monsieur Fortunat empourpré entend des jupes qui froufroutent et des pas feutrés qui viennent vers lui, cette fois il ne doute pas de voir apparaître Madame Décarie et de nouveau il écarte ses voiles. Ce n'est pas le pape qui survient mais le curé qui se décroche la mâchoire. Il est sourd et son oreille défaillante a confondu boudin et bedeau. Il croyait que le bedeau venait le mander pour visiter une malade. Madame Décarie s'amène à son tour et ses yeux s'agrandissent d'horreur, toute la gamme des émotions déforme sa physionomie, la surprise, l'étonnement, la stupéfaction, l'outrage, l'incrédulité et enfin la colère du juste. De son point d'observation Monsieur Fidèle les identifie une à une, il se plie en deux, les larmes aux yeux, il ne sait pas qui est le plus drôle, Madame Décarie avec ses yeux exorbités et ses cheveux dressés ou bien Monsieur Fortunat statufié et déconfit toute quincaillerie dehors. Monsieur Fortunat réagit finalement en se sauvant comme un voleur de tronc surpris par le marguiller.

Il regagne ses quartiers plus tard, tout essouflé, il a fait un long détour et est rentré par la porte latérale. Il saute sur le gallon de vin et étanche une soif inextinguible, il est rouge, congestionné et luisant de sueur, Monsieur Fidèle rigole encore et Madame Fortunat répète qu'il est bien pris celui qui croyait prendre. Elle se demande quand donc il cessera de faire l'enfant, s'il n'y parvient pas à cinquante-deux ans il n'y parviendra jamais, elle doit s'en résigner.

— Si elle appelait la police? réussit à fou rire Monsieur Valmore.

— A serait pas plus avancée, a sait pas qui c'est, objecte Monsieur Pacifique.

— Tu crois qu'a t'a pas reconnu?

Monsieur Fortunat écarte le goulot de ses lèvres et s'essuie la bouche.

— Certain qu'à m'a reconnu, mais pas à mes yeux d'acteur comme dit Fidèle.

Il montre le faux nez, les lunettes, la moustache et le chapeau.

— A m'a plutôt reconnu à ma...

— Fortunat, intervient sa femme, un peu de décence.

— ... ma réputation, termine Monsieur Fortunat.

Il éclate de rire.

— En té cas si jamais à l'appelle la police à n'osera jamais avouer devant un tribunal comment a la pu m'identifier. A peut tout de même pas raconter qu'on parle de ma queue de chameau dans son salon en buvant du thé avec des biscuits secs. Après toute y'a pas de drame, ça fera un beau souvenir à la p'tite sans doute le plus beau après sa première communion, le curé n'a pas avalé son dentier, y'a pas de mal de ce côté là et ça remontera le moral de cette brave Décarie qui se morfond toute seule à rêver à sa demi-portion alors que juste à côté y'a une alternative pas dédaignable. Tout le monde est content et je m'suis montré charitable. Pas vrai Fidèle.

— Vrai, répond Monsieur Fidèle, avec l'aplomb d'un ivrogne consommé qui n'admet pas la dissidence.

C'est complet, toute la famille mâle chez Monsieur Fortunat a réussi à montrer son cul: Zézette, le petit Saint-Jean et maintenant Monsieur Fortunat.

Une fois les émotions calmées, on discute de la Studebaker de Bernard Caux. D'après Monsieur Alma, c'est aussi un coup de Monsieur Léon et sa gang mais il ajoute que Bernard l'a bien cherché, on ne force pas une ligne de piquetage.

— On n'a pas prouvé que c'était bien lui et son char, objecte Monsieur Valmore.

— Et maintenant y'est trop tard pour prouver quoi que ce soit.

— Les Studebakers noires 1945 ça courent pas les rues.

— En tout cas, Caux a sa p'tite idée là-dessus, Cousin ferait mieux de se tenir les fesses serrées, j'ai toujours pensé que c't'oiseau-là est un peu boiteux du cerveau.

Convenablement rhabillé dans son coin, Monsieur Fortunat échafaude déjà la prochaine activité de grève, il promet quelque chose d'explosif, sa femme remarque avec autorité qu'il ferait mieux de finir de scier son camion de croûtes qui dépare la cour arrière et les fait passer pour des cochons.

Dans son garage, Jean-Nil se morfond, il est vautré sur le dos à côté de la Harley et rêvasse les yeux ouverts en regardant le vide. Il soupire encore après Nicolette et pendant ce temps-là, le travail ne se fait pas tout seul d'autant plus qu'il n'a pas réglé son problème de soudeur. Il me fait pitié, plus seul qu'une lune dans le ciel, plus misérable qu'un chien abandonné. Jean-Nil ne connaît pas de petites misères, de petites amours, avec lui c'est grand ou rien, ses misères lui déchirent le corps, ses amours lui disloquent le cœur, heureusement que ça ne dure que le temps des cerises. Il y a de l'espoir. Je ne veux pas m'apitoyer sur son sort mais à le voir comme ça, j'ai envie de lui dire que nous on l'aime, qu'on comprend ses peines. On l'appelle à table mais il n'entend pas, il n'a d'oreilles que pour la voix caressante de Nicolette. Je le tire de sa torpeur et il consent à s'asseoir le regard perdu comme un dix-cennes dans ma poche. Pour lui remonter le moral, je lui dis de ne pas se laisser démolir par une punaise, qu'elle n'en vaut pas la peine et qu'il trouvera facilement mieux quand il voudra. Il sourit tristement.

— Ne te mêle pas de ça, sale mousse, il enlève des brins de foin dans ma tignasse.

Je souris à mon tour, son sourire est communicatif. En réponse il se met à rire franchement comme il le faisait avant de rencontrer Nicolette. Je l'aide à se relever et morts de rire nous rentrons dîner. Je lui apprends que Laetitia a un cousin qui est soudeur et qui s'y connaît en moto.

— C'est vrai ça?

Nous expédions le dîner en quatrième vitesse et nous allons chez Laetitia. Elle appelle son cousin au téléphone, il peut venir ce soir même s'il peut emprunter la torche de Bibi. Il n'y a pas de problème et du coup Jean-Nil oublie Nicolette et ses misères et promet à Laetitia la première sortie... non, la deuxième, puisqu'il se souvient de m'avoir réservé la première pour assistance morale. Laetitia demande si elle pourra venir les voir travailler. C'est bien sûr puisque ce sera un peu grâce à elle si la Harley roule un jour et elle roulera, parole de bossu. Dans un élan spontané, Jean-Nil l'embrasse sur la joue, elle rougit violemment, elle en est encore plus jolie avec ses longues tresses à la Kateri Tekakwitha qui lui tombent dans le dos. Je jurerais que ses yeux se mettent à briller d'un éclat plus vif et que ses narines palpitent au rythme plus saccadé de sa respiration. Jean-Nil est tout à coup tout surpris de la découvrir jolie, gentille, timide et pudique. Sa mélancolie s'envole définitivement et il reprend confiance dans la vie. Ce qu'il ne voyait pas la veille encore lui saute aux yeux et lui embaume le cœur. Il siffle *la Belle de Cadix* tout le long du chemin du retour. Un collégien qui siffle *la Belle de Cadix* en saluant militairement Madame Gloire qui passe par là n'est pas loin d'être amoureux. Une fille qui rougit jusqu'à la racine des cheveux quand un garçon l'embrasse sur la joue est une fille amoureuse ou j'y perds mon latin.

Bibi somnole au Trou devant un œuf dur, *Parlez-moi d'amour* tourne chez Madame Aymé et une mésange à tête noire lance son chick-a-di-di-di-di-tsi-tsi pour semoncer un autre mâle qui s'aventure dans le grand chêne devant le magasin général, le soleil cuit l'asphalte et dessine des ombres découpés au couteau. Mimi se fait bronzer au soleil, couchée sur le Donald Duck géant de sa serviette de bain. Elle est maigre, toute en muscles, en fesses et en poitrine. Zézette résiste à une folle envie d'aller palper à la sauvette toutes ces fermetés étalées. Il suppose que ça ne doit pas être commode pour Frédé quand la Mimi fait la contrariante. Elle est plus forte que lui mais il n'y a pas de problème, ces deux-là s'entendent comme larrons en foire avec une belle complicité naturelle. Ils sont toujours d'accord sauf sur un point: l'avenir du frigidaire, Frédé pense qu'il y aura toujours des glacières tandis que Mimi prévoit qu'un jour pas très lointain, chaque cuisine aura son frigidaire blanc et que les jours des livreurs de glace sont comptés.

Plus bas, dans sa boutique couverte de photos de bateaux, le barbier soigne les derniers cheveux qui restent encore à Monsieur Onil. Il lui rase aussi une barbe de quatre jours, Monsieur Onil voulait en avoir pour son argent. Même radin comme une sœur économe, il aime bien se faire faire la barbe deux fois par année. Il est seul à se permettre ces extravagances, ça lui fait un petit velours et lui donne l'impression de jouer au grand seigneur parmi la plèbe. C'est le seul plaisir qu'il se paye et il en jouit encore quand il y revient pour les fêtes, c'est pas méchant et c'est inoffensif mais cette fois il y a une petite coquetterie qui l'a amené chez le coiffeur, Monsieur Onil caresse des projets d'avenir et il sent le besoin de se montrer sous son meilleur jour. Il tourne et retourne un trente-sous dans le fond de sa poche ayant à faire face à un douloureux dilemme. Il se demande s'il doit donner un pourboire oui ou non. Prêt à toutes les folies, il le dépose dans la main incrédule du coiffeur, un homme qui va peut-être se marier doit faire preuve de prodigalité, ça porte chance.

Plus bas, chez Madame Gloire, Martin et Sophie dévalent l'escalier main dans la main, Sophie porte une petite blouse sous laquelle on devine son soutien-gorge, son pantalon colle à ses petites fesses rondes et étroites. Madame Gloire fait les lits, Mademoiselle Florence jacasse dans l'embrasure de la porte, on ne lui donne pas de réponse et elle n'en attend pas. Sans s'arrêter, elle livre le passage à Madame Gloire qui laisse tomber ses draps sales au bas de l'escalier.

Parce que Rose-Mai a peur de passer toute seule devant chez Bernard Caux, j'accepte de l'accompagner jusqu'à chez Marilie. Marilie doit se marier au mois d'août et elle a demandé à Rose-Mai de lui coudre sa robe. Nous prenons par les champs et marchons à grandes enjambées par le petit sentier en arrière de la maison. Par endroit les champs sont blancs, couverts de thé du Canada ou roses de salicaires, les épis de petites fleurs roses émergent des grandes herbes et embaument le pré. Nous grimpons le petit raidillon qui aboutit chez Monsieur Damase, celui-ci termine sa vaisselle et jette son eau savonneuse par la fenêtre ouverte. Je lui remets une lettre personnelle que le facteur a laissée à la maison pour lui. À part son chèque de pension de vieillesse, c'est peut-être la première lettre qu'il reçoit depuis un quart de siècle. Il la regarde sous tous ses angles comme s'il s'agissait d'un objet bizarre et la fourre dans sa poche pour nous offrir du thé. Mais Rose-Mai veut en finir au plus tôt avec ses mesures et nous déclinons son invitation.

Plus loin Rose-Mai contourne ou enjambe prudemment les bouses de vaches parmi la rhubarbe du diable, elle saute laborieusement la clôture et nous reprenons notre marche le long du rang des Quatre-Veuves. Le pays semble inhabité sous le soleil de plomb, c'est une orgie de jaune, d'ocre, d'or et de vert clair ou sombre, seuls les cigales et les moineaux animent un peu le paysage. À mesure qu'on s'approche de chez Caux, Rose-Mai donne des signes de nervosité, heureusement Monsieur Onil survient avec sa vieille camionnette cabossée et nous fait monter. Toujours laconique il se contente d'écouter Rose-Mai en grattant machinalement une barbe fraîchement rasée. Devant chez Caux la Studebaker étale encore ses tôles calcinées et tordues, sur le côté le jeune François conduit le tracteur en écartant de ses yeux des mèches de cheveux blonds. Quelqu'un nous regarde passer de la fenêtre du deuxième. Dans la cour, devant la maison, les poules roulent leur petit œil étonné et le chien tire la langue sous le perron.

Monsieur Onil qui s'en va refaire une installation électrique à l'autre extémité du rang nous laisse descendre devant la petite maison blanche de chez Marilie. Les deux filles bavassent et s'affairent une bonne heure. Le fiancé de Marilie est le plus beau, le plus gentil, le plus élégant et le plus pauvre des hommes. Rose-Mai raconte l'aventure de Damien avec Mademoiselle Thérèse et sa mère. Elle en rit maintenant, elle ne voudrait pas que leur brouille prenne des proportions et elle se décide à appeler Damien aussitôt rentrée. Elle me fait encore raconter au profit de Marilie la fuite des sorcières aux six valises et leur embarquement mélodramatique pour Québec. J'en rajoute un peu pour soigner mes effets et j'obtiens beaucoup de succès, c'est tout juste si elles n'applaudissent pas. Marilie répète à Rose-Mai de ne pas oublier de demander aux Deux-et-Deux-Font-Quatre de venir faire la musique à son mariage. Rose-Mai promet et nous rentrons.

Dans les champs, les vaches se regroupent à l'ombre des bouquets d'arbres et au bord des ruisseaux, la corne basse et la langue longue.

Les cigales stridulent à plein régime dans les foins et le soleil nous chauffe le dos. En approchant de chez Caux, Rose-Mai presse la pas instinctivement, pas du tout rassurée. De loin, la ferme semble déserte, il n'y a personne sur le perron, aux fenêtres, dans la cour ou sous les deux grands chênes plantés à chaque coin de la maison. C'est une grande maison à deux étages, recouverte de tuiles d'amiante octogonales et chapeautée de semblants de pignons, elle est passablement délabrée, les choses sont abandonnées çà et là contre la base de ciment ou contre le vieux bois gris des bâtiments. La sinistre carcasse de la Studebaker gît à côté de l'Edsel. Après avoir parqué le tracteur devant le hangar, François est disparu, même le chien a quitté son poste. Seules les poules continuent à picorer stupidement quelques touffes de foin parmi le gravier, le sable ou la terre battue.

Rose-Mai me précède les fesses serrées, elle jette des coups d'œil furtifs par-dessus son épaule, elle se retient pour ne pas courir. Je la sens tendue et inquiète, elle donnerait bien sa fortune pour que Monsieur Onil repasse par là maintenant, mais j'ai l'impression qu'elle se fait des peurs inutiles, il n'y a pas un chat chez les Caux. Une famille d'hirondelles a élu domicile dans un des pignons crevés, la mère y fait des va-et-vient fréquents et les petits y mènent un tapage épouvantable. Je m'attendais plutôt à y voir des chauve-souris, la nuit sous la lune la maison projette une image inquiétante mais le soleil chasse ses fantômes et comme ça, au grand jour, ce n'est qu'une vieille baraque mal entretenue et un peu bancale. Nous passons devant, Rose-Mai n'ose pas se retourner, elle se décontracte un peu quand la maison disparaît derrière un bouquet d'arbres, à deux pas un étroit chemin de ferme s'avance tout droit et se confond au loin avec l'horizon à gauche de la montagne Bleue.

C'est le moment de couper à travers champs et j'aide Rose-Mai à sauter la clôture. Plus loin, elle croit entendre un bruit venant du petit boisé sur notre gauche, je lui assure qu'il s'agit sûrement d'une vache empêtrée dans les aulnes ; elle se contente de mon explication. Nous contournons des framboisiers et de grandes herbes à chiendent, le foin est brouté ras et les bouses de vaches sèchent au soleil. Nous suivons le sentier tracé par les sabots du bétail qui va à la traite deux fois par jour, c'est un chemin cahoteux, dur comme du ciment et poussiéreux. De nouveau Rose-Mai croit entendre un bruit suspect venant du bouquet de trembles. Je l'entends aussi et ce n'est pas une vache, on dirait quelqu'un qui court en prenant des précautions sans pouvoir éviter les branches sèches.

— Courons, propose Rose-Mai, apeurée.

L'endroit est désert, personne ne vient jamais par ici. Précisément, au moment où Rose-Mai se met à courir, Bernard Caux et le jeune François débouchent des taillis et nous coupent le chemin. Rose-Mai se retourne et s'enfuit dans la direction du rang. Elle court comme un canard, plus une fille veut courir vite plus elle a l'air ridicule en projetant l'avant-jambe sur le côté comme des sacoches qui battent les flancs d'un cheval. Pour ne pas se trouver séparés je crois bon de courir dans la même direction. Bernard la rattrape en un tour de main, il l'accroche par un bras et la plaque contre lui. Je ne sais plus quoi faire, je veux à la fois aller chercher du secours et ne pas la laisser seule. Je joue au plus fin avec François en tournant autour d'un bouquet d'aulnes. Contrairement à son frère, François est grand, vif et rapide, je feins un mouvement sur la gauche et aussitôt il bloque l'ouverture. Je manœuvre pour dégager le terrain dans la direction de chez Monsieur Damase, c'est la maison la plus proche. Mais François a prévu le coup, je perds une pécieuse seconde et je fonce par là, j'ai François sur les talons, je peux presque sentir son souffle sur ma nuque. Je force l'allure au maximum mais je n'arrive pas à le distancer. Il a quatre ans de plus et c'est extraordinaire combien les cannes s'allongent en quatre ans. C'était inévitable, il m'accroche par la chemise et nous roulons par terre. Bernard surveille la manœuvre en serrant Rose-Mai par la taille presque à l'étouffer et il la menace d'un couteau sur la gorge. Elle respire à petits coups rapides, muette, les yeux agrandis par la peur. J'ai vraiment peur après ce qu'on m'a raconté à son sujet, il est un peu clopin-clopant du cerveau et quand il est furieux personne ne peut plus le contrôler. Il a déjà tué son chien à coup de hache parce qu'il avait légèrement mordu François qui s'amusait avec lui à voler son os. Il ne s'était arrêté que lorsque le chien fut réduit en bouillie, le crâne défoncé et les membres sectionnés. François me tord les bras derrière le dos et me pousse vers Bernard mais visiblement il n'aime pas son rôle, il obéit à son frère. Autant Bernard peut être brutal autant François est la douceur même, il serait incapable de faire mal à une mouche, c'est le genre à isoler le poulet malvenu, à écarter le cochonnet le plus fort pour laisser sa place au plus faible et à construire des éclisses pour la jambe cassée d'un lapin. S'il marche dans cette galère c'est que Bernard l'y oblige d'une façon ou d'une autre par menace ou par simple autorité. En tout cas, François se sent mal dans sa peau et il préférerait de loin se trouver avec ses poules et ses lapins. Il est profondément divisé entre l'obéissance qu'il croit devoir à son frère et l'envie de nous laisser partir en paix. Rose-Mai reste muette d'affolement, les veines de son cou se gonflent et elle est à la merci d'un petit coup de couteau maladroit. Bernard la retient collée à lui en pressant complaisamment sa petite poitrine palpitante. Un mauvais rictus étire ses lèvres charnues, un curieux mélange de haine, d'amour, de frustation et de plaisir sensuel.

— Attache-le, ordonne Bernard à son frère en me désignant du menton.

De sa main libre François tire un bout de ficelle de sa poche, ramène mes bras derrière mon dos et m'attache les poignets à un arbrisseau. Il est clair qu'ils ont prémédité leur coup, ils nous surveillaient peut-être depuis des jours. Je me laisse presque docilement lier, Bernard pourrait se venger sur Rose-Mai si je résistais, sa main qui tient le couteau tremble un peu. En se servant de sa jambe, Bernard fait basculer Rose-Mai au sol, sur le dos, il lui maintient les épaules. Elle gesticule, cherche à mordre, elle se débat comme une sauvagesse malgré le couteau qui frôle son cou délicat.

— Maintenant viole-la, ordonne Bernard à son jeune frère, je la tiens bien viole-la.

225

François hésite, il rougit jusqu'à la racine des cheveux, il a l'air d'un gamin surpris la main dans la culotte de la p'tite voisine, il bafouille:

— Laissons tomber, allons-nous-en.

— J'ai dit que nous allions la violer tous les deux et tu vas le faire.

Bernard gueule à s'époumonner et François semble désespéré sur le point de se révolter mais il fait une nouvelle tentative:

— Je t'en prie, allons-nous-en et laissons-les tranquilles.

— Déshabille-toi, andouille et fourre-la.

Subjugué, soudain maté, vaincu par une volonté plus puissante, François déboutonne lentement sa culotte, il laisse tomber son pantalon et baisse son slip, mais il reste là debout, les bras ballants, le sexe penaud. Il déglutit difficilement, il est devenu tout pâle.

— Je ne peux pas, je n'y arrive pas et je m'en vais.

Bernard est furieux.

— Triple andouille, triple nouille.

C'est tout juste si François ne se met pas à brailler, aussi Bernard se radoucit.

— Ça va, p'tit frère, je comprends ça, viens ici je vais te montrer, viens lui tenir les épaules.

Rose-Mai maintenant pleure doucement, je me mets à crier mais Bernard ramène aussitôt son couteau, je comprends vite et je me tais, de toute façon personne ne m'entendrais. Trop heureux François se reculotte et vient tenir les épaules de Rose-Mai. Avec précipitation, Bernard défait sa ceinture et se débarrasse de sa culotte, son sexe gonfle démesurément son caleçon. Il s'agenouille entre les jambes de Rose-Mai, relève ses jupes et écarte ses cuisses.

À ce moment-là claque une détonation de fusil, Bernard se redresse vivement comme mû par un ressort. Monsieur Damase jaillit du taillis avec son douze à deux coups qui fume encore.

— La prochaine est pour ton cul, dit-il à Bernard si tu ne détales sur l'heure.

Bernard se demande longuement s'il doit essayer de désarmer le vieux, de se servir de son couteau ou de décamper comme l'exige Monsieur Damase. Il tremble de rage, on arrive encore à la frustrer d'une vengeance longtemps préméditée. Du regard, il jauge le vieux bonhomme, il tente de deviner si Monsieur Damase pourrait vraiment le tirer froidement. Il est impossible de percer l'état d'esprit du vieillard derrière ses yeux plissés mais il brandit son arme plus en avant et son doigt se crispe. Bernard décide que oui puisqu'il reprend son pantalon, caresse la lame de son couteau, s'éloigne et signale à François de le suivre. Il s'en va de son pas lourd sans hâte, François, lui, court de toutes ses jambes en direction de la ferme familiale, il semble voler, ses longs cheveux blonds presque blancs fouettés par le vent.

Enfin Monsieur Damase casse son fusil et aide Rose-Mai à se relever, elle chiale encore en silence. Ensuite il me détache les poignets et nous accompagne jusqu'à ce que la maison soit en vue. Mon père est parti aider son beau-frère à déménager à Eupré. À notre attitude, Jean-Nil flaire quelque chose d'insolite et s'informe, il est couvert de cambouis, on dirait qu'il a un œil au beurre noir. Il avale mon récit la bouche ouverte, l'œil étincelant, le souffle court, il pâlit, il rougit et pâlit encore, il ferme les poings et fonce vers la maison en bousculant Magdelina. Il décroche le douze au-dessus du buffet, s'empare d'une poignée de cartouche numéro six, les fourre dans sa poche, se précipite dehors et court comme un défoncé en direction de la ferme des Caux. Une véritable tête de bois, gentil avec un cœur grand comme ça mais incapable de réfléchir avant d'aller se cogner le nez à plus fort que lui. En tout cas, cette fois, il court au devant du danger. Après ce qu'il a fait, Bernard Caux sera sur ses gardes, j'ai déjà vu sa collection d'armes à feu au ratelier de la cuisine et il sait s'en servir. Une chose est certaine, Jean-Nil aura besoin d'aide et je prie pour que Damien soit de retour. Je pique un sprint jusque chez Madame Gloire, je ne vois ni les boutiques qui dévalent ni les passants qui s'écartent de mon chemin. Heureusement, la Packard est là et Damien fait une partie de Charlemagne avec les deux Polonais et Mathusalem.

Il me fait répéter toute l'histoire deux fois et insiste pour savoir si Rose-Mai va bien. Je reprends mon souffle et je l'assure que Bernard ne l'a pas violée, il a seulement essayé, elle n'a rien d'autre qu'une crise de nerfs. À demi rassuré, il jette ses cartes.

— Viens me montrer où habite Caux.

Nous nous engouffrons dans la Packard et il démarre. En voiture il devra faire un détour mais il espère arriver avant Jean-Nil et régler lui-même ses comptes avec Bernard. Chemin faisant je lui raconte l'incident de la Studebaker au moulin. Il sait déjà, Mathusalem le lui a raconté. Comme moi, il pense que c'est Monsieur

Léon qui a mis le feu. Damien évite un nid de poule et embraye en troisième.

— Il croit que j'ai mis le feu et il a voulu se venger sur Rose-Mai, j'aurais dû prévoir ça. C'était bien sa voiture au moulin?

— Je ne suis pas certain mais c'était le même modèle.

Damien serre les dents, il conduit à toute allure, la vieille carcasse de la Packard grince sur ses ressorts. Je lui indique la droite en arrivant au rang des Quatre-Veuves. Nous n'apercevons Jean-Nil nulle part, ni dans le rang ni dans les champs. Nous soulevons un nuage de poussière qui doit se voir jusqu'à l'autre bout du rang. Si Bernard Caux regarde dans notre direction il doit deviner ce qui se passe, il s'y attend sûrement et il a certainement prévu la riposte. Damien s'arrête à trente mètres de la Studebaker calcinée. Il m'ordonne de ne pas bouger de là et il continue à pied à grandes enjambées déterminées. Monsieur Caux, le père de Bernard, apparaît par la porte moustiquaire et s'avance sur le perron, il tient lui aussi un douze à deux coups. Il se tient exagérément droit lui qui a d'habitude le dos voûté des ivrognes penchés sur une table et appuyés sur les coudes, il a l'air renfrogné avec sa barbe de trois jours qui tourne au blanc, avec ses cheveux clairsemés mais hirsutes, en camisole trop ample et ses bretelles qui lui tombent sur les cuisses. Il écarte une berceuse du pied et brandit son fusil. Instinctivement Damien ralentit le pas, Monsieur Caux l'enjoint de crisser le camp, de laisser son garçon tranquille et d'aller se faire voir ailleurs. Damien poursuit son chemin en criant qu'il veut une explication franche avec Bernard. Le chien aboie, les poules s'écartent et Madame Caux regarde peureusement par la fenêtre, Damien ajoute que cette escalade est une folie et qu'on doit la faire cesser avant d'aller trop loin. Il pointe le vieil habitant du doigt :

— Votre fils a essayé de violer ma fiancée, s'il n'a pas le courage de sortir j'irai le chercher.

— Fichez le camp, grimace Monsieur Caux de façon à peine audible.

Damien déglutit difficilement mais il continue à avancer sans tenir compte du fusil braqué sur lui.

La détonation claque, Madame Caux ferme les yeux, Damien s'immobilise. Monsieur Caux a tiré à ses pieds mais il est sur le point de tirer à nouveau. Damien réalise qu'ils sont tous fous dans la famille, le vieux tremble comme une feuille, il semble qu'il se relève d'une brosse et qu'il est reparti pour une autre, cette fois le canon vise l'estomac et Damien doit faire quelque chose. Le vieux humidifie ses lèvres sèches avec une langue épaisse, son doigt se crispe sur la gachette. Damien saute de côté et avise l'arbre géant au coin de la maison. Il s'abrite derrière, le vieux descend du perron, Damien s'élance vers la grange sur la droite, il disparaît par la porte béante, aspiré par la pénombre. Des poules apeurées évacuent les lieux en faisant un vacarme du diable et en projetant une pluie de plumes virevoltantes. Monsieur Caux recharge son premier canon d'une cartouche tirée de sa poche arrière et s'avance prudemment vers la grange. Le chien aboie dans cette direction sans oser passer à l'attaque, il feint de foncer vers l'entrée, il s'arrête à mi-chemin, recule et recommence en jappant et en secouant la queue.

Damien est prisonnier du bâtiment, Monsieur Caux semble fanatisé prêt à faire feu, j'ai peur que cette histoire finisse mal, Bernard et Jean-Nil sont toujours invisibles.

Puis les événements se succèdent à la vitesse de l'éclair, brutalement, fulgurants. Je ne peux que les appréhender, les deviner, en saisir toute l'horreur. Un râteau rouillé traîne devant la grange sous la paille, Monsieur Caux marche dessus, reçoit le manche de bois franc en plein front avec un sinistre craquement de branche sèche. Assommé net il se tord, pivote mollement et presse la gachette. François qui surgit soudain de derrière la tasserie encaisse la décharge en pleine poitrine. Il s'arrête l'air étonné, ses yeux bleus restent ouverts fixant déjà le vide devant lui, un coup de vent balaie ses cheveux blonds, ses genoux se plient et il tombe en arrière comme brusquement frappé d'un coup de boutoir. Derrière son rideau, Madame Caux devine le drame et accourt le chignon défait, blanche d'horreur, essuyant ses longues mains crevassées sur son tablier. Damien émerge de la grange l'air hagard, il réalise ce qui vient de se passer et il en reste stupide. Par instinct, Madame Caux sait qu'il faut d'abord s'occuper de François et elle enjambe son mari inanimé sans même lui accorder un regard. Elle sait aussi que quelque chose de terrible et d'irréparable s'est abattu sur son fils avec la brutalité froide de la foudre. Elle s'agenouille près de lui qui regarde paisiblement le ciel mollement étendu dans les foins. Son poignet droit est cassé et sa main tremble de ses derniers spasmes, dernières traces illusoires de la vie. Du sang jaillit de sa bouche et de son nez. Sans savoir pourquoi nous avons tous la certitude que l'adolescent est mort, Madame Caux plus que tous les autres. De son tablier, elle essuie le sang qui macule les joues roses et le menton rond de son garçon, elle prend délicatement sa tête d'enfant et la pose sur ses genoux. Elle écarte des mèches de son front et caresse ses cheveux blonds. Cette longue caresse maternelle semble durer une éternité pendant laquelle Madame Caux paraît se rapetisser, se ratatiner, elle se plie en deux et se met à pleurer. Elle ne geint pas, elle ne hurle pas mais de profonds sanglots explosent du fond de ses entrailles et par saccades jaillissent de sa gorge en lui nouant les tripes, le cœur et les viscères. La terre vient de s'effondrer sous elle, le ciel vient de se déchirer sur sa tête, Dieu vient de lui arracher le cœur, lui dissoudre l'âme, de répandre son sang, de broyer sa chair, elle n'est plus qu'une misérable ombre, qu'une petite brise pourrait disloquer au quatre vents. Cette minute ne semble jamais finir. François contemple toujours l'infini du ciel nu de ses yeux éteints. Son père gît encore inconscient grotesquement couché sur la terre battue. Madame Caux semble statufiée, penchée sur son fils, brisée par une douleur sans fond comme la Vierge de la Pietà sur les calendriers de l'oratoire Saint-Joseph accrochés dans la cuisine à la maison. Damien s'appuie misérablement contre le vieux bois chaulé de la grange, les poules stupides roulent des yeux perdus et le vieux chien geint la queue entre les jambes.

Enfin la fille aînée vient porter assistance à sa mère et Damien qui revient à la réalité bredouille qu'il va chercher le docteur. Il sait bien que ce sera inutile mais il croit que c'est ce qu'il faut dire dans les circonstances, il ramènera le curé en même temps. Il se laisse tomber sur le vieux siège de cuir décoloré, il semble peser énormément plus lourd qu'il y a seulement dix minutes. Comme abruti, il tourne la clé de contact. Le moteur hésite, tousse et tourne enfin. Damien vire et on revient vers la Principale à petite vitesse, il n'est pas encore convaincu que tout cela soit vraiment arrivé, il attend de se réveiller d'un cauchemar. Un enfant est mort à cause de lui, à cause de la bêtise de son frère, de son père, à cause de la bêtise de la vie. Puis il se dit que peut-être il se trompe que peut-être François n'est pas mort et que le docteur pourrait le sauver et les sauver tous par la même occasion. Il ne parle pas mais je devine ses pensées qui se bousculent dans sa tête. Brusquement il écrase la pédale à gaz.

Le docteur ne sera pas venu pour rien, il aura au moins pansé Monsieur Caux au front et réconforté sa femme sur le point de s'effondrer. Il aura aussi fermé les yeux bleus et étonnés d'un adolescent doux comme une fille et toujours prêt à remettre le moineau tombé dans son nid.

Comme d'habitude, Monsieur Damase ne s'incline pas au passage du curé et du saint sacrement. Le curé fait de son mieux et le docteur dit qu'il faudra appeler la police. Damien et moi partons à la recherche de Jean-Nil. Comme Damien l'avait avoué à Rose-Mai, il n'est pas toujours croyant mais maintenant il prie pour qu'un autre malheur n'arrive pas. Il ne se pardonnerait jamais que Bernard Caux ou Jean-Nil se fasse aussi tuer à cause d'une histoire stupide.

Nous abandonnons la voiture à l'extrémité du rang des Quatre-Veuves. Si Bernard n'est pas chez lui il s'est sûrement réfugié quelque part sur la montagne Bleue où il a construit des caches pour la chasse en automne. Nous marchons dans l'herbe jusqu'aux genoux en tendant l'oreille. C'est le calme plat, le soleil tape dur, le vent est tombé, les lourds épis de bouquets jaunes parfument les champs, un pesant silence règne sur la montagne Bleue aux flancs arrondis. Les plus vieilles montagnes du monde semblent placides dans leur grandeur, insensibles à nos petites misères.

Les talus se font plus buissonneux et touffus, le sol maintenant s'incline à la base de la montagne. Soudain elle est là à nos pieds, dressant ses rondeurs grises, ses hauteurs, se a-plats, ses conifères qui s'accrochent dans chaque faille rocheuse. Il y a un passage moins abrupt à l'ouest et je guide Damien dans cette direction. Nous examinons le sol mousseux, il y a des pistes d'orignaux et de renards qui sont figés dans la glaise durcie et craquelée. De temps en temps, nous nous arrêtons pour écouter, seul un frédéric répond à un autre, seules les abeilles bourdonnent autour des herbes à dindes, seules les cigales s'appellent les unes les autres. De longs cumulus blancs s'entassent à l'horizon du côté d'Isieux. Nous grimpons le sentier de montagne en cherchant des éléments qui nous indiqueraient que quelqu'un est passé par ici récemment. Des pierres plates branlent sous le pied et les buissons nous lacèrent les mollets, Damien qui marche en avant écarte les branches folles. À un certain moment, un tronc d'arbre brisé par la foudre nous bloque le chemin, Damien s'arrête et l'examine méticuleusement, si quelqu'un l'a enjambé il doit y avoir des traces, un bout de fil arraché au pantalon ou à la chaussette, ou du moins des éraflures sur l'écorce. Il y a effectivement des rayures mais il est impossible de déterminer si elles sont fraîches ou non. Damien s'appuie les fesses contre le tronc pour réfléchir:

— Tu pourrais me guider jusqu'à sa cache? demande-t-il.

— Je n'y suis jamais allé, je sais seulement qu'elle se trouve quelque part sur l'autre versant de la montagne près d'une petite rivière sinueuse et peu profonde.

— Bon essayons de la trouver.

Il se redresse aussitôt alerté, sur ses gardes, il entend un bruit étouffé qui nous parvient du sentier par où nous sommes venus. Nous nous abritons derrière un bouquet de petits pins et nous retenons notre souffle. C'est seulement Monsieur Damase qui arrive avec son douze en bandoulière. En nous apercevant, il recrache un brin d'herbe sec.

— Je sais ce qui est arrivé, annonce-t-il, et je peux vous conduire à la cache mais ce serait mieux si vous me laissiez faire tout seul.

— Pas question, répond Damien, toute cette affaire arrive à cause de moi et je ne repartirai pas sans Jean-Nil.

Monsieur Damase caresse le fût de son fusil en grimaçant.

— C'est bien ce que je pensais, alors allons-y.

— Il y a plusieurs caches, paraît-il?

— Je sais, je connais cette montagne, c'est ma montagne, ça fait quarante ans que je traîne les pieds par ici, j'en connais la moindre épi-

235

nette, le moindre cailloux, la plus petite fissure, la plus petite crevasse, les sentes à lièvre, les troncs à hibou, je la connais comme le fond de ma pipe.

— Pourquoi vous mêlez-vous de ça? demande Damien.

— Parce qu'il y a déjà un enfant qui s'est fait tuer bêtement, c'est déjà trop. Quatorze ans, ce n'est pas un âge pour mourir. En suivant Monsieur Damase, je me demande s'il se considère assez vieux pour mourir. Même s'il est solidement accroché à la vie comme une épinette de montagne à sa crevasse, il arrive quand même à soixante-seize ans. Ses yeux délavés restent inexpressifs tandis qu'il enjambe le tronc tombé.

— Caux est dangereux, ajoute-t-il sans se retourner, il sait maintenant pour son frère, il s'est d'abord enfui par ici mais il est revenu sur ses pas pour prendre des armes, à l'heure qu'il est il patauge par là avec une 30-30 et une 22. Il veut vous tuer, mais peut-être que moi il m'écoutera s'il lui reste un peu de bons sens.

— Avez-vous vu Jean-Nil?

— Je l'ai vu, il courait vers la montagne comme un perdu et avec un douze encore. S'il y a une fusillade Jean-Nil n'a aucune chance.

En examinant le sol à ses pieds, Monsieur Damase escalade la montagne d'un bon pas, alerte et régulier. Nous sautons un mince ruisseau qui déboule du sommet tantôt en surface, tantôt sous terre, à deux pas il s'étale en mare limpide encastrée dans la mousse spongieuse et la belle terre noire réfléchissant le soleil et le ciel bleu sans nuages. Monsieur Damase se penche sur ses abords vaseux et ramasse un objet cuivré, c'est une cartouche de douze.

— Jean-Nil, dit-il en roulant la cartouche entre ses doigts pour la nettoyer de la vase, puisque Caux n'a pas de douze.

Il réfléchit en grattant sa barbe rude.

— Jean-Nil a dû perdre ça en se penchant pour boire, d'après moi Caux a pris un autre chemin, donc Jean-Nil devrait se trouver plus haut dans la montagne à courir après un fou furieux qui trotte probablement derrière lui armé jusqu'aux dents. Remontant son pantalon, rajustant une bretelle défaillante, Monsieur Damase reprend la marche. À tous les trois cents pas, nous nous arrêtons pour écouter longuement mais la montagne est muette comme si la vie avait déserté ses flancs. Seul le petit ruisseau d'eau vive gargouille en se traçant un chemin tortueux à travers les racines enchevêtrées, entre les pierres humides sous les fougères touffues. À mi-chemin du sommet, nous nous heurtons à un autre tronc qui nous barre la route, il est tout frais tombé du dernier orage électrique. Ses feuilles qui commencent à se dessécher répandent un suave parfum d'automne. À droite se dresse une souche moussue qui évoque grossièrement un ours debout sur ses pattes de derrière qui humerait l'air de son museau pointu. Le sentier se fait plus raide, plus étroit et plus sinueux, je cueille une fraise ou un p'tit thé des bois au passage.

Monsieur Damase maintient l'allure sans souffler, il avance d'un pas pesant et sûr. Ici les arbres sont gros et tassés, un écureuil jacasse au-dessus de nous comme s'il était furieux que nous violions son territoire. Le sentier est sec, la glaise s'effrite sous nos talons, une pinède clairsemée succède aux feuillus adultes. Docilement, nous suivons notre guide qui sait exactement où il va tenant son fusil cassé sur son avant-bras. À tout moment nous craignons d'entendre une fusillade, une détonation sèche d'une 30-30, une détonation sifflante d'une 22 ou celle assourdissante d'un 12, mais rien ne vient troubler le silence tranquille de la montagne, elle semble retenir son souffle, consciente du drame qui se joue sur ses flancs. Il fait une chaleur de fournaise, la pointe des aiguilles de pin tourne au rouille, les pierres brûlent les pieds.

Pendant cent pas nous longeons une muraille de roc d'où dégringole un mince filet d'eau glaciale, il forme une petite mare limpide qui ronge la base rocheuse avant d'entreprendre une aventureuse descente, charriant feuilles séchées et brindilles cassantes. Il y a encore de grands arbres qui forment un parapluie rafraîchissant puis des rochers gris et plats et c'est le sommet surchauffé. Damien s'appuie à un pin rabougri, je m'assois à même le roc moussu et Monsieur Damase scrute l'autre versant de la montagne en plissant les yeux. Il désigne un point vers l'ouest tout en bas dans un creux près d'un tout petit ruisseau argenté.

— La cache est par là, dit-il, bourrant sa pipe et s'assoyant à son tour. Pendant dix minutes nous restons là en silence à reprendre notre souffle à écouter et à sonder la montagne.

Monsieur Damase qui a enlevé ses souliers se masse les pieds avec une sorte d'extase, le vent s'éteint tout à fait et le soleil tape dur, seules les fourmis habitent ce coin de montagne brûlant. Damien s'impatiente un peu en s'épongeant le cou, il a peur pour Jean-Nil et il veut le retrouver le plus tôt possible. C'est le jeune poulain fringant qui ne sait pas encore comme le vieux cheval qu'est Monsieur Damase que le chemin le plus sûr est parfois le plus lent. Il se sent responsable de Jean-Nil et il ne voudrait pas le ramasser en morceau comme on a ramassé François. Il s'efforce de ne pas y penser mais cette vision restera imprimée à sa rétine pour le reste de sa vie. Moi je ne réalise pas encore que François soit bien mort, qu'il ne pourra plus jamais courir, parler, bouger, sourire. Je le revois encore désemparé, bouleversé, sans défense, les culottes baissées devant Rose-Mai, lui qui ne demandait pas mieux que de s'occuper de ses poules et ses lapins. Qu'est-ce qui peut bien se passer pour qu'un garçon plein de vie, débordant de sève, éclatant de santé l'instant d'avant ne soit plus qu'un amas de chair inerte, déserté, inhabité. La vie est une étrange chose, forte comme le torrent de printemps mais fragile comme une aile d'oiseau, une chose que l'on voudrait retenir à pleines mains mais qui nous échappe comme des grains de sable polis et affinés par des mers et des vents éternels. C'est comme si on voulait saisir le vent, retenir un parfum, conserver intact un souvenir heureux. C'est saisir l'esprit des collines, l'âme de la montagne, le sens de la prière des cigales.

Damien vient pour presser Monsieur Damase mais celui-ci le fait taire et se lève pesamment. Il referme son fusil cassé et nous entreprenons la descente. Nous progressons rapidement, la face nord est plus clairsemée de bois plus petits. Par contre, les aulnes et les plantes folles envahissent chaque pouce de terrain, par instants, la piste elle-même disparaît pour réapparaître vingt pas plus bas alors qu'on croyait l'avoir perdue pour de bon. Le sol étant plus humide il faut souvent caler les talons pour ne pas glisser. De plus en plus sur ses gardes, Monsieur Damase ralentit le pas et dresse l'oreille. Nous nous traçons un chemin parmi les noisetiers et les aulnes, nous nous empêtrons les pieds dans la salsepareille, les branches folles nous fouettent les oreilles et les bras, un lièvre brun traverse la piste, se fige un instant et s'enfuit apeuré. Les cailloux s'enfoncent sous nos semelles et maintenant nous ne comptons plus les traces laissées par Jean-Nil dans la glaise. Elles sont toutes fraîches et nous pensons que peut-être Jean-Nil a déjà rencontré Bernard Caux, en tout cas cela expliquerait le silence lugubre qui règne sur la montagne. Un vigoureux ruisseau accompagne la piste un long moment et soudain la coupe en diagonale. Nous le franchissons en sautant sur les pierres grises, un gros crapaud vert saute de côté et disparaît dans les fougères. Au pied de la montagne, nous avançons péniblement sur le sol marécageux, nos pieds s'enfoncent dans la vase et en ressortent avec des bruits de succion presque indécents. On dirait Madame Gloire et les Polonais se faisant des intimités. Plus loin, le terrain s'assèche à nouveau, se couvre de mousse par galettes et se pique de petites épinettes serrées les unes contre les autres autour de grands rochers plats cuits au soleil. Nous rencontrons enfin le mince ruisseau d'argent que nous apercevions du haut de la montagne. Peu profond, il paresse sur un lit de cailloux ocre et blancs et contourne des bouquets de bouleaux morts, nettoyés par les insectes et blanchis par les pluies et le soleil.

— À partir de maintenant, ne parlons plus, chuchote Monsieur Damase, la cabane se trouve juste derrière ce lacet là-bas passé le piton jaune.

Nous marchons sur la pointe des pieds comme un curé qui sort d'un bordel. À part les brindilles qui craquent parfois sous le pas, c'est le silence pesant jusqu'à ce qu'un rapace lance son cri sinistre très haut dans le ciel. Les Apaches que j'ai vus dans les films de Zorro considèrent ce cri comme un mauvais présage, ça me trouble un peu mais ni Monsieur Damase ni Damien ne croient aux présages. Je me dis que les Indiens voient des présages partout et je n'y pense plus. Avec mille précautions, nous grimpons le piton argileux et nous nous entassons à l'abri du pin croche qui le surmonte, nous jetons un coup d'œil au travers les grandes herbes à dindes qui nous servent de camouflage. La cabane est là, basse, en bois rond même pas écorcé, elle semble abandonnée, il n'y a aucune trace d'occupation, Damien m'écrase la tête et m'ordonne de ne pas me montrer le nez, il s'empare du 12 de Monsieur Damase.

— Il y a quelqu'un, d'après vous?

Monsieur Damase plisse les yeux comme s'il pouvait voir à travers les murs, dans le noir des petites meurtrières qui servent de fenêtres.

— Méfions-nous, il y avait des moustiquaires aux fenêtres.

On les a arrachés comme si on avait prévu qu'il faudrait peut-être tirer par là en cas de besoin. Damien s'empare d'un gros caillou et le lance contre l'abri. Quelque chose bouge à l'intérieur, comme si quelqu'un qui serait sur ses gardes s'était levé brusquement prêt à faire face à l'intrus.

241

— Sors de là, crie Damien, on veut seulement parlementer. Mais c'est la voix de Jean-Nil qui nous parvient par la meurtrière.

— C'est toi Damien?

Pas du tout mécontent de trouver de la compagnie, Jean-Nil sort de son trou couvert de poussière et de toiles d'araignées, Monsieur Damase et Damien soupirent de soulagement en l'apercevant crotté mais bien vivant, toujours tête de pioche mais avec ses quatre membres. Soudain délivrés d'un poids immense, ils prennent le temps de s'asseoir sur l'unique billot faisant office de marche.

— Dieu merci, murmure Damien entre ses dents.

Monsieur Damase fourrage dans sa blague à tabac, Damien s'allume une cigarette.

— Pas de nouvelles de Bernard Caux? demande-t-il.

Jean-Nil braque son fusil.

— Non mais il viendra tôt ou tard et je serai là.

— Ce n'est pas certain, intervient Monsieur Damase.

Jean-Nil se redresse soudain agressif.

— Pourquoi est-ce que ce n'est pas certain?

— Parce qu'il y a une autre cache et peut-être une troisième.

— Où ça?

Monsieur Damase pointe l'est du menton.

— Par là.

— Allons-y, dit Jean-Nil prêt à foncer.

— Tu n'iras nulle part, ordonne Damien, tu viens avec nous et nous rentrons à Isieux. Cette affaire me regarde et ces imbécillités ont assez duré comme ça.

Jean-Nil piaffe d'impatience, il arrache un fil d'araignée collé à ses cheveux en bataille.

— J'irai tout seul alors.

Damien se redresse brusquement, l'attrape par le bras et lui arrache le 12 des mains. Jean-Nil se rebiffe mais Damien lui serre le bras à le broyer. Il hausse le ton :

— François est mort et je ne veux pas qu'il t'arrive la même chose. Alors tu nous suis sagement ou je te traîne par les cheveux.

Cette nouvelle secoue Jean-Nil, il ne savait pas, les bras lui en tombent et il ressent le besoin de s'asseoir. Il se fait raconter par deux fois ce qui est arrivé à François, il reste estomaqué, démonté, son agressivité s'évanouit.

— Misère, répète-t-il, la bouche ouverte.

Cinq minutes plus tard, il nous suit docilement. Monsieur Damase décide de continuer ses recherches et de ramener Bernard à la raison et à la maison. Damien pense qu'il n'est pas prudent pour un vieil homme de soixante-seize ans d'errer seul dans les bois à rattraper un fou furieux mais il s'abstient de le dire, Monsieur Damase sait ce qu'il fait et Damien n'a pas de conseil à lui donner.

Je suis fourbu et le dernier mille ne semble jamais finir, les émotions me tombent dans les jambes et ça prend tout mon p'tit change pour ne pas m'arrêter et m'endormir dans les grands foins blonds piqués de salicaires roses et de verges d'or. Nous nous arrêtons pour boire au puits de Monsieur Damase, le soleil perd un peu de son ardeur, sa lumière oblique s'adoucit et dore davantage les champs et les bâtiments croches plantés çà et là dans un creux ou sur une colline. Enfin la maison apparaît familière et hospitalière, Rose-Mai nous voit venir de loin et court à notre rencontre. Elle est encore pâlotte de ses émotions et de ses inquiétudes. Elle embrasse et étreint Jean-Nil à n'en plus finir. Elle se met à brailler dans ses bras. Un peu embarrassé par autant de manifestations affectueuses, Jean-Nil lui essuie les yeux d'un doigt crasseux et sourit gauchement à Damien. Une fois rassurée sur le sort de Jean-Nil, Rose-Mai tombe dans les bras de Damien et se remet à brailler mais bientôt ses pleurs se transforment en éclats de rire et nous rentrons bras dessus bras dessous.

Deux agents de la P. P. arrivent en début de soirée. Taciturnes et mal dégrossis, ils interrogent Monsieur et Madame Caux et la fille aînée. Ensuite ils s'installent chez Madame Gloire où ils convoquent le docteur Petit, Damien, Rose-Mai, Jean-Nil et moi. Ils remplissent malhabilement un tas de formulaires officiels à un doigt sur une massive machine à écrire qui date de la préhistoire et qu'on a extraite du coffre de la voiture jaune et brune. Madame Gloire leur prépare du café qu'ils acceptent sans remercier. Au moins, le plus grand demande la permission, de se servir du téléphone pour appeler à Clairval.

À dix heures, ils en ont terminé avec la paperasserie, ils renfournent leurs affaires méthodiquement et s'en vont faire le guet devant la ferme des Caux pour surprendre un éventuel retour de Bernard. Ils prétendent vouloir lui mettre la main dessus pour interrogatoire mais ils ont déjà une plainte pour voie de fait et une expédition en montagne ne semble pas leur sourire outre-mesure.

Le Trou est presque désert pour la première fois depuis le début de la grève. Pépé tente de noyer un hoquet obsédant tandis que Bibi penche dangereusement sur sa chaise complètement paqueté encore une fois. Une mouche qui échappe au tire-bouchon gommeux s'attarde sur son nez et nettoie ses pattes poilues. Comme d'habitude, vers minuit, le docteur et le Patron le soulèvent par les bras pour aller le mettre au lit. Bibi grogne mais se laisse docilement traîner. En traversant la rue, le docteur, le Patron et leur fardeau coupent la route à la camionnette de Monsieur Onil qui ramène du moulin une demi-douzaine de piqueteurs. Monsieur Onil s'arrête en faisant gémir ses freins fatigués et klaxonne en plissant ses yeux de renard et en reniflant. Le docteur vient d'avoir une idée brillante, il avise Monsieur Alma, Monsieur Fortunat, Monsieur Valmore et les autres qui devisent assis à l'arrière de la camionnette.

— Vous allez me rendre un petit service, dit-il.

Il appuie Bibi contre un poteau de téléphone et se penche sur la portière du chauffeur qui suce une alvéole où se trouvait il n'y a pas très longtemps une dent cariée.

— Onil, t'a pas encore loué ton taudis en face de la Maison Rose, pas vrai?

— Je loue pas de taudis, maugrée Monsieur Onil.

Le docteur hausse le ton.

— Oui ou non?

— C'est non.

— Bon va préparer ton bail.

Il revient vers l'arrière et prend le commandement.

— Vous autres descendez de là, voilà ses clés (il désigne Bibi); montez là-haut et débar-

quez-moi tout son bric à brac dans la rue, Bibi
déménage. Fais-moi un prix décent, crie-t-il
encore à Monsieur Onil qui s'éloigne cahin-caha.

Bibi ronfle comme un bienheureux et serre
son poteau comme si c'était Ava Gardner en
chair et en os pendant qu'on vide prestement
son loyer et qu'on entasse ses biens au milieu
de la rue, des fauteuils, un lit, un divan, des
commodes, des tables de nuit, des chaises, des
lampes passent de main en main et atterrissent
sur l'asphalte sous la lune. Pendant que les
autres s'attardent en haut à rassembler les petites choses, Monsieur Alma remonte le lit, y couche Bibi et le borde délicatement.

Monsieur Onil revient peu après avec sa
camionnette et son bail. Les hommes chargent
les meubles et le docteur réveille Bibi à grandes
claques sur la gueule. Quand il réussit à lui
faire ouvrir une paupière lourde comme une
enclume, il l'enjoint fermement à signer son
bail. Bibi s'exécute avec l'application exemplaire
d'un ivrogne et retourne aussitôt à ses rêves.
Le docteur récupère sa Waterman en or et laisse
dormir Bibi sous la lune pendant les quatre
aller et retour nécessaires.

À deux heures, il est installé confortablement
dans son nouveau loyer, tout est en place comme si Bibi habitait là depuis sa petite enfance,
son nouveau bail est épinglé à sa camisole, dû-
ment signé et contresigné. Tout le monde espère
que la première chose qu'il fera au matin à part
se poser des questions sera d'aller chercher Bernadette chez sa sœur à Clairval et qu'on n'en-
tendra plus parler de cette affaire. Pour se justi-
fier, le docteur déclare qu'il a déjà perdu un
client cette semaine et qu'il ne tient pas à en

perdre un autre à cause d'une stupide cirrhose du foie et que quand on est bête comme ça on ne mérite pas mieux. Il caresse son gros ventre, son crâne à moitié dégarni et rentre chez lui avec un sourire satisfait en pensant à la tête que fera Bibi en se levant demain matin.

Pendant deux jours, les flics montent la garde devant chez Monsieur Caux. Ils ne se cachent même pas, ils dorment à tour de rôle sur la banquette arrière de la voiture. Évidemment, Bernard ne se montre pas mais les policiers espèrent qu'il apparaîtra pour les funérailles, autrement comme il y a une plainte de portée ils devront demander du renfort, peut-être un chien et auront à s'aventurer en montagne. Le chien de la famille leur a aboyé après pendant toute une matinée, Monsieur Caux a dû l'attacher dans la grange.

Madame Roma use des chapelets auprès du cercueil; peigné, maquillé, couvert de son costume du dimanche, François semble plongé dans une réflexion sereine, inaccessible au monde agité des vivants. Madame Caux ne sort plus de sa chambre, c'est une femme forte mais cette fois ce malheur lui a brisé les reins, elle continue à vivre mais elle n'est plus qu'un robot désarticulé qui s'acharne à marcher tout de guingois, qui bouge les bras et la tête de façon anarchique, elle semble fragile, un coup de vent pourrait la briser comme une vieille feuille séchée qui s'effrite entre les doigts. Profondément hébété, Monsieur Caux ne vaut guère mieux, il se remonte au p'tit blanc, errant dans sa cuisine, une pensée lui ronge l'âme, lui broie le cœur, il a tué son fils et il lui semble qu'aucune force au monde ne pourra jamais lui pardonner, aucune miséricorde ne pourra jamais lui faire oublier, effacer ce cauchemar de sa mémoire. En fin d'après-midi, il est paqueté et il dort d'un sommeil de plomb, affalé sur sa table de cuisine.

Jean-Nil et le cousin de Laetitia soudent les pièces de la Harley avec la torche de Bibi. La Harley a fière allure, on la sent prête à foncer, à bondir, à nous amener au bout du monde comme une bonne bête docile et fougueuse. Laetitia polit ses chromes et Jean-Nil admire les soudures. Bibi lui-même n'aurait pas fait mieux.

Après s'être posé des questions une partie de la journée, Bibi s'en est allé chercher Bernadette en autobus, Monsieur Omer voulait l'y conduire mais Bibi, toujours indépendant comme un tic nerveux, a affirmé qu'il était capable de faire ses affaires tout seul. Il est revenu deux heures plus tard avec sa femme, ses valises et le canari. Trop orgueilleux pour s'informer à qui que ce soit de ce qui s'est passé, il se demandera toujours comment il se fait qu'il se soit réveillé un matin dans un loyer jamais vu ni connu. Il aura besoin de deux semaines pour se remettre de sa brosse monumentale mais après tout recommencera comme avant.

Mimi doit aider Frédé à faire sa tournée, il s'est donné un tour de rein en lui faisant l'amour debout. Mimi l'a raconté à Madame Fraulein qui l'a raconté à Madame-la-Veuve-Pétrie qui l'a raconté à Madame Alma. Tout croche sur son siège Frédé se contente de conduire le camion pendant qu'on le regarde avec un sourire en coin et pendant que Mimi forte comme une amazone livre allègrement ses blocs de glace. Ils s'engueulent parce que Mimi raconte tout ce qui se passe dans leur chambre à coucher, Frédé est vexé non pas parce qu'on raconte ce qui se passe dans sa chambre à coucher mais parce qu'il a failli à la tâche lui qui se prend pour le coq du village, invincible et indestructible.

Pour sa part, Monsieur Onil s'achète un costume neuf et des petits souliers vernis pointus comme un as de pique. On ne l'a jamais vu aussi bien attriqué avec sa veste double breast, sa cravate rayée et son petit mouchoir assorti, mais il ne se pavane pas, il déambule avec sa discrétion habituelle, sans répondre aux sourires gouailleurs et aux œillades malicieuses. Un costume neuf en fait un autre homme, on dirait un petit prospecteur miteux qui a fait fortune dans le pétrole, qui se familiarise avec les plaisirs de l'argent et qui voudrait que ça ne se voie pas trop. Il prépare quelque chose ou je n'y comprends plus rien, lui qui avait l'habitude de se présenter à la messe en haillons de plombier vient maintenant inspecter la plomberie de Madame Gloire en habit de voyageur de commerce. Madame Gloire dit qu'il doit être devenu fou à force de rester tout seul à compter son argent, ça ne fait vraiment pas sérieux de la part d'un vieux schnoque de faire soudain le beau et l'homme du monde.

En admiration devant son verre de bière, Monsieur Fortunat se cherche une autre idée pour son comité de divertissement mais sa femme prétend qu'il n'est pas décent de s'amuser alors qu'il y a un paroissien à deux pas qui repose à peine refroidi.

— Raison de plus, baptême, répond Monsieur Fortunat, y faut ben prendre la vie par la plotte avant que d'aller le r'joindre dans les vignes du Seigneur.

— Dans les vignes du Seigneur, proteste Madame Fortunat en haussant les épaules.

— C'est comme j'te dis baptême de femme incrédule, le Christ l'a dit lui-même, j'te répète ses paroles telles que telles, mot pour mot, parabole par parabole, y'a dit et j'te cite: « C'est la dernière fois que nous partageons le vin sur cette putain de terre, la prochaine fois ça sera au royaume de mon Père. » T'as bien compris femme, y aura du vin au royaume de Dieu. Et pour qui donc y aurait-il du bon vin mousseux au royaume de Dieu, certainement pas pour la vieille peau à Madame Roma, baptême, a sait même pas apprécier, pour qui donc y aurait du bon vin, j'te le demande, sinon pour Fidèle, Alma, Valmore, Pacifique et moi? Le royaume de Dieu appartient aux ivrognes parole de Christ et c'est pas toi qui va me contredire baptême, encore moins le curé qui compte jusse là-dessus.

Cette tirade lui donne soif et il essuie une moustache de mousse à même la nappe.

Monsieur Damase revient bredouille de la montagne Bleue. Contrairement à la première, les deux autres caches étaient désertes. Les flics l'interrogent à son tour et il leur conseille d'y aller doucement avec le garçon, il est un peu dur du crâne mais au fond il n'est pas méchant. Il n'y a personne de méchant pour Monsieur Damase, il est tellement bon qu'il imagine que tout le monde l'est aussi. Il dit que c'est parce qu'il ne croit pas en Dieu et s'il ne croit pas en Dieu, il est bien obligé de croire en l'homme. Bourrus, fripés, la barbe longue, les flics n'ont que faire des conseils avisés, ils redemandent la permission de téléphoner.

Les Deux-et-Deux-Font-Quatre acceptent de faire la musique aux noces de Marilie pour cinq dollars chacun. Jean-Nil prend même pas la peine de demander à Laetitia si elle veut bien l'accompagner, c'est comme si c'était l'évidence même, elle va s'acheter du tissu blanc à petites fleurs et un patron chez Madame Fraulein, elle prend aussi trois longueurs de dentelle importée.

Malgré ses nouvelles habitudes vestimentaires, Monsieur Onil ne perd pas de vue ses intérêts : il cloue une affiche qui indique que l'étage du garage, l'ancien loyer de Bibi, est à louer pour trois fois rien. La moitié d'Isieux lui appartient, il ne s'en vante pas mais il ne peut pas s'empêcher d'en ressentir de la fierté lui qui a été nourri de patates pendant toute son enfance. Il croit que rien ne peut arrêter l'homme qui n'a pas peur du travail, il se sent fort d'avoir pu réussir par lui-même et il ne doute pas de pouvoir mener à bien le projet qu'il caresse depuis dix semaines.

Étalé entre les bouquets d'arbres, le petit cimetière se consume de chaleur, de lumière, de couleurs et de parfums. Déplacées par les gelées, les pierres grises sont usées par les pluies, polies par les vents, elles sont modestes et laconiques : un nom, deux dates pour résumer toute une vie.

Ici, aujourd'hui, la mort a quelque chose d'incongru, de déplacé et d'indécent, tout est si calme, si coloré, si vibrant de vie, si éclatant de soleil. Les abeilles bourdonnent au-dessus des épervières et des bouquets jaunes, les insectes grésillent d'une butte à l'autre, les oiseaux pépient dans les grands frênes, un frelon isolé vagabonde par là, les grands papillons jaunes se posent un instant et folâtrent à coups d'ailes paresseux.

J'observe la scène de loin, grimpé dans un arbre, le cœur triste, l'âme grise. Le glas vient juste de s'éteindre mais ses gongs obsédants martèlent encore mon crâne alors qu'ils s'étouffent, absorbés par l'atmosphère ouateuse d'un ciel pur et nu. Tantôt, à l'église, le chœur d'enfants chantait « Ce n'est qu'un Au revoir, mon frère », j'imagine l'âme de François survolant la scène tel un blanc cerf-volant s'attardant encore un peu pour les adieux mais impatient de couper ses amarres et de bondir vers l'infini des sommets. Au moins elle aura bon temps pour entreprendre son long voyage.

Menu et fragile, le curé se mouille un doigt pour tourner une page de sa bible mais soudain inspiré il referme son livre saint et improvise une courte oraison. Dieu, dans son immense bonté, a créé un jardin de délices, pavoisé de fleurs, jaillissant de sources vives et serein de fraîcheur sous les vignes célestes. Cet oasis est peuplé d'oiseaux et de daims, les innocents qu'Il rappelle à lui y revivent dans la paix, l'harmonie et la tranquillité éternelles.

Je ne sais pas s'il faut croire à tout ça, mais c'est beau et ces images de félicité rassérènent un peu le visage sévère et creusé de Madame Caux. Elle ne pleure plus, elle semble asséchée, prête à se casser comme une brindille cuite au soleil.

Le curé consulte saint Marc mais il n'a pas besoin de sa bible pour continuer. « On lui présentait des petits enfants pour qu'il les touchât, mais les disciples le rabrouèrent. Ce que voyant Jésus se fâcha et leur dit: Laissez venir à moi les petits enfants: ne les empêchez pas, car c'est à leurs pareils qu'appartient le royaume de Dieu. En vérité je vous le dis, quiconque n'accueille pas le royaume de Dieu en petit enfant, n'y entrera pas. Puis il les embrassa et les bénit en leur imposant les mains. »

La fille aînée soutient Madame Caux qui semble sur le point de défaillir, elle paraît lasse et infiniment triste dans son étroite robe noire. À deux pas derrière, Monsieur Caux fixe la scène, le regard perdu comme s'il venait tout juste de réaliser ce qui est arrivé. Il perd à la fois ses deux fils, on enterre le plus jeune alors que l'autre a en quelque sorte gagné le maquis.

Monsieur Alma, Monsieur Fortunat, le docteur, le Patron, Bibi, Frédé, Monsieur Charles-Henri, Monsieur Valmore, Madame-la-Veuve-Pétrie, Madame Gloire, Madame Fraulein et Mimi affichent tous leur mine d'enterrement. Damien et Rose-Mai ont cru bon de ne pas se montrer au cimetière. Les flics patrouillent discrètement au cas où Bernard aurait été tenté de venir assister de loin aux cérémonies, mais Bernard ne se montre pas il est trop soupçonneux et trop malin pour ça.

À l'écart de cette petite foule, un chien se demande dans sa petite tête ce que son maître attend pour mettre fin à ce jeu stupide, pour l'appeler et pour courir avec lui. Il reste là immobile sur une petite butte, la langue pendante, les yeux tristes, la queue entre les jambes et il voudrait bien savoir à quel rite obéissent tous ces gens graves et sinistres. Mais quelque chose au fond de son cerveau de chien lui indique que son jeune maître est bien parti pour de bon et qu'il ne le reverra plus. Jamais auparavant son maître ne l'avait abandonné aussi longtemps, même lorsqu'il était malade prisonnier de sa chambre. Mais le vieux chien espère se tromper et il attend patiemment les yeux rivés à cette boîte noire où dort son maître. Personne ne s'occupe de lui et il n'ose pas s'approcher.

L'aînée entraîne sa mère qui se retourne une dernière fois, Monsieur Caux suit comme un automate. Les autres s'avancent en respectant un petit intervalle, en s'épongeant le cou. Ils enlèvent les vestes pour rentrer, de larges cernes couronnent les aisselles et les dos. Quand enfin il ne reste plus que les fossoyeurs, le vieux chien s'approche timidement par étapes. La première pelletée de terre s'écrase au fond de la fosse et le chien comprend qu'il est assez vieux pour mourir aussi. Je jette un dernier coup d'œil vers la fosse: Salut François, bon vent!

Pour rentrer du cimetière, il faut passer à côté de chez Madame Aymé qui habite une minuscule maison de bois entourée de pelouse sauvage et d'un jardin broussailleux laissé à lui-même. Les rideaux sont tirés mais les fenêtres sont entrouvertes. *Parlez-moi d'amour* parvient jusqu'à mes oreilles, Lucienne Boyer ne semble jamais se lasser de répéter:

> *Redites-moi des choses tendres*
> *Votre beau discours, mon cœur*
> *n'est pas las de l'entendre.*

Il y a plus de quatre ans que Madame Aymé respire, rêve et se nourrit de *Parlez-moi d'amour*, depuis le drame qui s'est joué sur les flancs de la rivière du Rapide Blanc. Elle était enceinte et elle a perdu à la fois son mari et son enfant. Le choc, d'après le docteur Petit.

Aussi quand l'un de nous vient lui porter des pâtisseries ou autre chose nous la trouvons assise près de la fenêtre close, près du tourne-disque. Ça sent bon et ça sent le propre chez elle mais il fait toujours sombre même quand comme aujourd'hui le soleil explose de chaleur et de lumière. Elle est là assise sur la pointe des fesses, les mains sur les genoux, un châle sur le dos malgré la chaleur étouffante. Elle regarde au loin un visage aimé, un paysage d'autrefois, elle semble toute délicate, avalée par son immense fauteuil recouvert de brocart, enveloppée par la pénombre des rideaux de velours rouge vin.

Pourvu que toujours
vous me répétiez ces choses tendres

braille le vieux disque éraillé. Alors elle nous aperçoit et c'est comme si nous étions l'enfant qu'elle a perdu. Elle tend ses mains frileuses et du bout des doigts elle caresse nos joues roses. Ses yeux s'embuent et elle tressaute, secouée par de petits sanglots intérieurs comme une poupée mécanique qui se serait cassée.

Nous sommes tristes pour elle mais cette scène nous embarrasse toujours. Il ne devrait pas être permis d'être malheureux comme ça, de compter sur Lucienne Boyer pour combler un vide profond comme l'univers tout entier. Il y a quelqu'un quelque part qui ne prend pas ses responsabilités ou qui s'en fout divinement. Comment expliquer autrement une telle détresse, un tel désespoir.

On a tout essayé pour aider Madame Aymé mais rien n'y fait. Il y a des gens qui sont faits pour un seul grand amour, pour un seul grand sentiment, pour un seul destin. S'il le perde, ils perdent tout et on ne peut plus recoller les morceaux, même avec de la foi, de la charité et de l'espérance. C'est un travail pour Dieu lui-même, qui s'en occupera si Dieu s'en lave les mains? Comment ne pas avoir pitié d'une si petite créature, démunie, vulnérable, résignée, seule et misérable dans sa solitude et son angoisse? Est-ce une tâche au-dessus des forces de Dieu lui-même, en donnant un cœur à ses pauvres créatures les soupçonnait-Il capables de tant aimer et souffrir?

Enfin, Madame Aymé retire ses doigts glacés de nos joues et cherche un kleenex pour sécher ses pleurs. Entre-temps, le disque s'arrête et il fait un silence lourd comme la terre. Nous déposons nos colis sur la table de cuisine et nous nous faufilons dehors sur la pointe des pieds, honteux d'être si heureux, honteux d'avoir tant de monde à aimer. Par contraste, le soleil aveuglant de l'extérieur nous réconforte, réchauffe nos os transis et nous remonte le cœur. Quand nous nous glissons hors du jardinet en friche Lucienne Boyer reprend inlassablement sa rengaine mélancolique.

Madame Aymé ne sort plus de sa maison même pour aller à l'église ou au marché. Il y a surtout Madame-la-Veuve-Pétrie, Madame Fraulein et Madame Gloire qui viennent la visiter. Elles parlent beaucoup mais ne reçoivent jamais d'autre réponse qu'un petit signe de tête ou un pâle sourire. Malgré tout, elles passent une heure ou deux avec elle deux fois par semaine.

Je rattrape Monsieur Alma et Monsieur Pacifique qui ont fait une petite halte au Trou en

revenant du cimetière. Ils s'engueulent virile-
ment parce que la cave de Monsieur Pacifique
est inondée et parce que Monsieur Alma refuse
d'entreprendre et de payer sa part des travaux
sur l'égout mitoyen sous prétexte que sa cave
à lui, étant plus élevée, reste sèche comme la
culotte de Mademoiselle Roma. La belle harmonie des cœurs et des esprits de tout à l'heure au
cimetière s'envole en fumée. La vie reprend ses
droits et la vie pue des pieds et des dessous de
bras.

— Je ferai faire la djobbe, menace Monsieur
Pacifique, et j'te traînerai devant les tribunaux
pour te faire cracher ta part.

— Et moé j'te ferai manger ton béret blanc
et tes *Vers demain* jusqu'à ce que tu t'étouffes,
répond Monsieur Alma.

— C'est à cause des baptêmes de commu-
nisses comme toé si la moitié du monde s'en va
chez l'yable.

— Et c'est à cause des baptêmes de fous
comme toé si l'autre moitié précède la première.

— On verra ben qui y arrivera en premier.

Monsieur Alma sourit, son mégot collé aux
lèvres, du haut de ses six pieds il toise son voisin avec arrogance, les mains calées dans ses
poches, l'air de se foutre royalement de ses petites misères. Il se retient pour ne pas éclater
de rire. Ils se séparent en jurant et chacun rentre chez lui.

Le dîner est servi, Magdelina qui s'est mise
dans la tête qu'elle est trop grosse suit un régime de légumes crus. Jean-Nil qui a retrouvé
son bel appétit en même temps qu'il oubliait
Nicolette et trouvait Laetitia dévore à belles
dents, avec une concentration totale comme si

c'était la chose la plus importante du monde. Rose-Mai est au téléphone avec Damien qui a reçu un télégramme important de Québec. Il promet de le lui faire lire mais en attendant il la laisse dépérir de curiosité. Elle n'insiste pas et elle lui demande s'il l'aime. Il doit répondre que oui cet épais-là parce qu'elle rosit de contentement. Pourquoi est-ce que les femelles ont tout le temps besoin de se le faire dire, même quand ça crève les yeux?

À la radio, c'est le «Réveil de la nature» et François Bertrand parle des cultures maraîchères. Le soleil entre à pleines fenêtres, les cloches sonnent l'angélus, un pinson lance sa trille caractéristique et des odeurs de pains de ménage tout chauds nous parviennent de chez le voisin. C'est une vision fugitive du bonheur et je voudrais la saisir à pleines mains, la retenir, la conserver intacte dans un coin de ma tête.

Bouton et Zézette m'attendent dehors avec des projets pour meubler l'après-midi. Premier item à l'agenda: aller voir Mademoiselle Juliette qui prend sa douche sans tirer les rideaux, Zézette tient précieusement une lunette de marin. Sa mère se félicite que son fiston s'intéresse à l'étude des oiseaux, Zézette ne l'a pas démentie, il aime faire plaisir, même involontairement.

Nos projets sont momentanément déjoués par un événement qui nous paraît plus prometteur. En rentrant chez lui, Monsieur Alma a aussi trouvé sa cave inondée et malodorante. Ça pue, c'est malpropre, sa femme chicane et l'enjoint de faire quelque chose d'urgence. Monsieur Alma laisse échapper une pléiade de jurons mais il sait qu'il n'aura plus la paix aussi longtemps qu'il ne se rendra pas aux arguments de sa femme. Il décide finalement de parlementer avec son voisin quitte à perdre la face. Il fait la paix avec Monsieur Pacifique et consent magnanimement à payer sa part des travaux, il faudra faire venir la pépine et creuser le long de la ligne mitoyenne, mais jamais il n'admettra que sa cave est aussi inondée; il laisse croire que seuls le civisme et l'esprit de coopération sont responsables de sa nouvelle attitude conciliante. Un voisin en or, Monsieur Pacifique a bien de la chance d'être tombé sur lui. Il a bien prévenu sa femme de fermer sa grande trappe devant Madame Pacifique.

Pour fêter cette nouvelle ère de collaboration exemplaire, les deux hommes s'installent dans le jardin devant un gallon de Saint-Georges tout neuf que Monsieur Pacifique conserve toujours au frais dans la baignoire sous un mince filet d'eau. À Isieux tout commence et tout finit devant un gallon de vin, les palabres se déroulent devant un verre de vin, les accords se scellent devant un verre de vin, les discordes se débattent devant deux verres de vin, les intrigues se tissent aussi devant un gallon de Saint-Georges. Tout est prétexte à deviser devant un verre de vin et personne ne s'en plaint à part les femmes, mais il faut bien que les femmes chialent un peu autrement elles ne seraient plus des femmes. Mais c'est sans conséquence, une vache qui beugle n'a jamais empêché un train de passer, comme dit Monsieur Fortunat.

Ils sont attablés au frais sous un chêne centenaire, c'est le milieu de l'après-midi, le soleil est à son plus fort, la soif aussi, nous sommes invisibles de l'autre côté de la haie touffue. Comme on connaît les deux individus on sait qu'il ne se dira pas que des banalités. Au contraire dès le début la conversation prend de la chaleur et de la verdeur. Monsieur Alma raconte comment un jour lui et ses camarades de travail se sont vengés d'un contremaître trop chiant en lui soufflant de l'air comprimé dans le cul. Les hommes qui étaient à la douche avaient eu cette idée-là pour s'amuser un peu. Ce n'était pas méchant mais ils avaient quand même bien failli tuer le pauvre homme. Ce qui rappelle quelques souvenirs à Monsieur Pacifique qui travaillait au premier barrage dans les années 30.

— Une enfer, dit-il avec le plus parfait mépris pour le genre du mot enfer, on travaillait seize heures par jour dans marde, dans vase, dans sloche, gelés comme une crotte de nez ou suant sang et eau, mangés par des bibittes grosses comme mon poing, avec des baptêmes de Polonais, d'Ukrainiens pis de Hongrois qui puaient des pieds, des bras et du cul. Pas de plottes, pas de gouffre, pas de vues, rien, rien que des baptêmes de binnes. On était tellement écœuré des binnes qu'on avait crissé le feu à cantine avec le cook dedans. On l'a sauvé in extremis mais on l'a forcé à s'envoyer toute son baptême de stock de binnes. Y'en pète encore vingt ans plus tard. Monsieur Alma veut savoir si ça a amélioré le menu.

— Non, Viarge, mais ça nous a amélioré le moral un maudit boutte. Si j'te disais qu'ensuite j'ai jamais pu voir une baptême de binne sans faire une jaunisse. Le docteur comprend pas ça. Y peut pas s'faire à l'idée de c'que c'est que de s'taper des binnes pendant trois ans (dont une année bisextile), quatre mois et seize jours, trois fois par jour, des binnes à m'lasse, d'la m'lasse aux binnes, des binnes au lard, des binnes à la créole, des binnes à la mexicaine, des binnes sèches, des baveuses, des molles, des grasses. Prends-en ma parole faudrait interdire les binnes sur les chantiers, ça s'rait d'la charité chrétienne, c'est d'l'ordinaire à cochon, y faudrait saigner toutes ces baptêmes d'habitants qui font pousser ça dans la bonne terre du bon Yeu.

— Tu y vas un peu raide!

— Raide, raide, te rends-tu seulement compte combien ça fait de pieds cubes de bon air propre du bon Yeu que trois mille trous du cul ont empoisonnés bon an mal an, combien d'honnêtes nez d'ouvriers ont tiré le yable par la queue, sans compter les pneumonies doubles parce qu'à bout de force un pauvre homme ouvrait les fenêtres par trente degrés sous zéro, sans parler du bruit. Viarge, y'a une maudite limite à c'qu'un homme peut endurer. On était trente-six trous du cul par baraque, empilés sur trois niveaux, on pouvait compter les secondes de silence su les cinq doigts de la main, ça fusait comme un feu d'artifice un soir de Saint-Jean-Baptiste. Pour s'endormir, on leur donnait des catégories, les baveux, les hypocrites, les snobs, les polis, les à répétitions, les gênés et j'te fais grâce des sous-catégories et de ceux qui portaient à conséquence.

Monsieur Pacifique reprend son souffle et pose sa main sur l'épaule de son voisin comme s'il avait une lourde confidence à lui faire.

— Mon ami, j'te le jure sur la tête de ma vieille mère, j'ai battu ma femme qu'une seule fois en trente ans de misère et y faut que j'te conte ça. Une fois, j'obtiens de peine et d'misère un jour off un soir de Noël. Je fais cent soixante milles en plein air dans la boîte d'un troque par trente degrés sous zéro, je fais encore sept milles à pied, j'ai les poumons qui se raccornissent, les pieds durs comme une brique, les yeux qui se vitrifient, la queue qui devisse et qui veut m'tomber, la tempête qui m'étouffe, le vent qui me fouette le gras des fesses et enfin j'arrive à maison pour réveillonner devant... une platée de binnes. Bonne Viarge, j'l'aurais tuée.

À son tour, Monsieur Alma qui a aussi travaillé au barrage plus tard se rappelle un dénommé Eudore.

— Pas celui de l'autobus?

— Justement.

Monsieur Alma s'esclaffe et se tape sur les cuisses la larme à l'œil.

— C'était au mois de février, un fret à faire fendre les bûches tu seules, la noirceur tombait, même la chute du Sauvage qui était figée dans le vide quand un autobus plein de bonnes sœurs qui récitent le chapelet se présente à barrière. Guindon qui est de garde refuse d'abord de les laisser entrer. Un chantier de barrage c'est vraiment pas une place pour des sœurs, mais c'est pas des sœurs ordinaires comme on a pu le voir aussitôt. Au volant de l'autobus, Eudore explique qu'y a perdu son chemin et qu'y peut décemment pas coucher les bonnes sœurs su le banc de neige. Guindon veut rien savoir, les règlements ont pas prévu ça. La mère supérieure prend les d'vants et va s'expliquer avec Guindon dans l'intimité d'la cabane de garde. Ça dure un quart d'heure, la cabane en tremble sur ses blocs de ciment, Guindon avec les culottes à terre, la mère avec la jupe sur la tête. Toute réjoui, Guindon, devenu charitable comme un moine, laisse passer l'autobus et nous v'la en train de préparer une baraque pour les bonnes sœurs. C'est pas croyable le va-et-vient qui s'fait toute la nuite entre les baraques.

— Eudore avait écrémé tous les bordels de l'est du Québec et habillé les guidounes avec des costumes de séance.

— Moé je m'suis choisi une pièce maîtresse, une poutre, une grosse noune laide comme sept culs mais en bonne santé avec des tétons de cérémonie et une paire de fesses que c'est quasi-ment du gaspille que d's'asseoir dessus, avec des fossettes que j'aurais pu y perdre mon coffre à outil. Y m'aurait fallu six paires de mains pour pétrir tout ça à mon soûl, de la pâte à pain bénit. Elle était courtaude, un baril de pétrole, mais c'était compensé par des grosses cuisses de truie, un ventre de lard blanc, tout en plis et replis suintant la sueur, la femelle et la vache, un rêve, une beauté, j'oublierai jamais. Ses épaules blan-ches comme du p'tit lait, ses dessous de bras qui sentaient bon la fermentation de vin de pis-senlit, son poil de cul raide comme une brosse d'acier, son nombril si creux que j'aurais pu y enfouir la tête jusqu'aux genoux, quand je me remémore tout ça la Blanche ne m'fait même plus bander. On était tellement collé, a m'avait tellement siphonné dans ses creux humides qu'a fallu six hommes costauds pour me décoller de là au matin avec un baptême de bruit de suc-cion qu'on s'en rappelle encore. Brind'Amour pensait que c'était la sirène de rappel à djobbe.

— J'ai jamais revu une bonne sœur de c'te classe-là et à moins que l'bon Yeu me bénisse j'en r'verrai jamais une autre. Quand le surveillant faisait sa ronde et que Brind'Amour lançait son pet d'alarme, elle pouvait réciter trois avés de suite en gardant le rythme avec sa croupe. Sauf le ainsi soit-il-il-il-il-il-illlle tout paraissait correct. Y'avait qu'un problème, à l'était laide à faire peur au Bonhomme Sept-Heures, alors j'lui faisais son affaire en lui relevant la soutane su à tête. Après ses premières jouissances, j'ai ben cru l'avoir étouffée. Mais non. C'te femme-là respirait, dévorait et buvait par la plotte, faut croire. Son lard tout entier était plotte, sa tête de guidoune, sa bouche crémeuse, ses yeux de cire jaune, ses flancs de truie, ses hanches de graisse, chacun des pores de sa peau était plotte. A pensait, a riait, a réfléchissait, suait et bougeait par la plotte. Après cette tirade religieusement récitée, Monsieur Alma devient rêveur.

— Ça a duré toute la nuit et cent fois ça manqué virer à l'émeute, sans exagération. Le lendemain on a perdu trois Polonais dans une coulée de béton, y étaient encore paquetés comme un soir de Saint-Jean-Baptiste. Pauv' Polonais, baptême, crever si loin d'leu beau pays de marde, statufiés de l'extérieur dans quatre-vingt-dix pieds de beau ciment frais.

— Au moins, dit Monsieur Pacifique, si y sont un peu à l'étroit y sont au chaud.

Ensuite Monsieur Pacifique entreprend de médire sur la famille de sa femme, des Irlandais débarqués pendant la grande famine, il dit qu'il n'est pas raciste mais que les Irlandais sont tous des crisses de fous, des radins, des bons à rien, tout ce qu'ils savent faire c'est du scotch et de la laine. Monsieur Alma est d'accord, ils savent faire du scotch, mais le scotch est une liqueur de riche qui fait éclater les vaisseaux du nez, il n'y a qu'à voir le bedeau avec son nez ravagé à force de boire le scotch du vicaire. Pour sa part, il préfère le Saint-Georges, c'est meilleur marché, c'est pas buvable et c'est heureux puisque autrement ils en abuseraient peut-être.

— Qu'est-ce que ça serait? me chuchote Bouton en me donnant un coup de coude dans les côtes.

Monsieur Alma sue à grosses gouttes, se concentre pour rouler une cigarette et consent à rétablir les faits.

— Tu confonds mon ami, ce sont les Écossais qui sont radins, baptême, pas les Irlandais.

— En toué cas, répond Monsieur Pacifique, j'connais mon beau-frère, viarge, y prend un coup solide depu qu'y marchait au « p'tit caté-chisse » et y'a jamais craché une maudite cenne pour boire, y'a quêté tout le canton pour sucer une gorgée de gouffre et y'a un compte dans tous les trous de Métabachouan à Rouyn-Noranda.

Monsieur Alma admet, quant à la laine il s'en fout comme de l'an quarante. Conscien-cieusement, il vide son verre et tout aussi cons-ciencieusement le remplit à nouveau. Ce faisant il devient soudain poétique et pousse sa petite rengaine en se claquant les cuisses.

Boire une petite piquette
sous un soleil de plomb
gare à toi Lisette
je m'en vais te r'lever les jupons

Monsieur Pacifique s'informe de ce qu'on pouvait bien faire sur les chantiers pour occuper ses dimanches, Monsieur Alma rote et glisse ses pouces sous ses bretelles.

— On s'organisait des combats de boxe baptême et c'était quèque chose à voir, ben meilleur que Gene Tunney et Tom Heeney en 28. Tiens j'me souviens d'un Haïtien intelligent comme une enclume, mais gros et fort comme un joual, qui frappait comme un malheur mais surtout qui encaissait comme une porte de château-fort, un mur, un barrage, une montagne. Y nous a pris à huit une fois, huit en même temps et pas des commis de banque, j'te l'assure, y nous a toute péter la gueule dans le temps d'le dire. Y aurait pu prendre Heeney et Tunney ensemble et y aurait resté assez d'force pour vider le Yankee Stadium à lui tout seul. Y'é mort six mois plus tard d'un rhume qu'a mal tourné, la vie m'surprendra toujours. On creillait toute que même un coup de tonnerre ne pourrait pas lui défriser un poil de poche et pourtant yé mort comme un poussin de Pâques qu'on peinture en bleu avec du fini coated. Un autre qui sera mort loin de ses palmiers même si j'me demande si y'a jamais faite la différence entre un palmier pi une épinette noire.

Le gallon est à moitié vide quand les voisins s'échangent de bonnes adresses à Québec, face à la Traverse, un peu plus haut sur la rue Saint-Paul, un peu à droite sur les remparts. Les tarifs sont concurrentiels, y'a même des plottes qui fourrent pour rien si le client est bel homme et viril. Monsieur Alma n'en dit pas plus laissant sous-entendre qu'il aurait joui de ce traitement de faveur.

— En plusse a fournissent le gros gin viarge, tu demanderas la grosse Tina. Il claque sa langue pâteuse.

Lève tes jambettes
dans les grands foins blonds.
Je m'en vais Lisette
T'caresser le chaton.

Tout l'après-midi s'envole à échanger des propos de même farine et le soir tombe quand Monsieur Alma s'absente un instant et rapplique de chez lui avec un autre gallon de Saint-Georges aux trois quarts plein. Les femmes appellent en vain pour le souper mais ce n'est que pour la forme, elles savent bien qu'une fois partis leurs époux vont jusqu'au fond de la bouteille avec vaillance et détermination, rien ne les empêchera de faire leur devoir jusqu'au bout. Un accord ferme entre voisins de bonne volonté doit se sceller dans les règles au risque de sauter un repas.

Cependant, cet appel à table rappelle à Monsieur Alma qu'une fois sa femme avait réussi à l'entraîner chez Wong à Clairval. Dans la région, Wong tient l'établissement chic avec des nappes sur les tables, des lampes chinoises en plastique rouge et or, des chandelles en métal et de belles peintures sur velours.

Le garçon demande si Monsieur Alma veut du vin, Monsieur Alma veut bien qu'on lui apporte la carte mais il trouve les prix prohibitifs.

— Baptême, c'est du jus de raisin ou d'la pisse de pape ou du sang bleu de George VI?

Il exige du Saint-Georges, paraît-il qu'il n'y en aurait pas. À voir la mine scandalisée du garçon, on dirait qu'il lui a demandé de la bouse de chameau. Madame Alma semble embarrassée et frétille du cul sur sa chaise droite. Monsieur Alma qui ne se laisse jamais prendre au dépourvu sort dignement du restaurant et revient aussitôt après avec un gallon de Saint-Georges qu'il avait mis au frais dans le coffre de la Packard que lui avait passé Bibi. Madame Alma se dit qu'elle a raté une occasion unique de rester à la maison, que son épais de mari n'est pas sortable et un éclair de colère enflamme ses beaux yeux de bohémienne. Elle ronge son frein devant ses crevettes et son riz chinois, devant l'énorme cruche de verre brun, son bouchon de bakelite et son anse de broche. Monsieur Alma feint de ne rien voir, il arrête le garçon qui passe :

— Ça, mon garçon, c'est pas du vinaigre ; tu devrais en garder un ou deux dans ton frigidaire.

Le garçon dit qu'il en parlera au patron.

— Le patron, s'esclaffe Monsieur Alma, y connaît rien à part son baptême d'alcool de riz, moi j'm'en sers pour frictionner mon arthrite, tiens j'gage qu'y fait brûler ses hosties de chandelles avec son alcool de riz, c'est bon pour faire marcher des machines à gaz, viarge, pas pour boire.

Ç'en est trop pour Madame Alma, défiant son mari du regard elle s'empare du gallon à deux mains et le verse à même la table parmi les petits pains, les ustensiles, les napperons, le sel et le poivre. Le vin sirupeux se répand mollement en une superbe plaque foncée. Après quoi, elle ramasse son sac et son manteau et s'en va comme si de rien n'était. Sans se démonter, sans se départir de sa bonne humeur, Monsieur Alma termine son chop suey, son riz, son thé et exige le biscuit chinois avec le petit proverbe oriental qui est compris dans le tarif, mais il se dit que la bonne femme va en manger une viarge quand il va lui mettre la main dessus.

Il rit de sa mésaventure avec Monsieur Pacifique.

— J'ai laissé sécher le vin avant de partir. Y se sont tellement fait suer pour décoller la nappe qu'y ont dû jeter la table avec. Du Saint-Georges ça a du corps, y faut du cœur pour se décoller les parois de l'estomac le lendemain matin.

C'est à la bonne franquette
c'est fait sans façon.
Je m'en vais Lisette
te faire entre donc, mais entre donc.

Comme il est à prévoir quand Monsieur Pacifique se soûle la gueule, la conversation vire tôt ou tard aux bérets blancs. Désabusé, Monsieur Alma qui espérait sauter par-dessus pour une fois demande quand même si vraiment la Gilberte ne se tape pas à l'occasion et à la sauvette le vieux... schnoque... comment y s'appelle déjà? Louis Evan, c'est ça. Monsieur Pacifique fronce les sourcils et répond qu'il n'y comprend rien, Gilberte Côté-Mercier est ni plus ni moins qu'une sainte femme et que Louis Evan est un apôtre de l'Église proche de la canonisation si seulement Rome voulait ouvrir les yeux.

— L'un n'empêche pas l'autre, explique Monsieur Alma, y faut être à deux poils de la canonisation pour s'enfourner la vieille belette.

Nous appréhendons le retour des hostilités mais le vin émousse la susceptibilité et inculque un peu de tolérance, Monsieur Alma renonce à étriller son voisin qui se lance dans une croisade verbale contre l'esprit du mal qui règne sur le monde. Bouton me cale son coude dans les côtes chaque fois que Monsieur Pacifique prophétise la chute du communisme...

— C'est bien fait, braille Bouton.

... la destruction des nouvelles Sodome et Gomorrhe...

— C'est bien fait, prends ça!

... l'arrivée aux enfers des athées, des libres penseurs, des suppôts de Satan, des antéchrists, des faux prophètes, des libertaires, des exhibitionnistes.

— C'est une bonne cause, consent Monsieur Alma pour clore cette discussion et passer à autre chose.

Mais Monsieur Pacifique qui voit un encouragement dans ces paroles compréhensives retraverse la cour, entre chez lui et revient un moment plus tard avec une bonne demi-douzaine de *Vers demain* et une montagne de pamphlets de même facture.

Les hommes discutent maintenant avec l'excès de sérieux propre aux ivrognes, l'articulation est difficile, le verbe glissant, la consonne pâteuse, on marque sa détermination de sonores coups de poing sur la pauvre table qui mérite mieux que ça.

Le pape est un faux prophète, les enfants aux cœurs purs mangent du sexe à l'école, on corrompt nos filles avec *Vie à deux* ou *Intimité*, les petits garçons ont des trous dans les poches, on sacre comme des câlices de païens, on adore le veau d'or, on s'enlise dans la luxure licencieuse, on démolit les églises et on méprise la vertu et le renoncement. C'en est trop et il faut faire quelque chose.

Justement Monsieur Pacifique vend des pommes pour financer le rosaire du mois de septembre dans les rues de Québec. Il faut des autobus pleins de pélerins, des bibles, des banderoles, des drapeaux, des chapelets et des tracts pour les sympathisants. Tout ça, ça se paye, l'argent ne tombe pas du ciel comme la manne dans le désert.

Compatissant d'une nouvelle ardeur, Monsieur Alma accepte d'acheter des pommes.

— Combien de pommes?

— Des pommes, beaucoup de pommes.

Monsieur Pacifique se lève en titubant, s'enfarge dans la haie, cite au vol quelques objets du culte et disparaît dans le noir de l'autre côté de sa maison. On savait qu'il allait chercher des pommes mais on ne savait pas qu'il reviendrait au volant d'un quinze-tonnes chargé de cageots de pommes jusqu'à l'extrémité des ridelles. Il klaxonne heureux comme un lion dans une fosse à Daniel, excité comme un petit garçon qui entend tinter la clochette du marchand de crème glacée. Plein de bons sentiments et de mauvais vin, Monsieur Alma achète pompeusement toute la cargaison du camion, il achète dignement jusqu'à la dernière pomme.

Sous la lune, les deux hommes déchargent les cageots en chantant pom... pom... pom... et les déposent vaille que vaille dans la cour. À minuit ils se séparent complètement ronds et fort contents l'un de l'autre.

Au matin, la guerre reprend, la trêve aura été éphémère. Monsieur Alma somme l'imbécile qui a jonché sa cour de détritus, de voir à remettre les lieux dans leur état originel. L'imbécile en question menace de faire un procès pour se faire payer son bien et Monsieur Alma répond qu'il lui fera avaler son béret blanc jusqu'à ce qu'il s'étouffe.

Voilà, on est revenu au point de départ, l'égout mitoyen continuera à puer et à déborder, les pommes qui n'aboutiront pas dans nos ventres pourront pourrir en paix jusqu'au jugement de la Cour suprême s'il le faut. Mais il faut parier qu'avant longtemps le bon vin rapprochera ces vieux coqs de village et arrangera les choses le temps d'une brosse.

Les deux flics lèvent momentanément le siège devant la ferme des Caux. Tout fripés avec une barbe de six jours, ils laissent entendre qu'ils reviendront en temps et lieu avec qui de droit. Ils restent à dessein aussi imprécis que sibyllins laissant planer un lourd mystère et laissant courir le suspense. Le gros s'éponge le cou et le petit fait tout le travail.

Madame-la-Veuve-Pétrie remarque qu'ils devraient revenir à dix. Les neuf premiers pour pousser le dixième. Personne ne cautionne les agissements de Bernard mais tout le monde est ravi de voir niaiser les deux flics rôtissant dans leur bagnole et suant sang et eau parce qu'ils n'ont pas le courage d'aborder la montagne.

Complètement remis, Bibi rouvre son garage et son premier client, un déménageur de Clairval, demande un renseignement. Il y a encore une famille qui s'est achetée un frigidaire. Frédé s'arrachera les cheveux quand il l'apprendra. Mimi prend les choses plus relax, elle lui propose d'ouvrir un magasin de vente et de réparation de frigidaires. Frédé ne veut pas en entendre parler, s'il doit mourir il veut le faire sur le pont et sur le front, misérable victime du modernisme qui aura eu le courage de ne pas céder, vivant, un seul pouce de terrain à l'ennemi et encore moins de passer lâchement de son côté. Dans sa famille, on lutte avec l'énergie du désespoir, on combat avec un courage indomptable, on vainc avec honneur ou on coule avec le bateau. Bravo Frédé, c'est un peu pompier mais c'est beau, il y a des valeurs qui ne se perdent pas malgré les apparences, il reste de preux gentilhommes prêts à tout pour défendre la tradition, les veuves et les orphelins, tu es un mousquetaire, peut-être le dernier mais invincible.

De son côté, Jean-Nil fignole la Harley qui se laisse faire comme un gros chat avant de bondir. Elle roulera la semaine prochaine et il en rêve d'impatience. Il meurt d'envie de descendre et de remonter lentement la Principale au nez incrédule de tous ces ignares qui prétendaient que la Harley ne roulerait jamais plus, il se tiendra raide, la tête en l'air, sans regarder personne en particulier, il la fera gronder, rugir et piaffer mais il remontera la pente à petite allure juste ce qu'il faut pour garder l'équilibre et en faisant le plus de bruit possible.

À onze heures pile ce matin-là, Monsieur Onil débarque chez Madame Gloire, fin peigné, fin rasé, avec costume neuf, cravate sombre et souliers vernis. C'est tout juste s'il n'a pas apporté des fleurs, il a trouvé ça trop cher, prodigue il veut bien mais excentrique, non, il n'en est pas encore là. Dieu merci!

Avec son air consciencieux, il inspecte le filage électrique, les tuyaux de plomberie et les gouttières jetant un coup d'œil dégoûté au gyproc qui s'effrite un peu partout dans la maison. Mentalement, il prend des notes, additionne et empile des chiffres. Son petit examen prend beaucoup de temps mais il prend bien soin de ne pas salir son beau costume. Perplexe Madame Gloire l'observe du coin de l'œil en pensant qu'il s'agit là d'une nouvelle lubie, elle repasse ses draps dans un coin de la cuisine. Redescendu du deuxième, remonté de la cave, revenu au salon, Monsieur Onil invite poliment la maîtresse de maison à le suivre dans le petit bureau puisqu'il a des choses importantes à lui communiquer. Madame Gloire ne voit pas ce qu'il peut y avoir de plus important que son repassage mais elle le suit quand même ou plutôt le précède puisqu'il s'efface galamment sur son passage. Aussitôt la porte fermée, Mademoiselle Florence y colle l'oreille et retient son souffle. C'est elle qui racontera ce qui s'y est passé l'après-midi au magasin général.

Monsieur Onil s'éclaircit la voix et commence à tourner en rond autour de Madame Gloire qu'il a invitée à s'asseoir au bureau-secrétaire. Il dit qu'il a travaillé toute sa vie comme un moine, qu'il est un homme respectable et respecté dans son milieu, un homme qu'on écoute et à qui on sollicite des avis, un homme qui est parvenu à une certaine maturité et à une sagesse certaine. Madame Gloire écoute sans rien dire et elle s'étonne de le voir tourner autour du pot lui qui est d'habitude concis et direct. De temps en temps, elle soulève une paupière lourde et range des crayons et des bouts de papier.

— Donc, continue Monsieur Onil, j'ai aussi accumulé quelques biens, je ne suis pas riche... c'est vrai...

Menteur, pense Madame Gloire.

... mais je ne suis pas non plus démuni et je caresse quelques projets qui nous sont peut-être communs.

Monsieur Onil laisse un blanc calculé et exécute un tour complet de la pièce.

— Je connais vos propres projets et peut-être qu'ils ne m'apparaissent pas aussi farfelus que je ne le croyais jadis. Quoi qu'il en soit, j'ai établi quelques contacts avec des courtiers américains...

Il guette une réaction mais le regard de son associée reste inerte, Monsieur Onil ne s'est jamais aussi bien exprimé, Mademoiselle Florence en est toute époustouflée.

... et je pense avoir déniché quelque chose d'intéressant... en Floride.

Seulement quelques mois plus tôt, Madame Gloire se serait enthousiasmée mais aujourd'hui c'est à peine si son épaisse paupière tressaute comme mue par un tic nerveux. Elle a besoin d'au moins un quarante-onces pour y croire encore vraiment et elle n'a rien bu depuis deux mois, depuis le retour de Sophie.

Un peu déçu d'une réaction aussi amorphe, Monsieur Onil vide un cendrier dans la corbeille de métal. Il a horreur des gens qui fument et ne tolère pas un seul mégot dans un cendrier.

— Cet homme-là n'a pas de vice, commente Mademoiselle Florence, pas de femme, pas de tabac, pas d'alcool, un bon travaillant, économe et pratiquant, pas un feignant, mais c'est pas possible il doit y avoir une fêlure dans l'armure.

Je croyais que peut-être il aime les petits garçons, même pas, la suite vous le dira. En tout
cas, s'il entretient un vice caché, je n'ai pas pu
le découvrir mais comptez sur moi, je cherche
encore.

— Pour résumer, dit Monsieur Onil en regardant ses souliers vernis, je crois qu'arrivé à
mon âge, un homme doit se faire une idée, se
caser et fonder une famille. Je ne vous cacherai
pas que j'ai quarante-quatre ans, ce n'est plus
l'adolescence mais ce n'est pas la sénilité non
plus et à quarante ans un homme est en pleine
possession de ses moyens.

Il relève le menton d'un air déterminé,
croise ses mains derrière son dos et se soulève
sur la pointe des pieds.

— Donc j'ai décidé de me marier.

Cette fois, Madame Gloire se relève à demi
de surprise, cette mise en scène ressemble à une
demande en mariage, elle s'attendait à tout sauf
à ça, elle essuie sa face de lune avec un kleenex
et ne peut que répéter:

— Vous voulez vous marier... je...

Confuse elle ne sait pas s'il faut rire ou pleurer, elle tripote sa broche plaquée or qui traîne
sur le bureau.

— J'ai besoin de réfléchir et...

Monsieur Onil se rend aussitôt compte du
quiproquo qu'il a bien involontairement provoqué, il croit nécessaire de mettre les choses au
point tout de suite au risque de ramener brusquement la grosse femme sur terre. Il se racle
la gorge:

— Je pense à Sophie bien sûr, la petite est
mineure et elle a besoin de votre consentement.

Madame Gloire s'affaisse sur elle-même et devient plus grise encore, ses lèvres se décolorent et ses paupières se ferment. Comme Monsieur Onil ne peut supporter ce pénible silence, il reprend son discours.

— Cette jeune fille a besoin d'un homme mûr, d'un homme stable. Remarquez que je ne suis ni vieux ni sévère, mais la frivolité doit être canalisée. Comme je l'ai déjà dit, je peux lui offrir la sécurité, peut-être même un peu de luxe. Nous pourrions mener une gentille petite vie heureuse au soleil. Évidemment, nous vous prendrons avec nous. Si tout s'arrange comme je l'espère, j'achèterai ce motel en Floride, vous serez la patronne et je ferai l'homme à tout faire. N'est-ce pas un cadre idéal pour votre fille et peut-être, je l'espère pour nos enfants. Réfléchissez bien Madame Gloire, votre santé n'est plus ce qu'elle était, le soleil, la mer, le repos vous seront du plus grand bien, vous méritez bien un peu de confort après toutes ces années, je vous offre tout cela plus de l'amour illimité pour votre précieuse Sophie.

— Et Martin et Sophie? balbutie Madame Gloire.

— Martin est parti, répond Monsieur Onil sans pavaner, presque attristé, je l'ai conduit au train de sept heures ce matin et Sophie s'habituera à cette idée à moi, elle finira par m'aimer et nous vous donnerons de beaux petits-enfants qui viendront souder tous ces liens familiaux. Le mariage est une chose trop sérieuse pour ne le baser que sur l'amour. Il faut de bonnes bases solides, de la maturité, de la tendresse, de la compréhension, de la sécurité, l'amour vient de surcroît.

Ayant achevé son plaidoyer, Monsieur Onil feint une petite quinte de toux pour se donner une contenance, la déconfiture de Madame Gloire l'embarrasse. Il croit nécessaire d'ajouter :

— Promettez-moi d'y réfléchir, parlez-en à Sophie comme une mère doit parler à sa fille. Nous voulons tous les deux son bonheur et je m'engage à tout faire pour la rendre heureuse. Je suis un homme de parole, vous le savez bien.

Il vient pour ajouter quelque chose mais il se ravise, ajuste sa cravate et s'en va.

— C'est tout juste s'il ne m'a pas renversée en sortant, ajoute Mademoiselle Florence, il ne m'a même pas vue tellement il flottait dans les nuages, le vieux cochon, marier une fillette à son âge. Ça fait un peu incestueux, pas vrai ?

Elle cherche des confirmations autour d'elle, en tout cas elle est contente de sa trouvaille. Incestueux, ça fait toujours un bon effet, ça émoustille les instincts sexuels et c'est encore le seul vice qui lui manque pour compléter son petit recueil à scandale, bien que...

Elle n'en dit pas plus, laissant supposer les pires abominations, toutes les femmes se demandent qui dans la paroisse a bien pu coucher avec sa propre fille ou encore plus incroyable, quelle mère indigne a pu séduire son fils. On cherche dans les souvenirs, on déterre de vieux ragots, on part des rumeurs mais Mademoiselle Florence refuse de prononcer un mot de plus. Toute auréolée de l'importance nouvelle qu'on lui accorde, elle se fraye un chemin jusqu'à la sortie. La clochette tinte et elle disparaît dans la clarté aveuglante de midi.

Sophie qui ne se lève jamais avant midi depuis son retour du couvent descend le grand escalier en boutonnant sa petite blouse couleur fraise. Elle débouche dans le salon juste comme Monsieur Onil sort de la maison. Elle le pointe du menton devant Madame Gloire qui est restée soudée à son fauteuil dans le petit bureau.

— Qu'est-ce qu'il voulait encore, le vieux serpent?

Madame Gloire lui fait signe d'entrer, lui demande de fermer la porte et lui raconte son entretien avec Monsieur Onil, Sophie fait répéter deux fois et éclate de rire. Ellle n'en croit pas ses oreilles, tellement cette affaire lui paraît loufoque.

— C'est à mourir de rire, le vieux crapaud se cherche une petite fille à peloter.

— Sophie j't'ai pas élevée à parler de même, proteste Madame Gloire.

— Je vais raconter ça à Martin.

— Martin est parti, dit Madame Gloire sans joie.

— Ce n'est pas vrai!

Sophie est furieuse, elle voit là une manœuvre de sa mère pour discréditer Martin et les séparer tous les deux.

— Quand? Il est parti où?

— Par le train de sept heures.

— Où?

Madame Gloire hausse les épaules, elle s'effraie du ton vindicatif de la jeune fille.

— Je ne sais pas.

Sophie pivote sur elle-même, escalade l'escalier quatre à quatre et fonce dans la chambre du garçon. La chambre est en effet désertée, le placard est vide et les objets personnels se sont envolés. Les traits déformés par la déception et par la colère, comme une furie, Sophie dévale l'escalier et s'engouffre dans le petit réduit où Madame Gloire murmure une prière muette. Sophie l'accuse d'avoir chassé Martin et l'abreuve d'un flot continu d'injures et d'insanités. Elle hurle que sa mère n'aimait pas Martin parce qu'il préférait coucher avec elle plutôt qu'avec Madame Gloire, elle l'a chassé parce qu'elle souhaite que Sophie se marie avec un vieux dégoûtant pour pouvoir se faire cuire le cul dans le sud et se faire une petite vie facile au détriment du bonheur de sa propre fille.

Madame Gloire ferme les yeux, la tête lourde et basse, elle respire rauque et presse son bras gauche. Elle murmure que ce n'est pas vrai mais Sophie hurle trop fort pour l'entendre. Elle clame que sa mère meurt d'envie de lui reprocher d'avoir couché avec Martin, que Martin n'est pas le premier ni le dernier, que quand on a fait la putasse la moitié de sa vie on est bien mal placée pour signaler la paille dans l'œil du voisin, qu'elle couchera avec qui elle voudra et que ce n'est pas l'affaire d'une vieille plotte gâteuse, pourrie de mauvais alcool, que c'est sa faute si Martin s'est sauvé comme un malpropre. Elle se lamente sur elle-même et se demande ce qu'elle va devenir maintenant que Martin est parti, maintenant qu'elle est enceinte.

— Oui, je suis en famille. Vas-y, dis-le que je ne suis qu'une guidoune, dis-le que je ne suis qu'une plotte, tu en crèves d'envie.

Prise d'une rage incontrôlable, elle secoue sa mère par les épaules, Madame Gloire ne résiste pas, sa grosse poitrine ballotte de gauche à droite.

Comme ça, dans le feu de l'action, habitée par une haine inexplicaole, Sophie en devient presque laide, ses jolies lèvres se tordent et les veines de son cou gracieux se gonflent démesurément.

— Dis-le, répète-t-elle, ma propre fille est une plotte.

Les yeux exorbités, elle se redresse soudain, jette ses longs cheveux en arrière, pivote tout d'une pièce et surgit du petit réduit. Une seconde plus tard, elle ouvre la porte du hall et s'enfuit en courant et en criant: «Telle mère, telle fille!»

Misérable, la vieille femme reste hébétée, sa poitrine se gonfle difficilement, elle souffle la bouche ouverte, les yeux hagards comme si son monde venait d'éclater, comme si elle ne reconnaissait plus les gens et les choses autour d'elle, elle nous regarde sans nous voir, elle tourne de l'œil et soudain elle s'écroule molle comme une poupée qui se dégonfle.

Mademoiselle Florence lui fait respirer des sels mais Madame Gloire ne réagit pas et elle demande au vieux Polonais d'aller chercher le docteur Petit. Elle confond allemand et slave et hurle doktor. Le Polonais finit par comprendre, mais je suis déjà en route pour la vieille maison délabrée du docteur en priant pour qu'il y soit. Madame Gloire ne méritait pas ça, Madame Gloire c'est la générosité même, un grand cœur de même il n'y en a pas d'autre, tellement qu'on l'a exploitée toute sa vie, non seulement elle n'en veut à personne mais elle ne veut même pas s'en rendre compte. On l'a méprisée, on l'a ridiculisée, on l'a bafouée, surtout on l'a mal aimée mais elle aime tout le monde, elle aime surtout Sophie plus que n'importe quoi ou n'importe qui au monde. Je ne veux pas qu'elle meure, ce serait injuste, Dieu ne peut pas permettre ça. Heureusement, le docteur est là.

J'ai besoin de réfléchir, je m'éloigne dans les champs et comme chaque fois mes préoccupations s'estompent et disparaissent quand, la tête enfouie dans les foins mûrs, je me concentre à respirer le plus doux parfum du monde. La prairie est déserte, c'est comme si elle dégageait son odeur pour moi tout seul, c'est comme si je faisais un bouche à bouche avec la prairie elle-même, la vague rumeur venant de la Principale disparaît aussi, le soleil me chauffe le dos et les foins vibrent aux chants des cigales, une douce torpeur s'empare de mon corps et je suis à mille millions de milles de la civilisation.

Après je ne sais plus combien de temps, je me sens remuer et j'ouvre un œil, tiré de mon extase. C'est Sophie qui est assise à mes côtés. Je reviens à la réalité comme si je sortais d'un rêve voluptueux. Elle est toute empourprée et je vois tout de suite que quelque chose ne va pas. Mais je ne sais pas quoi faire, aussi je ne fais rien. Elle regarde le vide droit devant elle. Elle semble si démunie et si fragile que je lui pardonne presque les horreurs qu'elle a dites à sa mère. J'ai envie de poser ma main sur son genou pour atténuer un peu sa peine mais je n'ose pas. Elle se fait violence pour parler. Sa voix tremble et se veut maladroitement bourrue.

— Qu'est-ce que tu fais le nez dans la bouse de vache?

Je suis désarçonné par cette question et bêtement je ne trouve pas de réponse. J'ai pensé lui répondre que j'ai le nez trop froid pour le mettre directement dans le cul de la vache mais je crois que cette réponse ne conviendrait pas dans les circonstances, aussi je m'abstiens.

— Je pars, dit-elle.

— Où ça?

— J'irai à Montréal, puis à New York puis à Hollywood.

— Pour quoi faire?

— Je deviendrai actrice, une actrice célèbre, je suis jeune, je suis jolie et j'ai du talent, les sœurs me l'ont dit, on s'm'arrachait pour jouer dans les séances au collège. Si tu veux, tu habiteras avec moi dans ma villa surplombant l'océan Pacifique.

— Moi?

Elle prend ma main.

— Viens avec moi, partons.

— Tout de suite?

Elle se lève comme mue par un ressort et m'entraîne.

Dépêchons-nous, l'autobus pour Clairval passe dans dix minutes, ensuite nous prendrons celui pour Québec.

— Et Madame Gloire (je n'ose pas dire ta mère), comment est-elle?

— Je ne connais pas de Madame Gloire, je ne veux plus jamais entendre parler de Madame Gloire, si tu veux venir avec moi, ne prononce jamais plus ce nom-là.

Je n'y tiens pas plus que ça, à aller à Hollywood avec Sophie mais je m'abstiens encore, je ne l'ai jamais vue dans un tel état, il vaut mieux que je ne la contrarie pas, elle semble sur le bord de faire une connerie monumentale.

Dans l'autobus pour Clairval, elle m'explique que Martin qui disait l'aimer s'est enfui comme un lépreux. C'était son premier grand amour et elle se sent trahie par toute l'humanité indistinctement, tous les mâles sont des lâches, des crapules, des salauds, en plus ils sont tous remplis d'eux-mêmes. Martin est parti, elle est en famille et maintenant sa mère veut la marier à un vieux bouc qui pue des pieds et de la bouche parce qu'elle veut se faire chauffer les fesses dans le sable. Il n'y a rien à dire, je laisse passer l'orage en regardant défiler les sapins par la fenêtre ouverte. Elle grimace et tord sa belle petite bouche rouge cerise.

— Rien qu'à y penser, j'ai envie de vomir, dit-elle.

— Penser à quoi.

— Au vieux, pouah, il est poilu comme un singe, il porte des combinaisons longues même en été, il a les jambes croches et maigres, il a les grelots qui lui pendent jusqu'aux genoux, des genoux cagneux, il a des poils dans les oreilles et dans le nez, il lui manque des dents, il est plissé, il est vieux, il est repoussant et il pue de la gueule. J'aime encore mieux crever.

Une fois qu'elle a payé les billets pour Québec, il ne lui reste même pas de quoi acheter un sandwich et je meurs déjà de faim. Elle dit que dans sa villa on servira du caviar et du champagne.

— Mais je ne pourrai jamais attendre jusque-là!

Elle répond qu'elle trouvera du travail en débarquant à Québec, je pourrai manger à satiété en attendant de partir pour New York et la Californie et puis quand elle sera riche et célèbre, dans l'ombre de sa grandeur et de sa gloire, j'aurai oublié depuis longtemps ces petites misères. Peu convaincu, j'entame mon dernier bâtonnet de réglisse.

Il y a bien un milliard quatre cents millions six cent mille épinettes entre Clairval et Québec, je n'en ai jamais vu autant et j'en perds peut-être quelques-unes parce que Sophie retient mon attention et n'arrête pas de rêvasser de sa future carrière d'actrice. Elle joue à la fille forte et déterminée mais je crois que si je n'étais pas là à l'écouter stupidement, elle braillerait un bon coup et rentrerait à la maison. J'ai bien envie d'en faire autant, on me cherchera à la maison et on s'inquiétera à blanc même si ce ne sera pas la première fois que je manquerai à l'appel. Qu'on ne s'inquiète pas trop, je me représenterai le nez tôt ou tard, bouffi de sommeil, le poil raide et fripé comme un chat de gouttière qui passe dehors une nuit d'hiver.

Québec est une grosse vieille ville, avec une âme comme celle que donne l'âge, l'histoire, les siècles. Ici tout est vieux, pas vieux de dix ans, mais vieux de cent, deux cents ou trois cents ans. La vieille gare de bois abrite ses habitués, des voyageurs avec valises de cuir ou de tissus, ses employés en chemise blanche et boucle noire, ses robineux en haillons, les petits cireurs de chaussures sollicitant un client, installés sur les monumentales marches de madrier. Des calèches pleines de touristes se tracent un chemin parmi les voitures à capots et toits ronds. La ville ressemble à ses cartes postales avec ses vieilles pierres, ses lierres, ses bâtiments de briques rouges avec fenêtres cintrées, ses petits parcs, ses bancs et ses statues de bronze tachées de crottes de pigeons. Il y a peu d'arbres mais ceux qui restent sont de véritables géants, hauts de six étages et de la taille d'un tonneau de whisky. Sophie qui est déjà venue m'indique qu'il y a encore des p'tits chars électriques en haute ville. J'essaie de repérer les bordels dont parlaient Monsieur Alma et Monsieur Pacifique mais ils doivent se trouver dans un autre quartier. J'aurais aimé voir l'endroit où Madame Gloire a passé une partie de sa vie mais je crois que ça ne plairait pas à Sophie et je n'insiste pas.

Nous faisons un peu de tourisme en attendant mais il n'y a rien de plus démoralisant que de faire du tourisme quand on a faim à dévorer un pavé de ciment. Quand le soir tombe, Sophie déclare qu'on dormira sur un banc dans la salle d'attente de la gare, nous dormirons un bon coup, demain tout ira mieux et elle se cherchera du travail dès le lever du soleil.

Elle est crevée, toutes ces émotions lui tombent dans le corps. Comme une petite fille, elle se tasse dans un coin, ramène ses jambes sous elle, tire sa jupe et croise ses mains.

— Ne t'éloigne pas, dit-elle, ne nous séparons pas.

Elle promène son regard autour d'elle, l'immense pièce est presque déserte seulement peuplée de longs bancs de bois vernis, un tableau noir indique les arrivées et les départs, le soleil couchant colore tout ça de jaune-brun comme une photographie ancienne.

Dix minutes plus tard, elle dort profondément, immensément vulnérable et fragile, une colombe qui se protège de son aile. Il y a un vieux satyre qui vient s'installer devant elle et qui lui reluque les cuisses, sa jupe s'est relevée un peu. Endormie comme ça, l'air angélique,

286

Sophie est l'incarnation vivante de l'innocence, de la pudeur, de la fragilité, de la grâce, une figurine de prix égarée dans cet endroit étrange, j'ai du mal à croire que c'est la même fille qui a crié toutes ces horreurs à Madame Gloire, pour être aussi méchante, elle devait être très malheureuse, au fond elle doit être tendre, une image ne peut tromper à ce point.

En face, le vieux bonhomme a le regard rivé sur les longues cuisses fuselées de Sophie, il en bave et ses mains tremblent en tenant un mégot jaune.

Quand il pense que je dors aussi, il avance sa main parcheminée peu à peu dans un mouvement très lent de retenue fiévreuse et il lui caresse le genou du bout des doigts. Je le surveillais par la meurtrière d'une paupière à demi-close. Je me redresse d'un bond et lui martèle les tibias à coups de pieds furieux.

L'algarade attire l'attention d'un flic en uniforme qui boit du café au snack bar. C'est l'interrogatoire, Sophie s'est réveillée en sursaut, on nous conduit au poste de police de quartier sur le boulevard. Sophie craque, elle pleure, elle avoue tout, on nous distribue des sandwichs et du café et on prend des mesures pour nous ramener à la maison pendant qu'on me passe la section des comiques de *la Patrie.*

Nous dormons comme des marmottes à l'arrière de la voiture alors que le petit jour se lève dans des aurores roses et mauves.

Madame Gloire est à l'hôpital dans le coma, Sophie s'enferme à double tour comme si elle voulait mettre un obstacle infranchissable entre elle et Monsieur Onil. Notre escapade aura duré quinze heures et j'ai encore plus sommeil que faim. Je me rendors en pensant que je ne verrai probablement jamais Hollywood ni Laurel et Hardy.

Les flics reviennent en force avec un fourgon. Ils sont quatre, ils ont un chien et des provisions pour plusieurs jours. Ils installent un camp temporaire au pied de la montagne Bleue. Personne n'a plus revu Bernard Caux depuis le jour de l'accident et on suppose seulement qu'il erre dans ce coin-là.

Le sermon de Monsieur Pacifique qui dénonçait les petits garçons qui ont des trous dans les poches de leur pantalon n'est pas tombé dans l'oreille d'un sourd. Zézette se demande comment il se fait qu'il n'y ait pas pensé plus tôt. À l'aide des ciseaux Singer de sa mère, il sectionne le fond de ses poches et retire son slip. Il se fait ensuite un juteux sandwich à la mélasse et au beurre de pinotte et il se souille généreusement les mains. Ensuite il arrête toutes les petites filles qu'il rencontre, montre ses mains maculées et les prie de bien vouloir retirer quelques billes de sa poche. Lisette y plonge innocemment une main blanche. Mais les billes qu'elle y trouve ne sont pas celles auxquelles elle s'attendait, elle rosit, s'empourpre et retire la main comme si elle se brûlait les doigts, elle s'enfuit en criant maudit cochon, Zézette triomphe, un large sourire éclaire sa face de mulot de bandes dessinées. Il crie à Lizette de ne plus se laver la main et de s'asseoir dessus.

Il s'amuse à ce petit jeu jusqu'à ce que Minou, prévenue par Lisette, tente d'introduire un piège à souris dans sa poche.

Tout à coup, ses petites entreprises perdent de leur intérêt et il pense à autre chose.

Sophie refuse toujours de sortir de sa chambre. Monsieur Onil demande à Mimi et à Mademoiselle Florence de s'occuper temporairement de la maison de pension. Les Polonais se plaignent du service mais Popeye et Mathusalem participent au train-train de la maison.

Rose-Mai et Damien qui marchent le long de la Ridée débusquent Mimi et Frédé qui se baignent tout nus. Ils les saluent et vont s'installer plus loin. Pendant un long moment, Zézette lorgne dans cette direction mais faut croire que Mimi l'a aperçu, seule sa belle tête surnage des eaux tièdes. À regret, il quitte son bosquet et nous débouchons sur une petite plage où Damien et Rose-Mai pique-niquent. Rose-Mai est en train de lire le télégramme que Damien a reçu de Québec. Il vient de son patron et il dit ceci : *Êtes congédié, — recevrez papiers et indemnités par prochain courrier — suis désolé — Alex.* Rose-Mai est plus désemparée que ne l'a été Damien.

— Qu'est-ce que ça veut dire ?

— Ça veut dire que Madame Thérèse est la femme de mon patron et Mademoiselle Thérèse sa fille.

Sa voix sourit.

— Ça te fait rire ? dit Rose-Mai.

— Pourquoi pas, Alex n'y est pour rien, c'est un homme en or, j'imagine que sa bonne femme l'a encore menacé de retirer ses parts dans son affaire, le pauvre Alex a dû s'incliner.

— C'est terrible, qu'est-ce que tu vas faire ?

— Ce n'est pas un drame, la femme de mon patron a simplement pris une décision que j'aurais dû prendre tôt ou tard. Je ne peux pas passer ma vie à vagabonder comme ça à vau-l'eau, il faudra bien que je me fixe quelque part un beau jour et ce pays en vaut bien un autre.

Il relâche sa cravate et regarde autour de lui dans la direction de la montagne Bleue.

— Ici, il y a de l'espace, de la bonne terre, des prairies, la montagne et de l'eau... et surtout il y a une fille splendide avec laquelle j'aimerais bien me marier.

Ils se sourient et s'embrassent du bout des lèvres.

— J'te voyais pas en habitant, remarque Rose-Mai.

— Femme de peu de foi, rétorque Damien, mon père exploitait la plus grande ferme d'élevage de poulet de l'est du Québec et c'est moi qui le secondait. Or, l'avenir est au poulet, les statistiques le disent, je ferai concurrence à mon père et je serai là pour profiter de ce nouveau Klondike, je ferai de toi une femme riche, couverte de fourrures et de dorures... et d'enfants.

— Vive le poulet, dit Rose-Mai.

— Moi je préfère la dinde, dis-je.

— Mais rien ne nous empêche d'élever aussi de la dinde... et du canard, et de l'oie et du faisan et du...

Redevenu sérieux, Damien dit qu'il a bien réfléchi, dès demain il part à la recherche d'un lopin de terre.

— Il y a la terre à Noé qui est à vendre, dit Rose-Mai.

— J'espère que c'est assez grand. Pour faire du bon poulet, il faut faire du poulet heureux et pour faire du poulet heureux, il faut beaucoup d'espace, un poulet en liberté fait de la meilleure viande, c'est pourquoi les poulets de mon père sont immangeables, ils ne peuvent même pas tourner sur eux-mêmes, la cage est trop petite. Qui est-ce, Noé ?

— Rose-Mai indique le sud du menton.

— Il est parti un beau jour au mois de février. Chaque année, il faisait la tournée des bordels de Montréal, mais cette fois-là il a frappé le coup de foudre, une belle guidoune blonde et smatte. Ils se sont mariés à la suite d'une brosse de quinze jours et il l'a ramenée corps et bien pour l'installer dans sa ferme. Au début, ça marchait bien, je crois qu'ils s'aimaient mais la vie d'habitante ne lui convenait pas et un beau jour, alors que Noé réparait ses clôtures à l'autre bout du champ, elle a fait ses valises et elle est retournée au bordel. Noé la cherche encore de Montréal jusqu'à Toronto, il en est presque devenu fou et il a besoin d'argent, sa terre est à vendre.

— Je ne peux rien pour ce pauvre Noé mais peut-être que le malheur des uns fait le bonheur des autres. Bon, on ira voir ça demain matin.

Jean-Nil expédie le souper en troisième vitesse et s'en retourne au hangar. La Harley est fin prête pour sa première sortie. Le plein est fait, ses cuirs sont huilés et ses chromes polis, elle roulera sur deux Dunlop presque neufs. Il a choisi ce moment-là parce qu'à cette heure ou très bientôt, tout le monde s'entassera sur les vérandas pour jouir un peu de la fraîcheur de l'air.

C'est le calme plat, la douce torpeur des fins de journée caniculaires, c'est l'heure où le frédéric regagne son nid et celle où les ouaouarons partent à la chasse aux femelles, l'heure où la première étoile s'allume, où l'horizon se confond avec le ciel.

Et, soudain, Jean-Nil écrase la pédale du démarreur, la Harley trouble le silence crépusculaire en pétaradant avec une fougue de bon augure. Il attendait cet instant solennel depuis longtemps. Laetitia semble heureuse comme si elle avait monté la moto elle-même.

J'éprouve une douloureuse crampe à l'estomac, je crains que Jean-Nil ne trahisse sa promesse et fasse monter Laetitia derrière lui pour la première sortie. Une promesse est une promesse et il y a des liens qui m'unissent à Jean-Nil qui seront toujours plus forts que ses amourettes avec une souris. C'est mon frère, misère, je me fous de la moto, je me fous du monde entier mais la parole donnée est sacrée. Mais Laetitia est là qui jubile et Jean-Nil ne voit plus qu'elle, Laetitia dit que le ciel est vert et Jean-Nil dit que le ciel est vert. Laetitia pense que Jean-Nil devrait lire de la poésie et cet abruti perd un temps précieux à lire du Rimbaud. En plus, il semble aimer ça, en tout cas c'est pas Nelligan qui lui apprendra à remonter un carburateur. Jean-Nil ne fait jamais les choses à moitié, heureusement la plupart de ses enthousiasmes ne durent que le temps d'un orgasme, comme dit Mimi. Frédé dit qu'on ne devrait pas parler comme ça devant les enfants mais elle répond qu'il n'y a pas d'âge pour faire de l'éducation sexuelle et qu'il faut appeler les choses par leur nom.

J'avais vu venir les choses, je les sentais et j'en avais mal à l'âme. Jean-Nil s'installe devant le guidon, actionne la manette à gaz, redresse la moto et, m'ignorant superbement, invite Laetitia à monter derrière lui. Il démarre en projetant des cailloux puis à petit régime descend la Principale sur toute sa longueur le nez en l'air et le geste altier. Je suis trahi, je suis bafoué, la parole d'honneur, la confiance mutuelle, la fraternité, la complicité n'existent pas, on sacrifie ses serments solennels sur l'autel d'une morue, Jules César a dû ressentir la même chose quand son fils lui donnait le premier coup de poignard dans le dos. J'ai la désillusion noble, tout seul dans mon coin. Jean-Nil remonte la Principale, Laetitia tremble de joie à lui serrer les flancs comme la morue qu'elle est. Ce spectacle me dégoûte et je préfère aller au devant de Damien qui rentre chez lui à pied.

— Tu viens avec moi, propose-t-il, j'ai un livre à te remettre pour ta sœur.

Il trouve que ça n'a pas l'air d'aller, mon silence renfrogné lui fait comprendre que ce n'est pas de ses affaires. Jean-Nil a renié sa parole, il a fait faux bond au sens de l'honneur, il a sacrifié une amitié pure pour la complaisance d'une grenouille mais ça ne fait rien, ce n'est pas moi qui le traînerai dans la boue parce qu'au fond, bien que profondément vexé, je comprends, pas parce que les enfants comprennent plus de choses que les autres mais qu'à cause de leur impuissance, ils sont obligés de comprendre.

Damien n'insiste pas et je lui en sais gré.

Comme nous rentrons chez Madame Gloire, Jean-Nil remonte encore la pente douce à toute allure. Laetitia joue à avoir peur, ou peut-être a-t-elle réellement peur, elle se serre tout contre Jean-Nil, ses bras bronzés autour de sa taille. Jean-Nil est fier comme un pape, on dirait le petit coq du village qui revient de la foire avec la médaille d'excellence. Mimi et Frédé applaudissent quand la moto passe devant eux. Madame-la-Veuve-Pétrie envoie la main et Monsieur Fidèle salue de sa cruche de vin.

Dans la pénombre, Damien grimpe l'escalier sans remarquer Madame Caux qui est assise dans le salon près de la tiffany. Dans sa chambre, il extrait des caisses de carton du placard et les vide sur le lit. Il examine les livres un à un quand on frappe timidement à sa porte. Tellement timidement qu'il n'entend pas et je vais ouvrir. C'est Madame Caux qui est là, les traits tirés, l'air triste et infiniment las. Damien l'aperçoit enfin et réussit à la saluer poliment. Il ne s'attendait pas à cette visite, la présence de cette femme ici a quelque chose d'inconfortable. Il ne sait pas quoi faire et il finit par lui offrir de s'asseoir dans l'unique fauteuil de la pièce. Elle ignore son invitation, ses mains tremblent en serrant son sac en cuirette bon marché.

— Je suis venue vous demander une faveur, monsieur, dit-elle d'une voix brisée, j'ai déjà perdu un fils et ce malheur me donne peut-être ce droit. Mais rassurez-vous, je ne cherche pas à en attribuer la faute à qui que ce soit, Dieu l'a voulu ainsi, je suppose. Mais, comprenez-moi, il ne m'en reste plus qu'un et je ne veux pas le perdre aussi, j'en mourrais, monsieur, et mon mari ne vaudrait guère mieux. Je vous en prie, ne jugez pas Bernard trop durement, ce n'est pas un mauvais garçon, il est têtu et un peu violent c'est vrai, mais c'est un peu de notre faute à son père et à moi. Je ne veux pas excuser ce qu'il a fait, croyez-le, mais il n'est pas totalement responsable. Il a eu une enfance difficile, il était médiocre en classe, il avait des problèmes à se faire des amis, mais il n'est pas anormal, juste un peu mésadapté.

Ici la figure de Madame Caux s'éclaire un peu, ses lèvres esquissent un sourire triste.

— C'est un bon fermier, je suis certaine que si on lui laisse une chance, il fera de notre ferme une bonne exploitation, une ferme prospère, il a ça dans le sang, au fond c'est un honnête travailleur, il aime la terre et il sait s'y prendre avec elle. Il a juste besoin d'une chance. Même si nous avons des choses à nous reprocher à son sujet, nous l'aimons, monsieur, c'est notre fils, le seul qui nous reste. Quand François est arrivé, nous étions comblés, nous avons un peu négligé le plus vieux, François était vif, éveillé, il était intelligent et il réussissait bien en classe, nous l'avons presque adulé, Bernard pendant ce temps accumulait du ressentiment et de la frustration, avec raison, et cela explique un peu son comportement actuel, nous avons à nous faire pardonner et nous nous y emploierons de tout notre cœur.

Damien sympathise avec la vieille femme usée, elle veut sauver son fils et elle a gagné ce privilège ou ce droit, ses mains crevassées, son front ridé, son corps fatigué en témoignent mais il est aussi un peu perplexe.

— Qu'attendez-vous de moi, Madame?

Encouragé par cette attitude conciliante, Madame Caux fait appel à tout son pouvoir de persuation pour continuer:

— Je sais que je peux paraître extrêmement égoïste, monsieur, mais vous comprendrez, vous êtes instruit et intelligent. Par contre, Bernard est un simple paysan un peu perdu et un peu dépassé par les événements, il est d'un caractère entier et peu sensible aux nuances. Il vous en veut et il vous tient responsable de la mort de son jeune frère. Je vous l'ai déjà dit, ce n'est pas mon cas mais pour l'amour de Dieu, au nom de

François, pour moi aussi, partez, je vous en prie, retournez en ville. Si vous m'écoutez, Bernard se calmera, il comprendra sa folie et se rendra à la police. Il sera puni pour ses erreurs mais après il reviendra et tout recommencera comme avant.

— Vous l'avez vu, Madame?

Elle semble revenir parmi nous du fond de ses pensées.

— Non, mais ce n'est pas nécessaire, je le connais, monsieur, c'est mon enfant, je l'ai porté, je l'ai élevé et je le connais autant qu'un être humain puisse en connaître un autre. Je vous en prie encore, partez. Vous me sauverez la vie, vous épargnerez la vie du dernier garçon qui nous reste et peut-être sauverez-vous la vôtre aussi. Bernard est armé, n'oubliez pas qu'il est seul, traqué et désespéré.

— Mais, dit Damien, j'ai des projets par ici, j'aime Rose-Mai et nous avons l'intention de nous marier, je veux acheter et exploiter une ferme, je ne peux pas abandonner tout ça.

— Je ne vous demande pas de partir pour toujours, personne ne mérite un sacrifice comme celui-là. Vous reviendrez bientôt, je quémande seulement assez de temps pour que Bernard retrouve son bon sens. Rose-Mai vous aime, elle comprendra et vous attendra. Je vous en supplie, Monsieur Cousin, une seule vie ne vaut-elle pas ces quelques dérangements, je vous implore, je ne veux pas qu'on tue le seul fils qu'il nous reste. Je suis une mère, pouvez-vous reprocher à une mère de protéger son fils par tous les moyens légitimes?

Elle se tait, immobile à attendre une réponse, seuls ses longs doigts crevassés trahissent son angoisse, elle martyrise les sangles de son sac. Damien réfléchit, il ne s'attendait pas à une telle prière, il tourne en rond un instant et vient se planter devant la vieille femme qui par contraste paraît toute menue et misérable dans son manteau de drap élimé.

— Vous avez raison, Madame, je partirai demain matin.

— Dieu est bon, Monsieur Cousin, il vous bénira du haut du ciel, votre geste en est un de générosité.

Elle pleure mais elle ne pense pas à sécher ses joues flasques. Damien lui offre de la ramener en voiture, mais elle fait non de la tête. Elle balbutie des mercis et s'en va discrètement comme allégée d'un poids considérable.

Damien s'assoit sur le lit et tripote distraitement le livre qu'il avait en main lors de l'arrivée de Madame Caux. Enfin, il dit qu'il ferait mieux d'aller le porter lui-même à Rose-Mai.

J'ai tout à fait oublié mes récriminations contre Jean-Nil quand il rentre ce soir-là. Je l'entends qui se déshabille dans le noir. Il a encore fait l'andouille mais au moins, cette fois-ci, ce n'était pas pour une morue pincée et détestable. Laetitia est gentille et je comprends.

Il pose délicatement sa chaussure, il est très prévenant pour une fois.

— Hé, Toto, chuchote-t-il, tu dors?

Je ne réponds pas, je ne lui en veux plus mais j'ai envie de le faire suer un peu, il le mérite et ça finira peut-être par lui mettre un peu de plomb dans la tête.

— Je sais que tu ne dors pas, continue-t-il, et je sais ce que tu as. Je suis un salaud tu as raison, je suis un traître c'est vrai, mais j'te jure que sur le moment, j'ai totalement oublié ma promesse mais ensuite je t'ai cherché toute la soirée, tu peux demander à Laetitia.

Haletant, il attend une réponse qui ne vient pas.

— Misère, puisque je te dis que c'était involontaire, cesse de bouder, tu ne dors pas, je te vois bouger les oreilles, tu ne vas m'en vouloir toute ta vie pour une erreur de bonne foi. Je sais, qu'au fond, il en est malheureux comme une pierre, penaud et sincère. Il est tellement andouille de bonne pâte qu'il ne peut pas ne pas être sincère et il met tellement de prière dans la voix que je ne peux pas ne pas lui pardonner. Il pose sa main sur mon épaule qui émerge du drap.

— Alors, sale mousse, pardonne-moi et demain je t'emmène jusqu'à la pointe extrême du Chili si tu veux.

— Je me retourne, il sourit navré.

— O. K. Roméo et je prends la main qu'il me tend.

Il se détend, heureux, ébouriffe mes cheveux et se glisse allègrement entre ses draps.

Il peut dormir tranquille et sans remords, c'est oublié, mais j'ai d'autres projets pour le lendemain matin, il faut sauver le grand chêne qui ombrage le champ centre de notre terrain de base-ball. Le conseil municipal ayant décidé de l'abattre sous prétexte qu'habituellement il n'y a pas d'arbre au milieu d'un terrain de base-ball.

Je suis debout avec le soleil. Sa lumière dorée éclabousse à peine les corniches du magasin général. Il fait encore frais mais dans une heure il fera chaud et brûlant. Popeye, Mathusalem et Abel sont à leur poste invincibles, ils allument la première pipe de la journée, le laitier laisse sa pinte de lait devant chez Monsieur Alma et Numéro Un jappe après le gros chat jaune à l'oreille déchirée.

Il y a un petit attroupement en face de chez Madame Gloire, du monde en camisole et pantoufle entourent deux flics que quelqu'un est allé chercher au pied de la montagne Bleue. De la mousse plein le menton, Damien explique que quelqu'un a tiré deux coups de carabine dans sa fenêtre. Des carreaux sont brisés et des éclats de verre jonchent l'allée asphaltée et la pelouse. Madame Roma qui revenait de la messe dit qu'elle a vu Bernard Caux grimpé dans l'érable et l'a vu tirer du fusil. Ensuite, il a lancé un caillou par les carreaux brisés, il est sauté de l'arbre et s'est enfui dans son Edsel. Le gros flic examine le bout de papier ficelé au caillou; Bernard écrit qu'il veut régler cette affaire entre hommes. Il sait que sa mère est venue et pourquoi. Si Damien s'enfuit comme un lâche, il s'en prendra à Rose-Mai et cette fois il ne se contentera pas de faire sauter les carreaux. Damien explique qu'il se rasait en troisième vitesse pour prendre le premier autobus quand Bernard a tiré deux coups de 30-30 et lancé son message. Il se demande maintenant s'il ferait bien de partir puis il se décide à rester, ce serait trop dangereux pour Rose-Mai que de l'abandonner maintenant. Les flics ne savent plus où donner de la tête. Peut-être qu'après tout que Bernard ne s'est jamais réfugié en montagne, même le chien ne s'y retrouve pas, Monsieur Alma fait remarquer que l'Edsel est disparue de la cour des Caux depuis trois jours. Damien pense enfin à s'essuyer les joues et remonte finir le travail. Les flics ont pris des dépositions, ont demandé la permission de téléphoner et sont partis interroger encore une fois Monsieur et Madame Caux. Ils piétinent et cela les irrite. Monsieur Onil est déjà en train de réparer les carreaux.

Même cette affaire ne réussit pas à faire sortir Sophie de son trou, il n'y a que Mimi qui peut l'approcher pour lui apporter à manger. Monsieur Onil comprend la situation et se tient à distance respectable, il sait que la patience vient à bout de toutes les résistances. Au travers de la porte, le docteur Petit tente de convaincre Sophie d'au moins aller voir sa mère, mais ses efforts restent inutiles. Madame Gloire n'a pas repris connaissance et son état est stationnaire.

Sa scie mécanique à la main, l'employé municipal s'attarde à jaser avec Monsieur Valmore et Monsieur Pacifique devant la maison de pension. Écœuré par les événements extérieurs qui surpassent en intérêt ses propres activités parasyndicales, Monsieur Fortunat, quand il ne fait pas de piquetage, décide de ne plus rien entreprendre et de s'écraser toute la journée au Trou devant une grosse Black Horse.

Enfin, l'employé municipal se dit qu'il n'y a plus rien à voir et qu'il a un arbre à couper. Sur un pied de guerre, nous le précédons sur le champ de bataille. Trois fois plus haut que l'école, le grand chêne ne se doute pas de ce qui l'attend; il se contente d'ombrager le terrain. Quand l'employé arrive, nous sommes déjà dix ou douze de grimpés dans l'arbre à l'invectiver, à lui lancer des pierres, à lui cracher dessus, à lui pisser dessus. Débordé, le pauvre homme doit battre en retraite. Mais nous sommes conscients de n'avoir que gagné une bataille, pas la guerre. En jurant, il va téléphoner chez Monsieur Alma, il discute ferme avec quelqu'un à l'hôtel de ville et dix minutes plus tard arrive le vieux camion à incendie. Nous avons compris, ils veulent nous déloger avec le jet d'eau. On entreprend aussitôt de connecter le boyau d'arrosage à la borne-fontaine. Tiné s'affole, il n'a pas pris de bain depuis Noël et cette manœuvre lui paraît dégoûtante, Bouton lui est rendu tout en haut, s'il tombait de cette hauteur il pourrait se tuer, Tiné le rejoint d'urgence.

L'idée n'était pas mauvaise mais à cause de la sécheresse, les réserves municipales sont faibles, il n'y a pas de pression et c'est à peine un fluet filet d'eau qui jaillit lamentablement et que nous recevons avec un indescriptible fou rire. Nous saluons cette providentielle ondée en jetant souliers, chaussettes, chemises, culottes et petites culottes, tout nus, hilares et agités, on dirait une bande de babouins dans la jungle comme dans les films de Tarzan, c'est la seule jungle et les seuls singes que nous ayons jamais vus. Tout trempé, Zézette glisse de son perchoir comme un oisillon fraîchement éclos et l'employé municipal le cueille avec un coup de pied au cul. Revenant de chez Madame Gloire, Monsieur Valmore crie à l'homme au boyau de cesser de faire le pitre avec son minable filet d'eau, que ce n'est pas comme ça qu'il délogera ces andouilles et qu'on lui crisse donc la paix à ce pauvre arbre qui ne demande rien à personne.

Dégoûté et furieux d'avoir été mis en échec par une bande de morveux, l'employé municipal remballe ses affaires et lève le siège. Au fond personne n'y tient tant que ça à couper cet arbre et on promet de lui foutre la paix pour un autre siècle au moins. Notre arbre est sauvé, nous applaudissons de notre perchoir tandis que Bibitte lance le cri de Tarzan presque aussi bien que Johnny Weissmuller lui-même.

Regaillardis par notre victoire facile et par notre douche improvisée, nous remontons la Principale en direction du magasin général. Promu garçon-livreur pour l'été, Daniel Mingan sort de chez Madame-la-Veuve-Pétrie. Dans sa hâte de regagner le temps perdu, il a oublié de reboutonner sa culotte. Il est tout réoxygéné, ses joues sont empourprées.

Cette affaire émoustille Zézette qui va jeter un coup d'œil à la fenêtre dans l'espoir d'apercevoir les reliefs des ébats amoureux, mais la Veuve a tiré les rideaux. Si elle se dévoue pour la jeunesse, elle n'en est pas pour autant exhibitionniste; au contraire, elle fait preuve de beaucoup de pudeur.

Un chien traverse la rue en tirant la langue. Madame Bibi secoue encore sa nappe et Mademoiselle Juliette attend l'autobus en lisant *Mutt et Jeff.* Elle va voir son amoureux que personne ne connaît. Il paraît que c'est un homme marié, trop connu pour se montrer à Isieux. C'est toujours elle qui va le voir et toute la paroisse se fait un roman avec cette affaire. D'après Madame Roma, le monsieur en question serait ministre à Québec. Qui vivra verra.

À cheval sur sa moto, Jean-Nil me cherche. Il s'arrête et je saute derrière lui. Il emporte un pain entier de sandwichs, des gâteaux, des biscuits et du Coca-Cola, de quoi se rendre au Chili comme promis. Il démarre en trombe mais ralentit aussitôt pour parader devant un groupe de filles qui font une partie de volley-ball. Ce serait trop demander à Jean-Nil de ne pas faire le beau devant un rassemblement de morues, c'est dans sa nature et c'est plus fort que lui. Une petite blonde vive lui fait un petit signe de la main. Trop occupé à manœuvrer, il ne répond pas, il sourit comme un petit garçon heureux de son jouet, le vent fouette ses cheveux, il fait cambrer la moto sur sa roue arrière et nous nous élançons tels des chevaliers invincibles chargeant un dragon.

Nous dînons au bord du Grand Cañon, nous faisons la pause à Panama et nous soupons à Santiago du Chili. Quand la faim nous tenaille encore l'estomac, nous rentrons à la maison par la côte ouest. Il est sept heures quinze et « les Belles Histoires des pays d'en haut » s'achèvent à la radio. Donalda broie du noir parce qu'Alexis repart en exil.

Frédé, Mimi, Damien et Rose-Mai font une partie de Dame de Pique mais le cœur n'y est pas, l'ombre de Bernard Caux plane par là. Damien voulait téléphoner à Madame Caux pour l'informer des raisons légitimes qui l'incitent à ne plus partir comme promis, mais il n'en a pas trouvé le courage encore, il craint de lui briser le cœur et de voir disparaître tout l'espoir qu'elle avait mis dans sa démarche d'hier.

Lévis et Magdelina se tiennent la main en silence assis sur le vieux divan défraîchi installé sur la véranda. Pour détendre l'atmosphère, Lévis fait tourner *Moonlight Serenade* puis vient chercher Magdelina pour danser. Glenn Miller fait bien les choses puisque, abandonnant les cartes, les autres les imitent. Le soir tombe et seule la lumière venant de la maison éclaire la scène. Frédé demande à Damien s'il serait d'accord une fois mariés pour échanger temporairement sa femme contre la sienne. Il prétend pour sa part qu'il échangerait bien un mois de Mimi pour une heure de Rose-Mai. Mimi lui tord quelque chose puisque Frédé tousse et s'étouffe, puis ils se mettent à rire tous les deux.

— Laissez votre nom et on vous écrira, répond Rose-Mai.

— Les femmes n'ont rien à dire là-dedans, rétorque Frédé, les hommes décident, les femmes s'inclinent.

— Laisse pisser, dit Mimi, il n'est même pas bon pour contenter une femme et il en voudrait deux.

— Parce qu'on a plus les femmes qu'on avait, on est pogné avec des échelles de rotin, y a pas moyen de ramper là-dessus sans se raper les côtes. On est pas fakir pour coucher sur des planches à clous.

— Tu ferais mieux de te taire, dit Mimi, sans conviction.

Frédé exhale un soupir d'un mille de long.

— Damien, mon frère célibataire, Lévis mon ami libre comme le vent, ne vous mariez jamais. Si vous dites oui devant le curé, vous dites oui pour le restant de vos jours. Au bout d'un an de mariage, vous oublierez même le sens du mot non.

Lévis vient pour dire quelque chose mais Magdelina le fait taire en plaquant ses lèvres sur les siennes.

À ce moment-là, Madame Fraulein et Madame-la-Veuve-Pétrie descendent d'un taxi et nous donnent des nouvelles de Madame Gloire. Elle reprend conscience par intermittence, dans ces moments-là elle ne dit rien et pleure doucement. Le docteur pense que le pire est passé mais que le moral fait défaut et que sans moral il ne peut pas faire grand-chose. Madame-la-Veuve-Pétrie décide que, demain, elle ira voir Sophie et qu'elle la traînera de force au chevet de sa mère s'il le faut. On a pas le droit de laisser mourir sa propre mère de peine, peu importe ce qu'on a à lui reprocher. Même le Christ a pardonné à Marie-Madeleine.

Jean-Nil et Laetitia qui reviennent du concert sous les étoiles d'Eupré, viennent se joindre à nous quelques minutes puis Jean-Nil raccompagne Laetitia à la maison à petite allure pour ne pas réveiller Madame Décarie qui se couche tôt et qui se plaint qu'on laisse des engins de mort dans les mains des enfants.

Madame-la-Veuve-Pétrie tient parole. On ne sait pas ce qu'elle a bien pu dire à Sophie mais toutes les deux montent à l'hôpital de Clairval en autobus. Madame Gloire est dans une période de lucidité. Sophie prend sa grosse main dans la sienne. La mère et la fille n'échangent aucune parole mais elles se comprennent quand même. Pour la première fois, Madame Gloire cesse de pleurnicher et un peu d'éclat réapparaît dans son regard terne. C'est au tour de Sophie de pleurer et Madame Gloire serre sa petite main avec une force surprenante pour une agonisante.

— J'ai pris une décision, me dit Sophie qui me prend pour confident depuis notre escapade avortée et depuis qu'elle a renoncé à sa carrière d'actrice. (Je suis un bon confident parce que je ne parle pas, que j'écoute tout bêtement et que je ne répète rien à personne.)

— Je pense que maman m'a pardonné toutes les obscénités que je lui ai débitées, je suis une petite salope, une petite garce et je ne mérite pas son pardon, encore moins son amour et son dévouement, je suis la dernière des petites égoïstes. J'ai presque tué ma mère, elle qui se fait suer depuis quinze ans dans ce trou miteux à faire la cuisine pour des métèques, à torcher des planchers, à laver des caleçons et des draps, à se faire crever pour me payer des études décentes.

Elle fait une longue pause avant d'ajouter dramatiquement :

— Je vais me marier avec Monsieur Onil.

Elle plisse le front et ferme les yeux à demi avec une expression butée qui l'enjolive encore.

— Maman pourra se reposer enfin, le soleil, le calme et la mer lui feront du bien. Il faut aussi payer l'hôpital, le docteur et les soins, il faut aussi liquider ce qui nous reste de la maison.

La paroisse apprend par la publication des bans qu'il y aura mariage double à la fin du mois d'août. Celui de Marilie qui a réservé les services des Deux-et-Deux-Font-Quatre et celui de Sophie avec Monsieur Onil.

Celui-ci ne tient pas à brusquer les choses, il fait une cour discrète et effacée ; il se montre patient et compréhensif et il est toujours tiré à quatre épingles. C'est une opération délicate et il ne veut pas tout rater par une précipitation démesurée. Sophie demeure une petite bête sauvage qu'il faut approcher avec circonspection et apprivoiser avec doigté.

Entre-temps, il complète les transactions avec son courtier américain. Il ne reste plus qu'à signer les documents, ce qu'il convient de faire dès le lendemain des noces. Ils partiront en train aussitôt que Madame Gloire sera sur pied. La maison de pension est à vendre et ce sera triste de voir partir Sophie et sa mère, ils font partie du paysage et ce ne sera plus tout à fait pareil à Isieux.

En petites robes à fleurs qui leur tombent en bas des genoux, avec leur sac géant de cuirette glacée, Madame Alma et Madame Valmore se saluent avec un sourire perfide et glacial. Elles s'affrontent pour la présidence des Dames du Précieux Sang et tous les coups sont permis. Madame Alma qui sent la présidence lui échapper se cherche une grande idée, une bonne cause, une sainte croisade qui lui redonnerait la cote d'amour chez les membres. Depuis deux mois, elle se creuse la tête, consulte, réfléchit et jongle.

Un soir, en rentrant d'une réunion pendant que Monsieur Alma joue à cache-cache avec la bonne, elle aperçoit une silhouette masculine descendre l'escalier latéral de la Maison Rose et elle a une illumination, elle tient son idée et se demande comment elle n'y a pas pensé plus tôt. Elle fera fermer la Maison Rose qui nargue depuis trop longtemps la bonne conscience de la population féminine. Avec une telle cause, elle ne peut pas se faire battre et Madame Valmore qui aspire seulement à structurer un système de parrainage pour les orphelins d'Eupré ne soutient pas la comparaison.

Dès le surlendemain, suite à une pétition, Madame Alma présente au conseil municipal la proposition numéro trois visant à faire fermer la Maison Rose. Or il y a aussi des élections municipales à l'horizon, pour le moment il n'y a pas d'opposant à Monsieur Alphé mais si cette affaire tourne mal il se peut que ce soit différent, Madame Alma est assez vicieuse pour y avoir pensé. Le maire qui figure parmi les visiteurs occasionnels de la plantureuse Allemande se voit bien contrit et contrarié de devoir accepter le débat dans les murs de la mairie mais il ne peut pas, dans ces circonstances délicates, se soustraire à ce qui semble une volonté ferme de la moitié de ses électeurs. De plus, si le conseil municipal refuse d'ouvrir les yeux sur ce problème, Madame Alma menace de se présenter à la mairie. Comme elle a le vent dans les voiles, comme elle soulève l'enthousiasme et la passion pour une cause populaire, Monsieur Alphé prend peur et accepte de débattre la question.

La salle se remplit de femmes. À cause de la chaleur humide, les portes restent ouvertes et nous pouvons suivre les délibérations du dehors. Les hommes boudent cette manifestation, Zézette espère voir toutes ces femelles s'arracher le chignon et s'entredéchiqueter comme les poules qu'elles sont. Madame Alma ajuste des cheveux lustrés et lisse un pli de sa robe bleue à pois blancs devant le pupitre où se tiennent nos trois édiles municipaux. Elle tire son châle de soie sur ses belles épaules brunes et elle mord dans son discours.

— La réputation de la communauté est entachée d'une mauvaise plaie qui risque de gangrener l'organisme tout entier. Une femme aux mœurs légères exerce en toute impunité ses activités immorales au vu et au su des autorités. Où s'en va le sens commun, le sens de la responsabilité et de l'honneur? Où s'en va le sens chrétien? Une société croyante ne peut tolérer un élément de pourriture qui menace l'essence même de sa foi. Par faiblesse bien humaine, nos hommes se laissent aller à la dépravation païenne et sont perpétuellement soumis aux tentations charnelles et à la débauche. Comme ils sont faibles et concupiscents, ils ne tardent pas à sombrer dans la luxure et l'infidélité conjugale. Qui en souffre? Les épouses fidèles et dévouées, les enfants innocents, l'esprit chrétien de la famille, la société qui s'achemine peu à peu vers une totale immoralité et vers son autodestruction finale. Tant et aussi longtemps qu'une société permettra un tel délabrement des mœurs, elle se verra ronger de l'intérieur, attaquée dans la moelle même de son ossature, au sein même de son identité et de sa personnalité. Une femme cause tous ces malheurs: Madame Fraulein; une maison invite à toutes ces ignominies: la Maison Rose. Il est temps que la communauté réagisse et combatte le venin qui empoisonne son système nerveux, qu'elle arrache l'œil qui la scandalise, qu'elle ampute le membre qui désobéit à la loi divine, qui enfreint effrontément la morale de notre Sainte Mère l'Église et qui la couvre d'opprobre et de déshonneur. La société doit se défendre contre l'agent du mal qui a investi la place et qui fait ses ravages au sein des familles saines et croyantes.

C'est le grand jeu, Madame Alma charrie un peu beaucoup mais elle réussit à échauffer les esprits. Elle ajoute, avec une fougue inspirée par une juste indignation, que, si les autorités actuelles se font complices des forces du mal, elle n'hésitera pas à se présenter à la mairie.

Une salve d'applaudissements fait pâlir son honneur le maire, Monsieur Alphée.

Monsieur Alphée tente bien de minimiser les déclarations enflammées d'une citoyenne justement indignée mais dépassée par son sens de la morale et par ses jugements à l'emporte-pièce peu dignes d'une collectivité tolérante et respectueuse des libertés individuelles. Son intervention modérée et non totalement désintéressée est noyée dans les cris de protestation et d'indignation. On la rejette au nom de la foi chrétienne et parce qu'empreinte d'une permissivité inacceptable. Dans le tohu-bohu qui suit, le maire ajoute qu'en toute bonne foi il doit donner la réplique à la partie adverse. Il transpire abondamment et essuie sa face rougeaude à grands coups de mouchoir à pois comme la robe de Madame Alma.

Madame Fraulein refusait d'abord d'aller faire le clown à l'hôtel de ville. Elle tient un commerce respectable, elle paie ses impôts et ses taxes et ce qu'elle fait chez elle ne regarde personne. Puis elle se dit qu'elle ne se laissera pas expulser comme une lépreuse par quelques femelles en chaleur et en mal de sensations. En tout cas, si on la crisse dehors, la communauté se fera dire ses quatre vérités.

À son arrivée, la salle se vide. Madame Alma attendait ce moment pour déclencher une stratégie longuement mûrie. Ses ouailles la suivent docilement avec l'ensemble d'une leçon bien apprise. Il ne reste plus que Madame-la-Veuve-Pétrie, Mimi, Frédé, Damien, Rose-Mai, Popeye et Monsieur Fidèle.

Conscient de vivre un moment historique, Monsieur Fidèle réquisitionne les services de

Monsieur Alma qui est ravi de contrarier sa femme, les services de Monsieur Fortunat et ceux de Monsieur Pacifique. Les quatre hommes rappliquent plus tard avec deux douzaines de mâles.

Ce nouvel auditoire réconforte Madame Fraulein. En verve, avec son accent guttural adouci par les expressions locales, elle répète qu'elle tient un commerce respectable et qu'elle paie ses impôts et ses taxes à ce conseil municipal. Elle ne cache pas ses activités parallèles mais elle n'oblige personne à venir chez elle. Les hommes trouvent en sa compagnie ce que leurs vertueuses épouses leur refusent. Si ces femmes se montraient plus compréhensives, plus aimantes, plus collaborantes, moins timorées et moins frigides, leurs hommes resteraient à la maison. Avec leur fausse pudeur, avec leur dégoût malsain des fantaisies sexuelles, avec leur honte maladive de l'amour, elle poussent littéralement leurs hommes frustrés dans des bras étrangers plus accueillants, si ce n'était parfois dans les siens ce serait dans ceux des putains de Clairval ou de Québec.

Monsieur Alphée mâche son mégot de cigare, il ne peut s'empêcher d'approuver Madame Fraulein par d'involontaires mouvements de tête. Il sait comment on est bien reçu chez elle quand on est agréé. Il porte un de ses deux costumes gris clair rayé de gris foncé, un de ceux qu'il porte depuis sa première élection en 1941. Rajustant sa cravate bleu marine, caressant du pouce son épingle en or et enfonçant ses pouces sous ces bretelles tricolores, il imite Maurice Duplessis, son modèle politique. Monsieur Fidèle approuve aussi, il s'est fait enlever son plâtre et il gesticule d'un bras bronzé et vigoureux malgré sa maigreur et d'un autre blanc comme du lait, aux muscles atrophiés et flasques. On ne dirait jamais que ces deux bras-là appartiennent au même individu. Mimi, Frédé, Damien et Rose-Mai applaudissent aussitôt imités par le reste de l'assemblée.

Son discours terminé, Madame Fraulein bombe le buste, dresse la tête, cambre le fessier et se fend un chemin vers la sortie comme le soc d'une charrue fend la terre nourricière. On dirait la Bonne Foi elle-même attaquée dans sa dignité.

Dimanche matin, le curé, tenu au courant grâce aux bons offices de Madame Alma, déclare que bien que Dieu soit compatissant, miséricordieux et charitable, il faut se rappeler qu'il détruisit jadis Sodome et Gomorrhe par le feu du ciel.

Madame Fraulein ne bronche pas comme si elle ignorait que la foule pense à elle et à la Maison Rose, comme si elle était étrangère à toutes ces histoires. Par contre, Madame Alma jubile, c'est tout juste si elle peut retenir un sourire triomphal. On a oublié jusqu'à la candidature de Madame Valmore à la présidence des Dames du Précieux Sang. En donnant son appui au projet de Madame Alma, Dieu, par l'intermédiaire de son gérant, écarte Madame Valmore de la présidence des Dames du Précieux Sang. Pour une fois, les paroissiens ne cognent pas des clous pendant le sermon. Si les femmes veulent fermer la Maison Rose, il faudra leur marcher sur le corps.

Pieds nus, un garçon est assis sur une longue pierre plate en plein milieu du champ parallèle aux clôtures de Noé. Il reste immobile, pieds et bras ballants. Il ne répond pas au grand salut de Damien, relevant la tête un instant pour se remettre aussitôt à regarder ses orteils. Je ne sais pas qui il est, ni d'où il vient, il est nouveau par ici.

Nous arpentons la propriété d'un coin à l'autre en longeant les clôtures à vaches. Les foins sont longs et drus, les herbes folles prolifèrent, le petit chemin de service disparaît presque sous les touffes de gazon ou de mousse. Les champs sont couverts d'herbes à dindes, de trèfles blancs, de toques, de rhubarbes sauvages et de chardons. Les bâtiments sont de guingois et penchent dans la direction contraire aux vents dominants mais il sont encore solides et bien ancrés. Après un coup de balai et de pinceau, la maison sera très présentable. Vaste, boisée en partie, coupée en deux d'un petit ruisseau, la terre de Noé convient aux projets de Damien. Il suffira d'aménager la grange et l'étable, de refaire les clôtures et de recreuser le puits qui s'est effondré.

Damien réagit comme si tout cela lui appartenait déjà, il ramasse la boîte à lettres qui rouille dans le fossé, lui caressant les flancs où on peut lire: NOÉ FLIBOTTE.

Quand nous rentrons, le jour tombe et il fait brun. Le garçon de tout à l'heure est toujours sur sa pierre immobile à se contempler les orteils poussiéreuses. Il semble encore plus minuscule, plus solitaire, enveloppé par le soir teinté de brun-jaune. Damien s'arrête et s'accroupit devant lui, demandant où il habite, comment il s'appelle et s'il n'a pas envie de rentrer chez lui. Silence. À force d'insister, Damien apprend

313

que Robin habite chez son oncle David mais l'oncle David n'est pas là. Avant, Robin habitait avec sa grand-mère qui est morte dans un incendie. Elle ne pouvait plus courir, marchait avec un bâton et elle est morte dans le feu de sa maison. C'est Dieu qui a fait le coup, comme on lui a dit, Dieu est un sale bonhomme et il le fera brûler à son tour quand il sera grand.

Je connais l'oncle David, il travaille où il peut le temps de se ramasser de quoi se payer une brosse, ensuite il vinasse de bouge en bouge en dormant sous les tables, dans les prisons, dans les bars ou, le plus souvent, dans les fossés.

— Tu vas venir avec nous, dit Damien, je te ferai servir une grande omelette avec un verre de lait, ensuite tu dormiras et demain ça ira mieux.

Robin s'endort dans les bras de Damien. On s'arrête chez l'oncle David chemin faisant. La maison est à l'abandon et la porte claque aux quatre vents. Comme Robin l'a dit, il y a sur la table deux grands pains sandwich et un pot géant de beurre de pinotte. Damien laisse un mot à l'intention de l'oncle David et nous partons.

Au milieu de la nuit, Robin réveille Damien en criant et en pleurant. Il vient de revivre l'incendie qui a tué sa grand-mère et une fois réveillé, il ne pose qu'une question : où habite Dieu ? Damien ne sait pas trop quoi répondre.

— Dieu est partout, dans nos têtes, dans nos cœurs, au ciel et à l'église.

Suite à cette révélation, Robin se calme, se retourne et semble se rendormir. Damien en fait autant en se demandant ce qu'il faudrait bien faire avec cet enfant, il est clair que l'oncle

David s'en fout comme de sa première chemise. Deux minutes plus tard, il dort du sommeil du juste sans se douter de rien.

Quand Damien se réveille au matin, Robin n'est déjà plus là. Il croit le retrouver à la salle à dîner en train de se faire bichonner par Mimi. C'est tout à fait le genre à Mimi que de bichonner les mousses, cela vient du fait qu'elle ne peut pas en avoir malgré ses efforts louables et ceux de Frédé. Mais Robin n'est pas là non plus. Il est descendu chercher des allumettes pour Damien, il semble qu'il ait remonté l'escalier et puis personne ne l'a revu. On le pensait avec Damien. Celui-ci réfléchit vite, il se souvient de la question obsessionnelle de l'enfant, et comment, quand il a su où habitait Dieu, il s'est rendormi tout rasséréné.

Sans explication vaseuse, Damien bondit hors de la vieille maison de pension entraînant Popeye, Mathusalem, Abel et les deux Polonais qui n'y comprennent rien. Chemin faisant, il arrête les hommes qu'il rencontre et les enjoint impérieusement de le suivre.

Le chœur brûle déjà, les flammes s'allongent joyeusement du bas des rideaux, du bas des ornementations, la nappe d'autel brûle aussi, dessous, le tablier tourne au noir en faisant éclater des bulles de vernis.

Tout petit, figé, Robin contemple la scène le regard brillant. Il est assis au premier rang de la nef et semble isolé dans son monde aussi inaccessible que l'angelot de plâtre au pied de la Vierge. Damien s'empare du jeune pyromane tandis que les autres s'emploient à étouffer l'incendie.

Les dégâts sont mineurs, une semaine de rénovation et il n'y paraîtra plus. Damien s'impose une longue et laborieuse mise au point avec Robin. Le garçon réalise enfin qu'on ne peut pas brûler Dieu mais cette évidence le contrarie et il trouve ça parfaitement injuste. Ça lui paraît trop facile pour un individu, inaccessible de s'attaquer impunément aux petites gens vulnérables et sans défense tout en se tenant toujours hors de portée.

Le curé qui prophétisait la destruction de la Maison Rose par le feu du ciel s'abstient désormais de parler des foudres divines. Ç'a été un énorme fou rire dans toute la paroisse sauf chez les Dames du Précieux Sang.

Je vagabonde dans les pinèdes à l'est d'Isieux, les sauterelles bondissent devant mes pieds, je longe la clôture Frost du réservoir municipal et je traverse les courts de tennis délabrés. Je rejoins le village du côté du cinéma Crystal et de l'hôtel de ville. La rue Commerciale s'étale, large et déserte, seule une voiture noire est parquée en face du Snack. De chaque côté de la rue, s'enligne une rangée d'arbres géants qui ombragent généreusement le pavage surchauffé. Il n'y a pas trace de vie, pas de piétons, pas de voitures en mouvement, pas même un chien perdu. Les magasins sont clos, un mannequin aux yeux vitreux observe la scène d'une vitrine à petits carreaux du Caroline Prêt-à-Porter. Le soleil se mire dans les vitres de la banque aux allures de temple grec avec ses colonnes de pierre. Dans mon esprit, c'est là qu'habitent les dieux païens: Éros, Éole, Apollon, Bacchus et le terrible Zeus que je tiens pour responsable des mutilations dont souffrent toutes les statues antiques, privées de leurs têtes, bras et zizi telles qu'on les voit dans le Grand Larousse.

Je longe la boutique du fleuriste, le 5-10-15 et l'épicerie Toupin qui annonce en solde le tabac Rose Quesnel à trente-quatre cents. De l'autre côté de la rue, un minable Union Jack délavé pend lamentablement en face du bureau de poste flanqué de ses boîtes à courrier rouge sang. Plus loin, c'est un terrain vague qui jouit d'une borne-fontaine rouge sang elle aussi. Puis c'est la track, le magasin d'articles de sport et un autre terrain vague avant d'arriver chez Madame Gloire et chez Madame Fraulein.

La Principale cuit au soleil, brûlante et déserte elle aussi. Le pavé chauffe la plante des pieds au travers des semelles minces de mes shoe-claques. La moitié du monde cherche un peu de frais le long de la Ridée comme tous les dimanches d'été, l'autre moitié se cache dans les maisons tous stores tirés. Même les chiens et les chats se terrent dans leurs trous en attendant une accalmie.

Contrastant avec toutes ces immobilités, un mouvement discret attire mon attention du côté de la Maison Rose. Le maire en personne avec son costume gris pâle rayé de gris foncé monte l'escalier latéral qui mène directement chez Madame Fraulein sans passer par la boutique. Il a l'air d'un renard qui s'apprêterait à voler des œufs de poules et qui surveillerait des chiens de garde d'un œil inquiet. Il frappe deux petits coups feutrés, on lui ouvre et il disparaît dans l'ombre de l'appartement.

Monsieur le maire vient faire sa petite visite mensuelle mais, aujourd'hui, il a une autre raison de venir voir l'hospitalière étrangère. Madame Fraulein nous le racontera plus tard.

Le mouvement des Dames du Précieux Sang et sa propre femme lui font la vie impossible et il doit faire quelque chose au sujet de la Maison Rose s'il veut se faire réélire à la mairie et il veut justement se faire réélire. Il suggère que Madame Fraulein ferme boutique pendant un mois ou deux, le temps que l'orage passe, et ensuite de rouvrir en douce une fois l'élection tenue et gagnée. C'est peu demandé compte tenu que si l'opposition se fait élire Madame Fraulein peut dire adieu à sa boutique.

Madame Fraulein se dit profondément déçue par l'attitude démissionnaire du maire et refuse de se laisser intimider par une horde de punaises en mal d'orgasme. Monsieur le maire insiste, il se flatte de pouvoir se montrer ferme lorsque l'occasion l'exige, tout le monde doit se serrer les coudes en période de crise, autrement il devra faire voter un amendement à la loi de zonage qui interdirait toute activité commerciale à l'ouest de la voie ferrée.

Furieuse, Madame Fraulein envisage un moment de foutre le maire à la porte avec tout l'éclat de son caractère de Teutonne mais elle se ravise, elle vient d'avoir une meilleure idée, si on veut la jeter dehors comme une malpropre on le fera pour de quoi. Elle retrouve son radieux sourire et susurre au maire que pour l'instant ils ont des choses beaucoup plus intéressantes à faire du côté de la chambre à coucher.

Ravi, le maire croyait rencontrer beaucoup plus de résistance et peut-être même se voir rayer de la liste des favoris de Madame Fraulein. Il se livre à toutes sortes de gamineries en déshabillant sa belle Teutonne comme il l'appelle lorsqu'il s'attendrit.

Monsieur Alphée savoure sa victoire facile vautré sur le lit fané par les lourds parfums de l'amour. Il sourit béatement, heureux de vivre, content de lui, de ses performances, de sa Teutonne et du monde entier. Il allume un cigare et s'assoupit presque pendant que Madame Fraulein plonge sous la douche. Mais la douche coule à vide ; couverte de sa robe de chambre, Madame Fraulein est dehors en train d'accrocher à la corde à linge du deuxième, les caleçons longs de Monsieur le maire, marqué AA, ses chaussettes grises marquées AA, son costume officiel gris pâle rayé de gris foncé, sa chemise blanche, sa petite veste assortie, sa cravate bleu marine avec son épingle en or et ses bretelles tricolores. C'est une véritable marque de commerce, c'est comme si le maire lui-même était pendu à la corde à linge.

Pendant tout le reste de l'après-midi, pendant que Madame Fraulein cajole et dorlote le maire somnolent, lui allume des cigares, lui fait boire des petits coups de schnaps, lui rafraîchit le corps à grands coups d'éventail, ses habits flottent haut perchés à la corde du deuxième comme un étendard royal, preuve irréfutable des infidélités conjugales du maire, résultats de ses trahisons pour une vieille amie, résultat d'une hypocrisie, d'une lâcheté, d'une traîtrise inqualifiable.

C'est encore Zézette, comme toujours, qui découvre en premier les couleurs du maire glorieusement gonflées par un petit vent mollasson, pendant sans vergogne du mât des appartements interdits et s'offrant sans pudeur, avec polissonnerie aux regards avides des passants.

Zézette s'empare de deux poubelles et assis sur son ballon de plage s'en fait deux tambours. Il arrête les gens qui reviennent de la Ridée avec un coup de soleil et attire l'attention des autres qui risquent le nez dehors. Il désigne les preuves du flagrant délit. Les gens se rassemblent, Mimi et Madame-la-Veuve-Pétrie rient à se faire sauter le corset, Monsieur Omer, Frédé et Bibi klaxonnent à qui mieux mieux, Monsieur Alma, Monsieur Pacifique, Monsieur Fidèle et Monsieur Fortunat composent un petit refrain de circonstance:

Ah si mon maire voulait baiser
Ah si mon maire voulait baiser
Une belle Allemande je lui donnerais
Une belle Allemande je lui donnerais
Baise mon maire baise
Tu ne te vois pas la fraise...

Tiré de sa torpeur par tout ce vacarme, le maire risque un œil en travers du store qui donne sur la Principale. Intrigué, il va à la porte de la cuisine et aperçoit son costume et ses affaires sur la corde à linge. Il blanchit, il rougit, il blanchit encore et il vire au violacé. Appuyée au comptoir de la cuisine, Madame Fraulein fait chin-chin avec son verre de schnaps. Monsieur Alphé n'arrive pas à se décider s'il doit l'étrangler de ses propres mains ou l'égorger avec le couteau à viande pendu à son clou au-dessus de l'évier. Puis il se calme et démonté, complètement à plat, il se laisse tomber sur une chaise droite. Il n'aurait jamais cru qu'on puisse lui faire un coup de cochon comme celui-là mais il est bien obligé de se dire que c'est un peu de sa faute, au cause de sa fatuité et de sa lâcheté. Il décide de ne plus faire preuve de lâcheté, il vide la bouteille de schnaps tout d'une traite et se résigne à faire face à la situation. Se ceignant les reins d'un tablier de cuisine qui traîne par là, les fesses à l'air, il sort décrocher ses affaires sur la corde à linge. Les applaudissements fusent de la rue et il lance avec application les épingles à linge dans le panier prévu à cet effet. On rit davantage qu'à une représentation de Laurel et Hardy. Il veut rentrer pour s'habiller mais Madame Fraulein a verrouillé la porte de l'intérieur. Ses biens dans les bras, il descend l'escalier et prend la direction de sa maison.

— La vache, la grosse vache, murmure-t-il, en grinçant des dents. Pour comble d'humiliation, un petit chien jaune lui court après en aboyant furieusement et en lui mordant les mollets, Monsieur Alphé s'éloigne dignement sans tenter d'écarter le chien qui persiste à lui mordre le gras des jambes. Il a encore un bout de la Principale à faire plus toute la Commerciale avec une trâlée d'enfants qui le suivent comme on suit une parade de cirque.

Ce matin-là, il y a encore un soleil éblouissant, le ciel est nu, les piqueux sont écarlates, les jargeaux tremblent au vent, les foins exhalent leur parfum, mais le cœur n'y est pas. J'ai envie de marcher tout seul dans les bois, je m'étends parmi les sapins, la tête dans le creux des mains et je fixe un petit carré de ciel. L'été s'achève, François est mort, Madame Gloire ne vaut guère mieux, Sophie va se marier, bientôt ce sera Rose-Mai, puis Magdelina et sans doute

Jean-Nil. Moi qui croyait les choses inaltérables et figées dans le temps. Il y a Bernard Caux qui est introuvable et qui s'est mis dans la tête de tuer Damien pour venger son petit frère. Toutes des choses définitives et irréversibles.

Le temps passe comme les nuages dans le ciel, en passant il pourrit les choses et les gens, la fleur s'étiolera à l'automne, les foins se dégraderont, les feuilles aussi, un oiseau partira, un autre mourra, la vie coule comme l'eau de la Ridée, parfois en terrain calme, parfois dans un rapide, mais toujours elle s'anéantira dans le vide comme l'eau dans l'océan. Pour la première fois, la mort fait partie de mon paysage et déjà l'enfance s'enfuit comme de l'eau vive entre les doigts.

Ça va faire drôle si Madame Gloire, Sophie et Monsieur Onil s'en vont, tellement on est habitué à les voir là immuables comme la montagne Bleue elle-même à l'ouest. C'est comme si on m'arrachait un bras, un coin des savanes ou un coin de pinèdes. Il reste quand même des choses rassurantes, des choses qui ne changent pas. Il y a Monsieur Fidèle, Alma, Valmore, Pacifique, Fortunat qui continuent et continueront à picoler leur gallon de Saint-Georges par jour, et ça continuera longtemps, car il faut de la santé pour maintenir ce régime. Il y a Madame-la-Veuve-Pétrie, Madame Décarie, Madame Fraulein, Madame Roma, Mademoiselle Florence, Mimi et Frédé qui semblent indestructibles. Il y a Popeye, Mathusalem et Abel qui font patienter le glas même si on s'attend à les voir se casser d'une saison à l'autre. Ils sont bien capables de tous nous enterrer comme dit Popeye qui y croit pour vrai. Il y a encore Bouton,

Zézette, Bibitte et Tiné qui ne sont pas près de changer même si Zézette espère désespérément le jour où il pourra enfin se masturber. Enfin, il y a la Ridée, les champs jaunes, les savanes, les pinèdes et les étangs qui reviennent inchangés saisons après saisons.

Je fais un petit détour pour ne pas débusquer la vieille perdrix sur son tas de bois sec de peur qu'elle ne finisse par se lasser et ne plus revenir, les noisettes sont mûres, j'écarte du pied une vieille cage à écureuil et j'emprunte le rang des Quatre-Veuves pour aboutir, passé les étangs, au petit sentier qui passe en face de chez Monsieur Damase et qui débouche sur les champs au sud de la Principale.

Monsieur Damase lave sa vaisselle de fer blanc. Il achève sa besogne et me sert du thé comme chaque fois que je m'arrête chez lui. Il me montre des photos jaunies de l'époque où il faisait la tournée du pays à lever des haltères et à lutter dans les foires. C'était en 1898, Monsieur Damase avait vingt ans et il gagnait 5,25$ par semaine, ce qui représentait un salaire confortable pour l'époque. En 1900, il s'était marié et ils avaient eu une fille. Il travaillait au chantier du pont de Québec quand celui-ci s'est écroulé pour la première fois. Monsieur Damase a vu apparaître la photographie, l'automobile, le téléphone, le cinéma, l'aviation et les chiottes à l'eau. Il attend maintenant la télévision et les voyages sur la lune. Durant la crise, il mangeait de la misère et des patates pendant les interminables hivers dans ses steppes d'épinettes noires en Abitibi.

L'arrivée du curé vient interrompre le récit de ses souvenirs. Le curé revient à pied de chez

Madame Caux où il est allé faire une visite de réconfort. Lui-même semble avoir bien besoin de réconfort. Il s'arrête un moment et Monsieur Damase lui offre du thé, il semble désenchanté et tout ratatiné, peut-être a-t-il besoin de se reposer, peut-être a-t-il besoin de parler, Monsieur Damase lui demande des nouvelles des Caux. Le curé s'éponge le front et plaque ses rares cheveux en arrière.

— Pauvre femme, dit-il, je me demande si une telle misère est nécessaire.

— Il faut demander ça à votre patron, répond doucement Monsieur Damase.

Le curé soupire, il n'a pas encore touché à sa tasse de thé.

— Je crois que je viens de faire un sacrilège, nous n'avons pas à juger des actes de notre Créateur. Je veux dire qu'une telle misère me déroute, ajoute-t-il pour adoucir sa première remarque.

Monsieur Damase plisse les yeux et dépose sa tasse fumante.

— Il faut se plaindre à Dieu mon vieux Cicéron... poste restante.

Le curé s'éponge encore le cou et le front, son col romain est devenu trop ample, il fixe intensément Monsieur Damase.

— Est-il plus facile de vivre sans Dieu?

— Pour dire vrai, c'est non, il doit être sécurisant de croire qu'il y a un Superman au-dessus de vous qui se tient prêt à vous tirer d'un mauvais pas et qui vous garantit la vie éternelle. C'est une belle idée et j'aimerais y croire. Si seulement Dieu existait et que je ne sois pas satisfait de mon sort, si j'avais quelque chose de légitime à revendiquer, je saurais à qui m'adresser et j'aurais peut-être une petite chance d'obtenir satisfaction. Mais quoi dire et quoi faire devant personne. Ce n'est pas une question de facilité, c'est une question de lucidité et de conviction. Nous sommes là, impuissants, condamnés à peiner, à souffrir et à mourir et il n'y a personne à qui se plaindre. Si Dieu existait, l'homme pourrait respectueusement l'inviter à descendre de sa tour d'ivoire et à venir se battre d'homme à homme plutôt que de mourir comme des bêtes, de vieillesse, de maladie, de chagrin, de faim, du choléra, de la peste ou de misère. C'est une question de dignité et Dieu lui-même ne pourrait pas s'y soustraire puisque ce serait de lui que l'homme tiendrait sa dignité.

Mais ce n'est pas le cas; l'homme crève comme n'importe quelle autre vermine, la différence c'est que lui il le sait. J'avais un camarade de chambrée dans les mines de charbon du Minnesota qui croyait en Dieu mais qui n'acceptait pas qu'On dispose de sa vie comme on dispose de pelures de patates. Il disait que Dieu n'a pas seulement donné la vie mais aussi la conscience, le libre arbitre et la dignité humaine et il prétendait que personne d'autre que lui-même n'avait le pouvoir de vie ou de mort sur sa personne. Un dimanche, il est descendu au fond du puits et il a provoqué un coup de grisou, tout ça seulement pour affirmer ses droits sur son existence, pour retirer à Dieu son pouvoir abusif de vie ou de mort sur ses créatures. J'ai trouvé ça courageux mais un peu bête au fond, sauf que le principe était valable, mais comment arracher un pouvoir à une abstraction, à une idéologie, à une illusion.

— Pourtant, dit le curé, il y a des milliards d'êtres humains qui croient en Dieu. Sont-ils tous dans l'erreur?

— Ce ne serait pas la première fois, Cicéron, il y a seulement trois siècles, la terre était plate, au Moyen Âge les femmes n'avaient pas d'âme et plus tard un peu ce sont les aborigènes qui n'ont pas d'âme. Mais le problème n'est pas là, on croit en ce qui fait notre affaire, ça prouve seulement que tous les hommes tremblent de trouille devant la mort, ils sont prêts à inventer de toute pièce n'importe quelle fable pour ne pas mourir vraiment. Nous sommes de petits garçons qui se fabriquent un père tout-puissant pour nous tirer des trous de marde dans lesquels nous nous enlisons avec enthousiasme. Dieu est le résultat du fait qu'il nous répugne à mourir vraiment. À défaut d'avoir trouvé un vrai Dieu, on s'en est créé un.

Le curé n'est pas convaincu, il argumente qu'il y a des gens qui croient tellement en Dieu qu'ils y ont consacré leur vie.

— Vous peut-être, ou encore ma propre fille, vous ne le savez peut-être pas mais ma petite fille unique a passé toute sa vie dans un cloître. Elle est morte il y a quelques semaines... en odeur de sainteté, écrivait la mère supérieure.

Voilà donc le contenu de la lettre que j'avais livrée à Monsieur Damase le jour où Bernard Caux avait tenté de violer Rose-Mai.

— J'étais contre, continue Monsieur Damase. On ne passe pas sa vie à brailler des pieusetés dans un caveau qui sent le pourri alors qu'au dehors on meurt de faim, de chagrin, de misère, ce sont des vies perdues, des énergies gaspillées. Si on ne peut pas compter sur Dieu, au moins serrons-nous les coudes, il faut pouvoir compter les uns sur les autres, il faut s'entraider plutôt que de bêler du grégorien à longueur de jour, il faut au moins pouvoir compter sur le voisin comme le voisin doit pouvoir compter sur nous, pendant qu'il y a des enfants qui meurent faute de soin, des mères qui dépérissent parce que la vie leur fauche un fils et des pères qui ne comprennent pas qu'on ne leur permette pas d'achever d'élever leur nichée.

Le curé accepte une nouvelle tasse de thé.

— Pourtant Jésus-Christ est venu pour nous sauver, dit-il.

— Jésus-Christ est venu nous apprendre à vivre Monsieur le curé, pas à mourir et encore moins à survivre dans l'éternité. Vous et votre Église avez faussé ses enseignements. Quand il sert le pain et le vin et qu'il dit « faites ceci en mémoire de moi », il dit que ceci est sa parole, sa façon de vivre et d'aimer et qu'il faut la partager si on veut vivre en harmonie avec les autres et surtout avec soi-même. On en a fait un rituel sans signification.

— Qui était-il alors? Un homme qui dit: « Aimez-vous les uns les autres », un homme qui dit: « Que celui qui n'a jamais péché lui jette la première pierre » n'est pas un homme ordinaire. C'est à la fois trop simple et trop grand pour un homme ordinaire.

— Je ne sais pas qui il était, ni d'où il venait mais il était certainement poète.

— Un poète qui promet la vie éternelle?

— Je n'ai pas lu la version originale des évangiles, Cicéron, mais admettez qu'il a dû être tentant pour l'Église naissante d'ajouter un peu

327

de crème sur le gâteau. On ne se monte pas une clientèle avec des prunes.

Le curé malaxe ses jointures déformées par l'arthrite.

— Je ne voudrais pas partager votre point de vue, Damase, dit-il, il doit être désespérant de vieillir sans la foi.

— Il y a une autre voie, Cicéron. Il faut vivre en poète, comme le Christ; rassurez-vous, je n'écris ni vers ni alexandrins, mais il faut faire comme les choses. Les arbres, les fleurs, les nuages, les animaux, même les soleils mourront, et pourtant ils sont beaux, il n'ont qu'un seul souci pendant qu'ils sont là, projeter la beauté, la grandeur, l'amour et le mystère. C'est aussi la beauté d'une naissance, d'un amour, d'une amitié, d'un acte gratuit de générosité, d'un pardon désintéressé, la beauté d'un geste, d'une œuvre d'art, d'un dévouement maternel, d'une vie honnête, d'un travail bien fait. La seule loi qui a de la permanence a quelque chose à voir avec l'esthétique. Il faut être beau avec son cœur, avec son intelligence, avec son amour, avec son amitié et avec son corps si possible. C'est le mystère de la beauté et de la grâce de la jeunesse qui confond même le plus grand désabusé. Puisqu'il faut mourir, il faut mourir en beauté, avec élégance. Même l'inexistence de Dieu ne peut nous enlever cette dernière dignité. Avoir peur, très bien, c'est humain, mais pas au prix de l'élégance.

— La beauté de la jeunesse, répète le curé pensif.

— La beauté de la jeunesse, qui nous séduit sans qu'on n'y comprenne rien, qui réjouit l'œil et l'âme.

— Nous n'en sommes plus là mon pauvre Damase.

Monsieur Damase acquiesce de la tête, le curé vide sa tasse de thé et se lève. Pendant deux longues minutes, il contemple le ciel nu et tend la main au vieillard impie.

— Damase, dit-il, je ne vous vois jamais à l'église, faites-moi au moins le plaisir de venir au presbytère.

Monsieur Damase serre la main tendue sans répondre. Le curé s'en va d'un pas lent et pesant. Monsieur Damase le regarde s'éloigner en grattant sa barbe de trois jours.

— Je n'aurais pas dû lui dire tout ça, fait-il sans me regarder. Ce vieux bougre pense comme moi mais il n'ose pas se l'avouer.

Il sourit, tire son harmonica de sa poche et nous nous asseyons sur les marches du perron.

Pendant que Monsieur Damase joue *le Temps des cerises,* je réfléchis et je ne suis pas loin d'être d'accord avec lui. C'est un courant d'air que le curé conserve et adore dans son tabernacle et c'est un courant d'air que Robin voulait faire brûler.

Je me sens plus attiré par les dieux païens, peut-être parce qu'ils nous ressemblent davantage étant colériques, teigneux, ivrognes, tendres, soupe au lait, frondeurs ou fantasques, mais ils sont sympathiques, presque des caricatures d'humains.

Je ne me sens pas trop inquiet à devenir païen, au contraire cette éventualité caresse une corde sensible, presque sensuelle, quelque part dans les méandres mystérieux de mon âme. Je crois que le monothéisme est une leçon apprise, une valeur purement intellectuelle qui néglige de faire une part au sens, sentir un parfum, toucher un corps, chanter une chanson, goûter le vin, se rouler dans l'herbe, le ciel du Dieu unique doit être bien triste tandis que sur le mont Olympe on savait s'amuser. Que Diane chasse le daim jusqu'à la fin des temps, que Bacchus cultive la vigne, qu'Éole dirige le navigateur vers de nouvelles îles, qu'Éros continue à séduire le berger ou la bergère et qu'on nous laisse en faire autant, on crée des dieux à sa mesure, le Dieu unique est hors de portée, abstrait, impersonnel, inhumain.

Je laisse quand même de la place pour d'autres dieux, fées, enchanteurs, djinns ou génies. Pour le dieu des sourciers qui donne la vie à sa fourche pour trouver de l'eau profondément enfouie sous terre. J'étais rien de moins que Merlin l'Enchanteur, l'autre jour quand la branche de noisetier que je tenais s'inclinait dans la direction de l'eau, poussée par une force magique qui la pénétrait par l'intermédiaire de mon corps et de mon sang, une force venue des entrailles de la terre et charriant tous les mystères du monde et de l'univers.

Le dieu des sourciers est bien vivant, il n'a rien de commun avec les mièvres statues de la Vierge en rose et bleu bonbon et les morbides masques livides des martyrs de l'Église.

Il y a encore d'autres dieux. Le dieu argent, par exemple, qui est excécré et sollicité par tant de monde à la fois. Il ne m'effraie pas et j'essaierai de le domestiquer lui aussi, l'avenir m'appartient, la vie est sans limite, il faut apprivoiser et domestiquer les dieux, sinon ce sont eux qui nous enchaînent et nous soumettent.

Toujours prodigue, Monsieur Onil achète une bouteille de Cinzano et veille avec Sophie au grand salon. Il y a d'inconfortables silences, Mademoiselle Florence lit le feuilleton du journal, Popeye fait une patience et le vieux Polonais écoute les ondes courtes du RCA Victor. Son compatriote est parti et on ne sait pas s'il reviendra un jour. On dit qu'il est allé travailler sur la trans-amazonienne quelque part en Amérique du Sud. Le béton aura eu sa ration de Polonais, les moustiques et la malaria auront aussi leur part.

À neuf heures, Monsieur Onil déclare qu'il est temps pour lui de partir. Il souhaite le bonsoir à la ronde, traverse le hall mais revient sur ses pas. Il oubliait de montrer à Sophie le catalogue dans lequel il a choisi sa robe de mariée. Sophie déclare qu'elle la trouve très jolie mais il est visible qu'elle s'en fout comme de l'an quarante et qu'elle aimerait se voir à l'autre bout du monde. Monsieur Onil ne fait pas attention, lui proposant de choisir elle-même mais Sophie assure qu'il n'y a pas de mal et qu'elle la trouve très bien.

Une bière à la main, Jean-Nil, Laetitita, Frédé et Mimi repeignent le local au-dessus du garage où habitait Bibi avant la fugue de Bernadette.

Malgré toutes ses professions de foi, Frédé laisse tomber la glace pour vendre et réparer des frigidaires comme le suggérait Mimi. La compagnie lui paie des cours et lui avance de quoi obtenir ses premiers engins. Il ne semble pas trop traumatisé par cette expérience, au contraire, il voit l'avenir en rose entre deux coups de pinceau. Mimi et Laetitia font le tour

331

des carreaux parce qu'il paraît que les femmes réussissent mieux les choses délicates.

Frédé représente à mes yeux une autre institution qui disparaît. Je suis vaguement désillusionné, lui qui prétendait couler avec le bateau, s'éteindre avec une époque, se consumer avec Rome. Je l'identifiais au dernier des gladiateurs affrontant dans l'arène les derniers conjurés de l'Empire. Mais les adultes ont des raisons que l'enfance ne connaît pas. Il m'explique que, de nos jours, les capitaines ne coulent plus avec leurs bateaux. Le dernier a été celui du *Titanic* et cela ne lui a pas réussi. L'époque du romantisme est terminée, bien finie, aujourd'hui l'avenir est dans le frigidaire et il s'en veut de ne pas avoir ouvert les yeux plus tôt.

Moi qui croyais que le capitaine coulait toujours avec son bateau, moi qui croyais que jamais Sancho Pança n'aurait abandonné son maître, moi qui croyais que John Wayne serait mort pour sauver Fort Cheyenne, moi qui croyais à Roland de Roncevaux, à Lancelot, à Robin des Bois, à Davie Crockett et à Rintintin, j'ai fière allure, Frédé abandonne une tradition pour vendre des boîtes en tôle.

Les flics sont repartis avec chien, fourgon, ampoules aux pieds et humeur massacrante. C'est Bernard Caux qui doit rigoler du fond de sa planque. Popeye prétend qu'il est parti pour de bon et qu'on ne le reverra jamais plus. Les flics se contentent d'intercepter tous les chauffeurs d'Edsel noire, mais le sort est contre eux. Bernard est insaisissable.

Madame Gloire est retombée dans le coma et on la nourrit par intraveineuse. Elle maigrit à vue d'œil. Un soir sur deux, Sophie veille avec

Monsieur Onil, un soir sur deux elle veille au chevet de sa mère, les voisins la remplacent l'autre soir. Les docteurs ne perdent pas espoir, le fait de maigrir ne peut que lui être salutaire. Cela soulagera d'autant son vieux cœur fatigué, mais il semble que la patiente ait perdu le goût de vivre, en fait Madame Gloire est morte le jour où elle a réalisé avoir perdu tout son sex-appeal.

De peur que Monsieur Onil renonce à son projet de mariage, Sophie lui cache sa grossesse, Monsieur Onil est bien le seul à Isieux qui n'en sait rien mais tout le monde en est ravi. Le vieux rusé, le vieux renard, le vieux arnaqueur se fera fourrer pour une fois, lui si habile, si calculateur, si roublard. Ou peut-être le sait-il sans rien dire, il est assez malin pour ça, en tout cas s'il l'ignore, personne ne l'affranchira. C'est peut-être méchant mais cela réjouit toute la paroisse. Il n'y a pas âme qui vive à Isieux qui ne lui doive un peu d'argent, un loyer, un service ou une opinion avisée. À force d'être parfait, on se fait des ennemis et il est toujours réconfortant de découvrir une faille dans l'armure de l'ange d'airain.

Pour l'instant, le secret de Sophie ne risque rien mais ce sera tout autre chose le lendemain du mariage, Mademoiselle Florence doit se tourner la langue quarante mille fois avant de parler et on ne pourra la retenir au-delà du mois d'août, le sacrifice humain a ses maudites limites.

Mimi ne se sépare plus de Robin, elle s'est trouvée une poupée qu'elle bécote, qu'elle lèche, qu'elle bichonne à satiété. Elle voudrait bien la garder et l'emmener à la maison pour de bon. Robin ne s'en plaint pas, Mimi attend l'occasion propice pour en parler à Frédé qui ne se fera pas tordre le bras. Il ne peut rien refuser à Mimi et il aimerait bien avoir un jour quelqu'un qui l'aiderait à déménager ses frigidaires. En attendant il ferait l'idéal papa gâteau et on se demanderait qui est le plus content, Robin d'avoir un père ou Frédé d'avoir un fils. L'oncle David poursuit sa brosse du côté de Clairval. Demain, Damien a rendez-vous avec le notaire au sujet de la terre de Noé.

Les cloches sonnent pour Sophie et pour Marilie. Dans ma tête elles sont mi-tristes, mi-joyeuses. Tristes pour Sophie qui appréhende sa nuit de noces et l'avenir, joyeuses pour Marilie qui voit ses rêves se réaliser.

Assis sur les marches de la véranda, la tête dans la paume des mains, je pense aux cloches, c'est bizarre de penser aux cloches, il y a quelque chose qui cloche dans ma tête mais ces gongs m'obsèdent, on dirait le temps qui fuit avec le son qui vibre dans l'air calme du petit matin. Comment le gong d'une cloche peut-il être joyeux ou triste? Non, ça doit se passer dans ma tête. N'empêche que les cloches sonnent différememnt selon les heures de la journée, dans le petit matin frais, elles sonnent guillerettes et argentines, elles sonnent solennelles et opulentes dans la chaleur et la plénitude de midi, elles sonnent mélancoliques et nostalgiques en fin d'après-midi caniculaire. Le matin, elles sont d'argent, d'or le midi et de plomb à la bruante. Le matin, elles annoncent un baptême, un mariage à midi et un deuil le soir, le glas sonne lourd comme le plomb.

Pour Sophie, la réception est modeste, Monsieur Onil a acheté une demi-douzaine de bouteilles de pétillant du Niagara et ça se passe au grand salon avec les pensionnaires. À part le vieux Polonais qui chante des airs folkloriques de son pays et malgré les efforts maladroits de Monsieur Onil on dirait un enterrement, Mademoiselle Florence étrenne un nouveau chapeau, Popeye, Mathusalem et Abel portent leurs costumes du dimanche, Sophie est belle comme un lever de soleil mais elle ne sourit pas dans sa robe blanche de chez Eaton.

C'est plus gai chez Marilie où les Deux-et-Deux-Font-Quatre rejouent *Sail Along Silvery Moon, la Paloma, Tennessee Waltz* et *Melody of Love,* Laetitia n'a d'yeux que pour Jean-Nil, Magdelina sert un énorme morceau de gâteau de cinq étages à Lévis et Rose-Mai tient le bras de Damien.

Quelqu'un annonce que la grève au moulin vient de se terminer, ce qui réjouit particulièrement les femmes qui en ont assez de voir boire à crédit leurs maris au Trou. Le curé prépare déjà son Te Deum.

En rentrant de chez Marilie, après avoir raccompagné Rose-Mai, Damien trouve deux messages pour lui dans sa boîte à lettres. Il y a un télégramme qui vient de Québec et une enveloppe tachée sur laquelle il reconnaît l'écriture malhabilement appliquée de Bernard Caux. Sans doute que Bernard a profité de l'absence générale, ce matin, alors que tout le monde était à l'église pour venir livrer son message. Sa mère qui affirmait qu'il n'était pas très fort en classe ne se trompait pas, il y a seize fautes d'orthographe sur trente mots. Mais Damien n'est pas au bout de sa surprise, il doit relire le texte trois fois avant d'en croire ses yeux. Sans fioriture, dans son style direct, Bernard donne rendez-vous à Damien pour régler cette affaire d'homme à homme comme il l'a déjà dit. Il propose de jouer à poulet sur le pont naturel de la carrière de sable du rang des Quatre-Veuves. Damien doit s'y trouver le mercredi suivant à midi pile, et tout seul, sinon le prochain coup de 30-30 sera pour Rose-Mai, il le jure sur la tête de sa mère. Une demi-page de bandes dessinées est jointe à la lettre. Il s'agit d'un épisode de Buck Rogers qui, avec son petit vaisseau spatial, joue à poulet avec un pirate cosmique. Le jeu consiste à foncer droit l'un sur l'autre à toute allure, le plus trouillard, le plus lâche s'il ne veut pas mourir doit bifurquer vers la droite pour éviter une collision et une mort certaine. Alors on tire le perdant de son véhicule, on le déshabille, on enduit son corps de miel, on lui plaque des plumes de poulets partout et on l'humilie à qui mieux mieux. Évidemment, dans la bande dessinée, c'est le pirate cosmique qui cède au dernier moment et il subit le sort des lâches, Buck Rogers a la victoire modeste et repart vers une autre aventure à la vitesse de la lumière tandis qu'on ridiculise le pirate dans une grande fête populaire.

Dépourvu d'imagination, Bernard Caux laisse à Buck Rogers le soin d'établir les règles du duel. Seules la Packard et l'Edsel remplacent les petits vaisseaux spatiaux.

Abasourdi par ce programme peu commun, Damien se demande s'il ne rêve pas, si toute cette histoire loufoque n'est pas le fruit du délire, comment peut-on à notre époque concevoir une pareille incongruité. Il savait bien que Bernard n'est pas ce qu'il y a de plus équilibré mais de là à foncer l'un sur l'autre à soixante milles à l'heure sur un pont de sable juste assez large pour quatre voitures il y a un pas, surtout lorsqu'il y a une cuvette de soixante pieds de profond de chaque côté. C'est de la folie, c'est bien dans les bandes dessinées mais la vie n'est pas une bande dessinée.

Pour s'assurer qu'il a bien compris toutes les nuances et subtilités du jeu, Damien sollicite mon avis en tant que spécialiste de la B. D. J'ai suivi toute cette aventure dans le supplément illustré du *Soleil* et je confirme ses appréhensions. Le jeu consiste bien à foncer l'un sur l'autre, le pied écrasant l'accélérateur, à fermer les yeux ou à dévier sur la droite avec les conséquences que cela comporte. Damien se laisse tomber sur le lit :

— Ce gars-là est malade, fou furieux, il faudrait l'enfermer. Je suis surexcité, nous voilà de retour à l'époque du duel à l'épée où on défendait son honneur d'un coup de lame, où l'esprit chevaleresque dictait la conduite à suivre, où les différents se réglaient d'homme à homme, face à face, seuls les instruments variaient, aujourd'hui on troque l'épée pour la voiture. Il y a beaucoup d'audace dans cette idée et le fait que Buck Rogers ait inspiré Bernard Caux ne lui enlève pas tout son mérite. Il faut du sens de la grandeur et le sens du spectaculaire pour jouer le jeu jusqu'au bout.

Incrédule, Damien relit la lettre encore une fois, je tourne autour de lui.

— Tu iras ? dis-je.

Il ne répond pas, peut-être qu'il ne le sait pas encore lui-même, il s'empare du télégramme et l'ouvre. Au fur et à mesure qu'il lit son sourire s'élargit. Écoute ça, dit-il : *Êtes réembauché — ai congédié ma femme — prie de m'excuser — prime dédommagement prévue — confirmez s.v.p. — Alex.*

Je voix qu'il a du mal à retenir son fou rire.

— Je ne peux pas le croire, dit-il, Alex s'est enfin débarrassé de son serpent à sonnettes. Quand je me rappelle Madame Thérèse, je me demande comment il se fait qu'il ne s'en soit pas débarrassé plus tôt.

— Si t'es réembauché, dis-je, tu ne fais plus de poulet.

— Du poulet avec Bernard Caux ou du poulet d'élevage.

Il sourit et allume une cigarette.

— J'aviserai, dit-il, je crois que je terminerai mon travail au moulin et qu'ensuite je me lancerai dans le poulet sur la terre à Noé.

En attendant, il se demande bien comment il se sortira de cette histoire de fou avec Bernard Caux. Il appellerait bien la police mais incapables comme ils sont, ils risqueraient de tout gâcher, et Bernard est rusé, il aura prévu cette possibilité. Il peut leur filer entre les doigts et mettre sa menace à exécution. Damien ne se sent pas le droit de mettre la vie de Rose-Mai en danger. Il ne voudrait pas la retrouver comme François, baignant dans son sang, il y a déjà eu un mort à cause de lui et c'est déjà trop.

Les quatre jours qui suivent désintègrent tous les records de chaleur. Ce sont les dernières grandes chaleurs de l'été et on s'en souviendra, Popeye dit qu'il n'a jamais vu ça et il en faut pour que Popeye dise qu'il n'a jamais vu ça. Malgré tout, ça ne suffit pas encore pour lui faire enlever ses Penman 98.

Ce fut un été comme j'aime, un soleil de désert, des jours secs et torrides avec seulement quelques petits répits pour de véritables pluies tropicales, des chutes Niagara. Un été sans demi-mesure, les dieux ont été généreux, ils nous ont donné beaucoup de soleil et assez de pluie, l'été s'achève comme il a vécu, dans une apothéose de lumière et de chaleur.

Ces quatre journées sont aussi les plus longues et les plus éprouvantes pour Damien. Comme il me l'avait demandé, je n'ai parlé à personne de cette affaire. Après avoir bien réfléchi, à tort ou à raison, il décide de ne pas prévenir les flics et de se rendre à la carrière de sable du rang des Quatre-Veuves. Il sera au rendez-vous avec la mort, mais il espère confusément un sursis, un empêchement, quelque chose, n'importe quoi. Quoi qu'il arrive il faut crever cet abcès, il faut régler cette histoire loufoque et il n'a pas le choix des moyens, Bernard mène le bal.

Devant le magasin général, les vieux sont statufiés, les hommes ont repris le travail au moulin, les femmes ont retrouvé leurs allées et venues habituelles. Il me semble que le monde entier retient son souffle, que les choses et les gens sont figés, écrasés par un ciel plombé.

Tout arrive en même temps pour Frédé et Mimi, un nouveau métier et un fils. Entre deux brosses, l'oncle David signe les papiers d'adoption, Frédé refuse de dire combien ça lui a coûté, l'oncle David arbore une profonde meurtrissure aussi brève que simulée. Frédé se traite de salaud parce qu'il achète un enfant comme on achète une caisse de bière mais sa nouvelle paternité le rend heureux comme un gamin devant son nouveau cheval de bois.

— Belle famille, dit Frédé, j'achète mon fils et j'ai gagné ma femme aux cartes.

C'est vrai que, pour Mimi, c'était elle qui distribuait les cartes et qui trichait sans vergogne contre son père paqueté qui ne voulait pas entendre parler d'un mariage avec un livreur de glaçons.

Robin parle encore quelquefois de sa grand-mère, il se réveille encore parfois la nuit mais ses cauchemars s'espacent et il ne projette plus de brûler le Bon Dieu.

Et puis mercredi midi arrive.

Damien engage doucement la longue Packard sur le pont de sable. Je suis caché dans les buissons tout en haut sur la falaise qui domine les deux cuvettes. Il ne semble y avoir personne d'autre et j'espère encore que Bernard Caux renoncera à son projet fou. Damien roule sur le pont qui sépare les deux puits à ciel ouvert, de chaque côté une piste longe les parois des cuvettes et permet de descendre tout au fond soixante pieds plus bas. Le pont est juste assez large pour quatre voitures de front, le sable bien tassé ne retient même pas l'empreinte des pneus.

Obéissant aux instructions données, Damien roule jusqu'à l'autre extrémité de la carrière, exécute un demi-tour et vient se placer en position face au pont. En attendant Bernard, il descend de voiture et examine les lieux. Il s'avance sur le bord de la cuvette de gauche et lance un caillou dans le vide. Un floc feutré parvient jusqu'à moi, le caillou soulève un petit nuage de poussière, Damien grimace, c'est encore plus profond qu'il ne le pensait. Au fond, il y a une pelle mécanique abandonnée, à demi enlisée qui rouille à la pluie et qui cuit au soleil. Des traces de peinture jaune perdurent sur son long levier d'acier dressé comme un pénis géant. Plus loin, la carcasse brune d'un vieux camion contraste avec le sable beige clair, des fragments de verre réfléchissent les rayons du soleil.

C'est le silence du désert, les pierres se fendent sous la chaleur de four, seules quelques rares touffes d'herbes jaunes garnissent le fond de la cuvette par endroit. Pas un souffle de vent pour soulever la poussière agglomérée en pains compacts.

Chaque minute qui passe tombe comme un marteau-pilon. Je prie pour que Bernard se défile, pour qu'il ne vienne pas. J'aime bien Damien Cousin, je l'aime comme un grand frère et je ne voudrais pas qu'il lui arrive malheur. Il s'est assis sur le capot, une cigarette aux lèvres, il attend calmement, du moins en apparence.

Une auto passe sur la route juste à côté, mon cœur saute un battement mais il ne s'agit pas de Bernard Caux, elle continue son chemin sans ralentir l'allure. J'ai soif, j'ai la gorge sèche et j'ai oublié d'apporter une gourde. Une grosse sauterelle atterrit sur ma cuisse, s'envole aussitôt d'un bond puissant et disparaît dans les longues herbes sèches. Le soleil ternit encore la peinture matte de la grosse Packard noire. Elle ressemble à un gros scarabée endormi sur une motte de sable.

Je n'ai pas eu peur pour rien et nos prières ne sont pas exaucées puisque soudain l'Edsel apparaît presque silencieusement arrivant du rang des Quatre-Veuves, le canon de la 30-30 émerge de la fenêtre droite. Damien sursaute et se redresse. Bernard s'avance jusqu'à l'amorce du pont, sans arrêter le moteur il s'extirpe vivement du véhicule et observe la scène autour de lui serrant sa carabine dans une main moite. Il pisse la sueur, ses cheveux collent à son front, ses lourdes paupières sont à peine entrouvertes et il a l'air massif, courtaud, solide comme un rocher. Il semble satisfait de ce qu'il voit.

— Si t'es prêt, allons-y, crie-t-il.

Ça y est, les dés sont jetés et je vais assister à un duel mortel puisque je suis certain que ni Damien ni Bernard ne pourront céder. J'ai l'impression de voir un western où les deux tireurs s'entretuent et qu'on en devine la conclusion avant qu'elle ne se produise. Je ne veux pas que Damien se tue, pour lui, pour Rose-Mai et pour tout le monde mais je me sens si impuissant, si petit collé à ma falaise et Bernard Caux semble tellement déterminé, prêt à foncer.

Les deux hommes se réinstallent au volant, la Packard vibre et son moteur tourne, les voitures s'ébranlent et accélèrent troublant ce silence de fin du monde. De mon observatoire, l'air surchauffé déforme la scène tel un mirage dans le désert. Maintenant l'Edsel et la Packard foncent droit l'une sur l'autre en projetant du sable et des cailloux. Je quitte mon buisson, je gesticule et je hurle à Damien de dévier vers la droite. Mais personne ne m'entend, le bruit des moteurs enfle, ils roulent maintenant à soixante milles à l'heure sans dévier d'un pouce. Ils sont à vingt pieds l'un de l'autre et je ferme les yeux. Un effroyable vacarme de tôle qui se tord ébranle la carrière. Quand j'ouvre des yeux horrifiés, l'Edsel plane déjà dans le vide du côté droit tandis que la Packard pivote sur elle-même ventre en l'air, ventre en bas, elle percute la muraille de sable, provoque une traînée d'étincelles, rebondit avec de sinistres plaintes de métal froissé. L'Edsel atterrit en premier et se désarticule en projetant ses portières et ses pièces dans toutes les directions. La Packard s'écrase aussi en roulant, en perdant son capot, ses phares, ses pare-chocs, des éclats de verre dans un incroyable nuage de poussière.

Le vacarme s'éteint après qu'un enjoliveur de roue se soit écrasé contre une pierre, de la vapeur s'échappe en sifflant des radiateurs crevés. Je reste hébété et pantelant au bord du gouffre de sable. Je me dis qu'ils sont certainement morts, tous les deux prisonniers de ces tas de métal tordu, je ne sais pas s'il faut crier au secours ou pleurer. Les genoux flageolants, j'entreprends de descendre en courant la piste qui longe en tire-bouchon la cuvette gauche, celle dans laquelle Damien est tombé. J'ai peur de ce que je vais y trouver. Le nuage de poussière ne s'est pas encore complètement déposé quand j'arrive en bas. La Packard s'est tassée en petit tas informe, mais Damien ne se trouve pas à l'intérieur, il a été éjecté et il gît à trente pas de là dans une posture inquiétante. Il vit, ses yeux sont ouverts, il semble souffrir beaucoup. Je me penche sur lui et il trouve la force de me sourire.

— Comme connerie, on ne fait pas mieux, dit-il, laborieusement.

La douleur lui arrache une grimace et il ferme les yeux. Je lui dis de ne pas s'inquiéter, que je vais chercher le docteur Petit. Il fait oui du menton mais avant il me demande de lui retourner la jambe gauche grotesquement retournée. J'y vais délicatement, le plus délicatement possible mais il se mord les lèvres pendant cette opération douloureuse. Sa cheville et son genou enflent démesurément et toute sa chair semble en charpie, du sang suinte à travers ses vêtements. Je le regarde droit dans les yeux.

— Donne-moi seulement deux minutes et je reviens avec le docteur, il arrangera tout ça.

Il sourit encore, un pâle sourire.

— Je tiendrai le coup, compte sur moi.

Je me lève, il me rappelle.

— Si des fois je... non vas-y cours.

Il ferme les yeux et, de toutes mes forces, j'entreprends de remonter la cuvette, pour aller chercher du secours. Je cours à toutes enjambées, aussi vite que me le permettent mes longues cannes. L'air chaud me brûle les poumons, je tire la langue jusqu'aux genoux. Monsieur Damase se demande ce que j'ai de si urgent à faire, il n'a pas le téléphone, je ne m'arrête pas, je ne lui réponds même pas. Je vois Damien tordu de douleur, je vois Rose-Mai désespérée, je vois la mine ahurie des autres, je vois Madame Caux qui en mourra, je vois le curé qui était déjà tellement mortifié par la misère de ses paroissiens. Je descends la Principale telle une torpille et enfin je frappe chez le docteur Petit.

Les secours arrivent trop tard, Bernard Caux est déjà mort les os broyés dans les débris de l'Edsel et Damien Cousin meurt en route pour l'hôpital de Clairval. Rose-Mai s'effondre totalement, moralement désarticulée. Tout d'abord son cerveau refuse d'y croire, tout son corps ne peut accepter l'idée que Damien Cousin est mort, puis elle devient toute blanche comme vidée de son sang, elle tremble de tous ses membres, elle crie non, de toutes ses forces et elle se met à pleurer à grands coups venant du fond de ses entrailles. Je suis profondément bouleversé, je ne savais pas qu'il était si difficile de voir mourir quelqu'un à qui on s'est attaché comme à un frère, pour Rose-Mai ce doit être la fin du monde, rien de moins.

Depuis ce temps-là, Mademoiselle Cri-Cri est revenue et les classes ont repris. Jean-Nil quitte la maison pour aller étudier à Québec. Il écrit tous les jours à Laetitia. La Harley est à vendre. Avant de partir, il a fait tout le tour de la maison pièce par pièce, il a longtemps regardé toutes les choses familières comme s'il avait voulu s'en imprégner la mémoire. Dans la cuisine, il a relu attentivement son poème pour lui-même puis il nous a tous serrés dans ses bras en silence. Enfin, il a hissé la malle bleue dans la soute à bagage et il est monté dans l'autobus en promettant de revenir sans faute à Noël.

Rose-Mai, malgré les apparences, a toujours été une fille forte et équilibrée, et elle s'est rapidement reprise en main. Elle ne sourit plus comme autrefois, ce ne sera jamais plus pareil mais une sorte de sérénité lui aide à affronter la vie quotidienne. L'autre jour, elle a réalisé pour la première fois que d'aussi loin qu'ils se connaissent Boudin l'avait toujours appelée Mademoiselle, même à la petite école, c'est bizarre. Boudin c'est un garçon gentil, pas voyant, pas spectaculaire mais tranquille et gentil.

Madame Gloire est morte elle aussi sans jamais voir la Floride, sans quitter l'hôpital.

Tous les soirs, toute la journée, Sophie la veillait lui racontant qu'ils partiraient pour le sud aussitôt qu'elle le pourrait, lui racontant comment ce devait être beau, la mer, les palmiers, le soleil, les plages, les grands voiliers blancs qui reviennent des Antilles ou des Caraïbes.

Le soir même de ses funérailles, Sophie a pillé les tiroirs de Monsieur Onil pour l'équivalent des avoirs de sa mère dans la maison de pension. Elle s'est enfuie et on ne l'a jamais plus revue à Isieux. Monsieur Onil est devenu encore plus taciturne qu'autrefois, il travaille en silence et aussitôt après, il rentre chez lui.

La maison de pension a été vendue à un jeune couple d'étrangers qui ont commencé à la retaper un peu. Frédé vend et répare des frigidaires avec son enthousiasme naturel, le reste du temps il s'occupe de Robin qui a retrouvé son sourire et son insouciance. Madame-la-Veuve-Pétrie continue à recevoir des jeunes hommes chez elle. Mademoiselle Roma s'enlise chaque jour davantage dans sa douce folie, Madame Aymée aussi. Popeye, Mathusalem et Abel se préparent à hiberner comme de vieux troncs de chêne. La Maison Rose continue à narguer les femmes, et le vin rouge continue à couler à flots.

Aujourd'hui l'été est mort, l'automne s'est glissé dans l'air aigre. Si le printemps s'annonce à l'odeur de l'air, l'automne lui s'annonce par la qualité de la lumière. En automne, il y a de la poudre d'or dans la lumière. L'hiver attend son heure, implacable.

Tant pis, que viennent les grisailles de novembre, les vents sinistres de la Toussaint, les plaintes douloureuses du vent dans les branches cassantes d'engelures, les tempêtes violentes de janvier, les neiges lourdes de mars, les gargouillis des ruisseaux qui ressuscitent et ensuite que revienne l'été avec ses soleils de plomb, avec la Ridée insouciante, avec nos pinèdes rousses, nos champs de foins mûrs qui dégagent le plus ensorcelant parfum du monde.

J'ai tout l'hiver devant moi pour méditer le poème que Jean-Nil écrivait jadis, déjà:

> *Je vous garde un coin de cœur*
> *valeureux compagnons de jeu.*
> *Je vous garde un coin de cœur*
> *paysages en ocre et bleu.*

Il est bien fini le temps des cerises... Il est bien court le temps des cerises...

Sainte-Foy
Février 1979 — juillet 1980.

Ouvrages déjà parus dans la collection
« Roman québécois »

1. Alain Pontaut, *la Tutelle*, 1968, 142 p.
2. Yves Thériault, *Mahigan*, 1968, 108 p.
3. Rex Desmarchais, *la Chesnaie*, 1971, 240 p.
4. Pierre Filion, *le Personnage*, 1972, 100 p.
5. Dominique Blondeau, *Demain, c'est l'Orient*, 1972, 202 p.
6. Pierre Filion, *la Brunante*, 1973, 104 p.
7. Georges Dor, *D'aussi loin que l'amour nous vienne*, 1974, 118 p.
8. Jean Ferguson, *Contes ardents du pays mauve*, 1974, 156 p.
9. Naïm Kattan, *Dans le désert*, 1974, 154 p.
10. Gilbert Choquette, *la Mort au verger*, 1975, 164 p.
11. Georges Dor, *Après l'enfance*, 1975, 104 p.
12. Jovette Marchessault, *Comme une enfant de la terre*, t. I: *le Crachat solaire*, 1975, 350 p.
13. Pierre Filion, *Sainte-Bénite de sainte-bénite de mémère*, 1975, 134 p.
14. Jean-Paul Filion, *Saint-André Avellin... le premier côté du monde*, 1975, 282 p.
15. Jean-Jules Richard, *Ville rouge*, réédition, 1976, 286 p.
16. Wilfrid Lemoine, *le Déroulement*, 1976, 318 p.
17. Marie-France O'Leary, *De la terre et d'ailleurs*, t. I: *Bonjour Marie-France*, 1976, 210 p.
18. Bernard Assiniwi, *le Bras coupé*, 1976, 210 p.
19. Claude Jasmin, *le Loup de Brunswick City*, 1976, 120 p.
20. Bertrand B. Leblanc, *Moi, Ovide Leblanc, j'ai pour mon dire*, 1976, 240 p.
21. Alain Pontaut, *la Sainte Alliance*, 1977, 262 p.
22. Jean-Paul Filion, *les Murs de Montréal*, 1977, 432 p.
23. Antonine Maillet, *les Cordes-de-Bois*, 1977, 352 p.

24. Jacques Poulin, *les Grandes Marées*, 1978, 202 p.

25. Alice Brunel-Roche, *la Haine entre les dents*, 1978, 202 p.

26. Jacques Poulin, *Jimmy*, 1978, 172 p.

27. Bertrand B. Leblanc, *les Trottoirs de bois*, 1978, 266 p.

28. Michel Tremblay, *La grosse femme d'à côté est enceinte*, 1978, 330 p.

29. Jean-Marie Poupart, *Ruches*, 1978, 340 p.

30. Antonine Maillet, *Pélagie-la-Charrette*, 1979, 352 p.

31. Jean-Marie Poupart, *Terminus*, 1979, 296 p.

32. Suzanne Paradis, *Miss Charlie*, 1979, 322 p.

33. Hubert de Ravinel, *les Enfants du bout de la vie*, 1979, 200 p.

34. Bertrand B. Leblanc, *Y sont fous le grand monde!*, 1979, 230 p.

35. Jacques Brillant, *Le soleil se cherche tout l'été*, 1979, 240 p.

36. Bertrand B. Leblanc, *Horace ou l'Art de porter la redingote*, 1980, 226 p.

37. Jean-Marie Poupart, *Angoisse Play*, 1980, 86 p.

38. Robert Gurik, *Jeune Délinquant*, 1980, 250 p.

39. Alain Poissant, *Dehors, les enfants!*, 1980, 142 p.

40. Jean-Paul Filion, *Cap Tourmente*, 1980, 164 p.

41. Jean-Marie Poupart, *le Champion de cinq heures moins dix*, 1980, 302 p.

42. Michel Tremblay, *Thérèse et Pierrette à l'école des Saints-Anges*, 1980, 368 p.

43. Réal-Gabriel Bujold, *le P'tit Ministre-les-pommes*, 1980, 257 p.

44. Suzanne Martel, *Menfou Carcajou*, t. I: *Ville-Marie*, 1980, 254 p.

45. Suzanne Martel, *Menfou Carcajou*, t. II: *la Baie du Nord*, 1980, 202 p.

46. Julie Stanton, *Ma fille comme une amante*, 1981, 96 p.